COISAS
HUMANAS

Cet ouvrage, publié dans le cadre du Programme d'Aide à la Publication année 2022 Carlos Drummond de Andrade de l'Ambassade de France au Brésil, bénéficie du soutien du Ministère de l'Europe et des Affaires étrangères.

Este livro, publicado no âmbito do Programa de Apoio à Publicação ano 2022 Carlos Drummond de Andrade da Embaixada da França no Brasil, contou com o apoio do Ministério francês da Europa e das Relações Exteriores.

**AMBASSADE
DE FRANCE
AU BRÉSIL**
*Liberté
Égalité
Fraternité*

Copyright © Éditions Gallimard

Tradução
Mauro Pinheiro

Revisão de tradução
Euslene Souza

Preparação e revisão
Priscila Calado

Capa e projeto gráfico
BR75 | Raquel Soares

Diagramação
BR75 | Catia Soderi

Produção editorial
BR75 | Clarisse Cintra e Silvia Rebello

Dados Internacionais de Catalogação na Publicação (CIP)
(Câmara Brasileira do Livro, SP, Brasil)

Tuil, Karine
  Coisas humanas / Karine Tuil ; tradução Mauro Pinheiro.
-- 1. ed. -- Rio de Janeiro : Editora Paris de Histórias, 2023.

  Título original: Les choses humaines
  ISBN 978-65-996025-4-2

  1. Romance francês I. Título.

22-120600   CDD-843

Índices para catálogo sistemático:
1. Romances : Literatura francesa 843

Aline Graziele Benitez - Bibliotecária - CRB-1/3129

COISAS
HUMANAS

Karine
Tuil

COI
SAS
HUMA
NAS

Paris de Histórias
editora

Em memória de meu pai

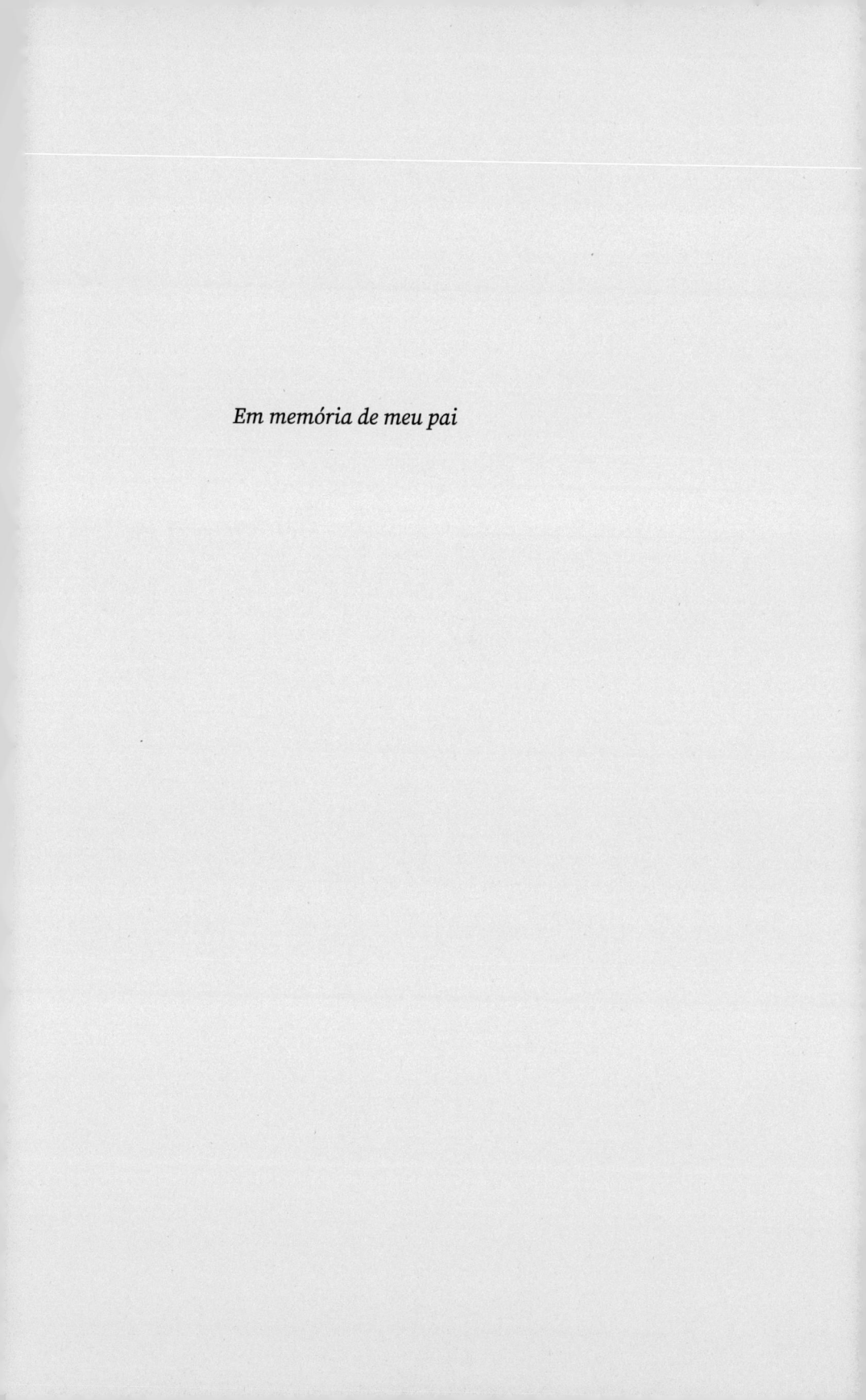

O que você está procurando? Semiautomática? Espingarda? Essa é uma Beretta 92. Fácil de usar. Você pode levar também uma Glock 17, quarta geração, uma 9 mm com coronha ergonômica, dá firmeza à mão, é preciso encaixar, o polegar vem aqui, aperta-se o gatilho com a ponta do dedo indicador, atenção, a arma deve ser sempre posicionada no mesmo alinhamento do braço, dispare com os braços estendidos, e é preciso controlar o golpe ao atirar, e só falta abastecer o carregador, depois disso, você fixa o alvo e quando ele estiver bem dentro da mira, você aperta e o tiro parte direto. Segure, quer experimentar? Está vendo aquele cachorro grande ali? Vai, atira nele.

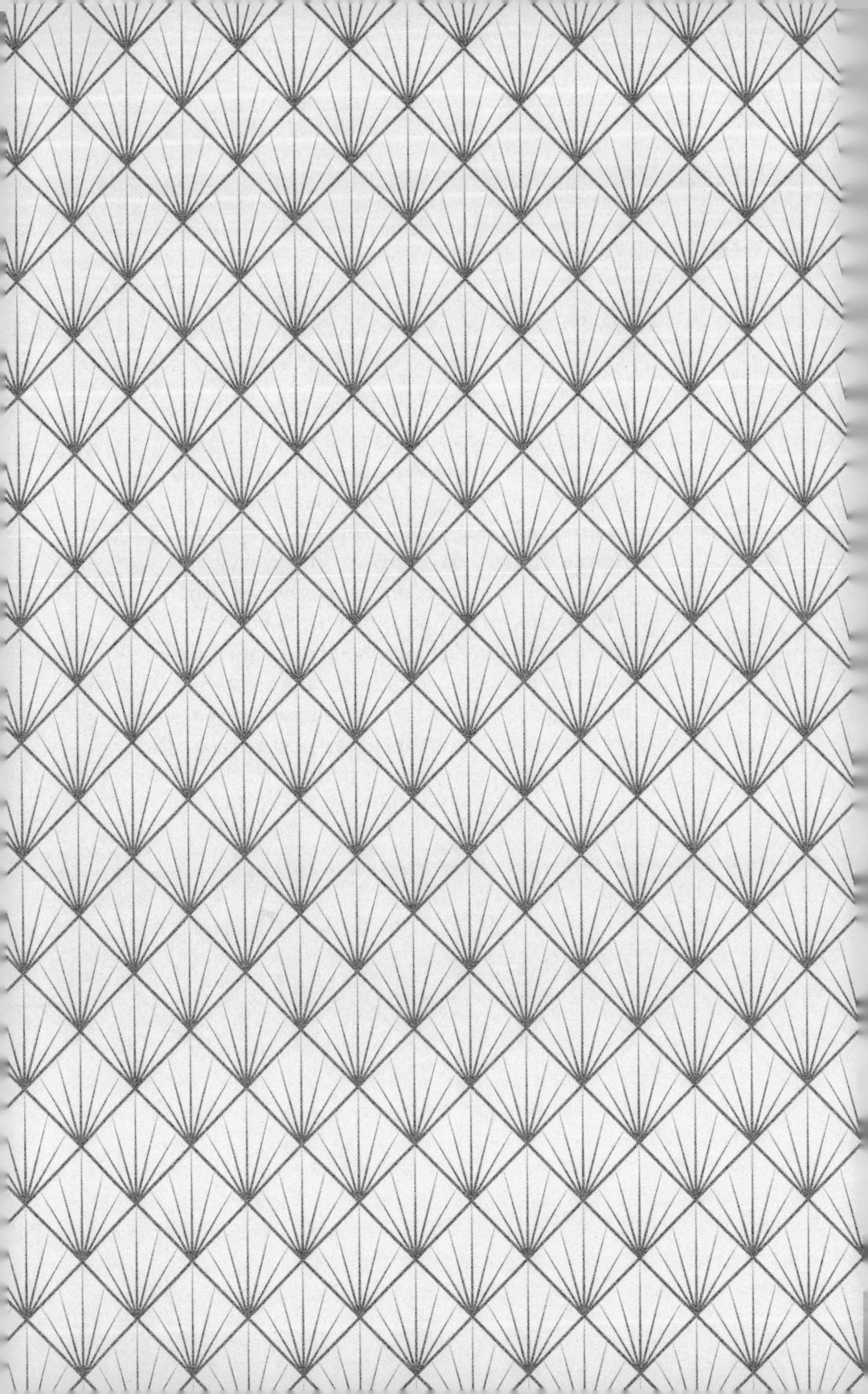

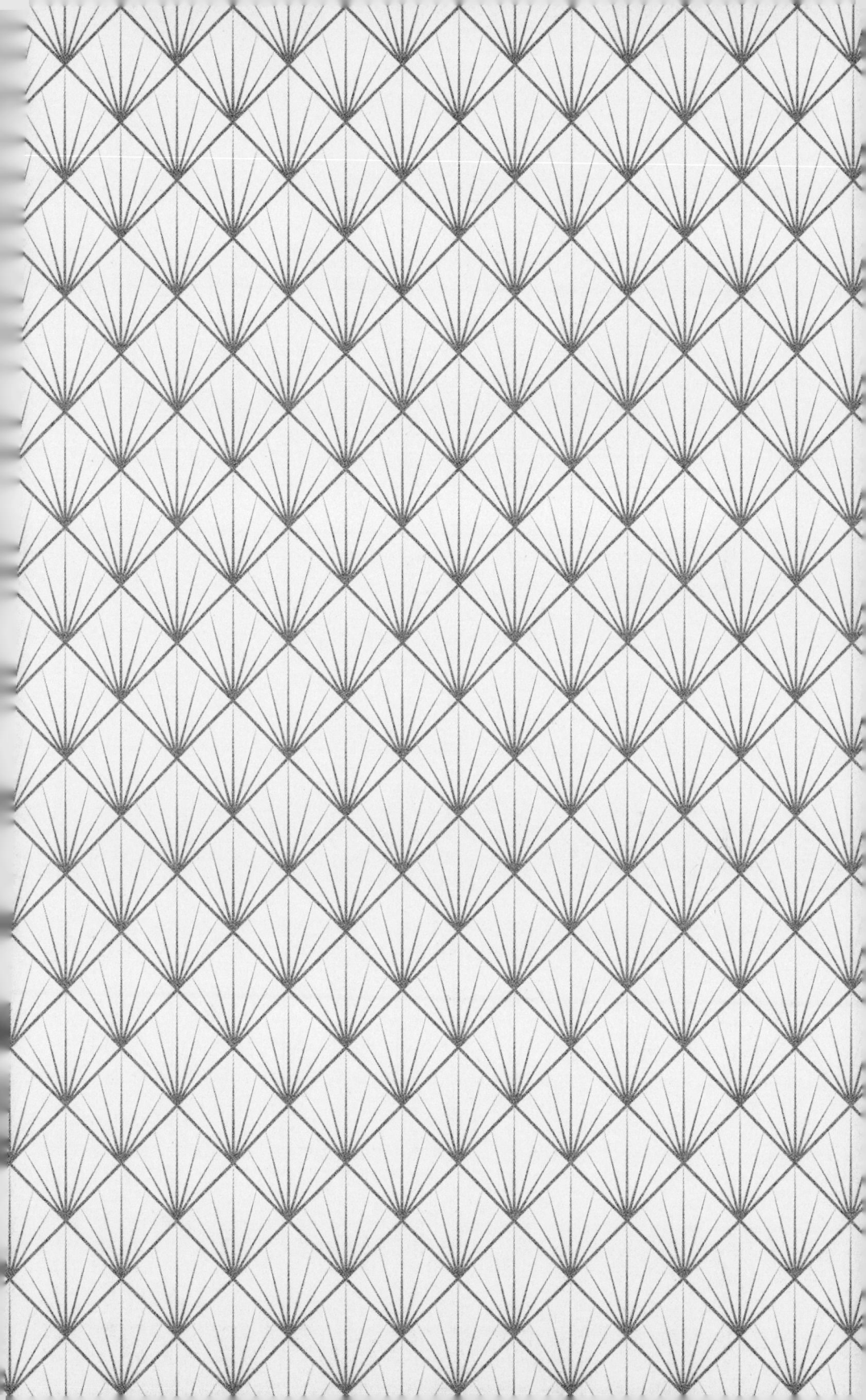

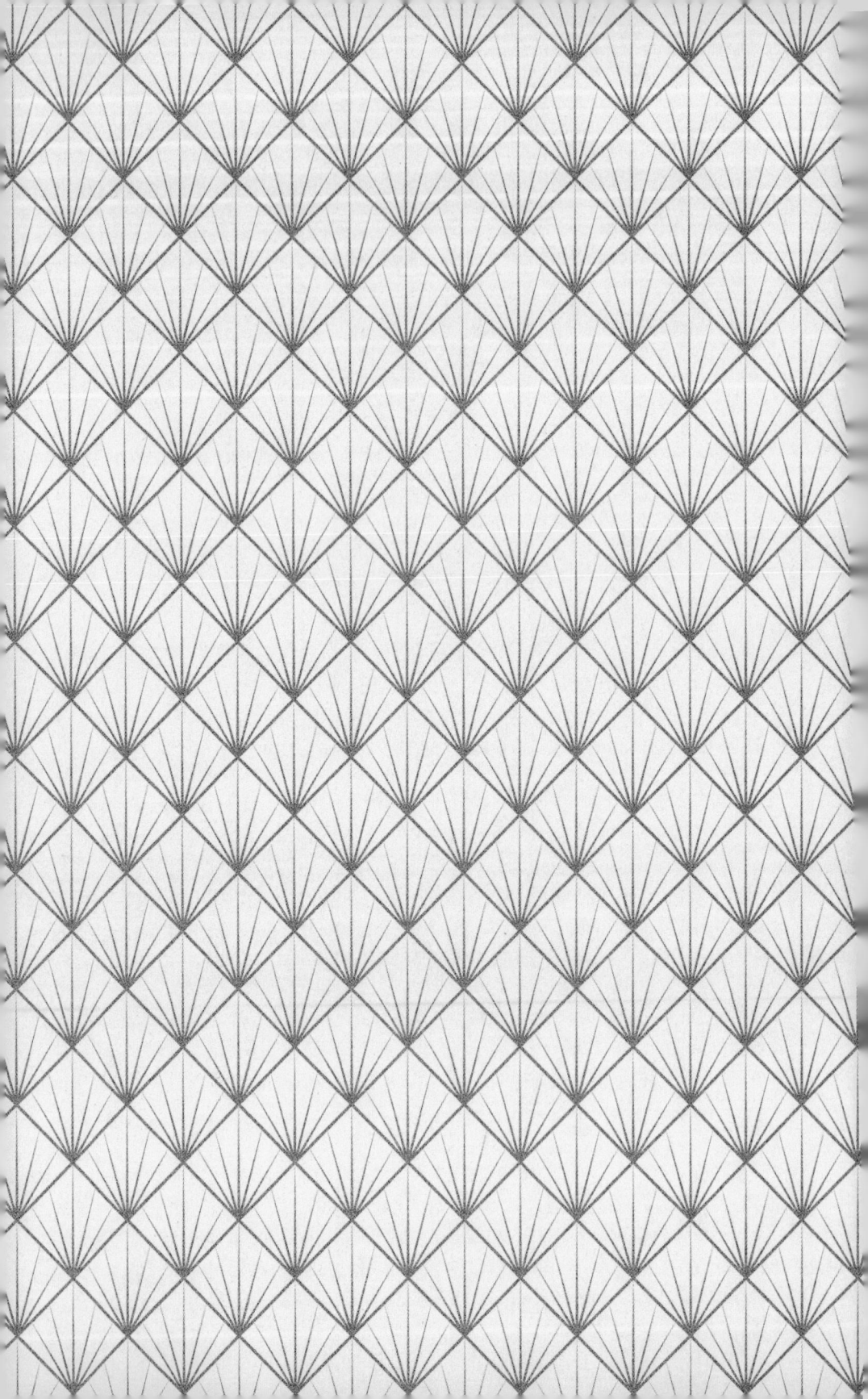

DIFRAÇÃO

"Quem procura a verdade do homem
deve se apoderar de sua dor."

GEORGE BERNANOS, *A alegria*

1

A extrema deflagração, a combustão definitiva, era o sexo, nada mais — fim da mistificação. Claire Farel entendera isso quando, aos nove anos de idade, assistira ao desmembramento familiar provocado pela atração irrepreensível de sua mãe por um professor de medicina que conhecera durante um congresso. Entendera isso quando, ao longo de sua carreira, vira personalidades públicas perderem em poucos segundos tudo o que haviam levado uma vida inteira para construir: cargo, reputação, família — construções sociais cuja estabilidade só fora alcançada graças a inúmeros anos de trabalho, de concessões-mentiras-promessas, a trilogia da sobrevivência conjugal —, ela vira os representantes mais brilhantes da classe política se comprometerem por muito tempo, às vezes definitivamente mesmo, por conta de uma breve aventura, a expressão de uma fantasia — as necessidades imperiosas do desejo sexual: tudo, imediatamente. Ela mesma poderia ter se encontrado no meio de um dos maiores escândalos da história dos Estados Unidos, estava com vinte e três anos à época e fazia um estágio na Casa Branca ao mesmo tempo que Monica Lewinsky — aquela que ficaria célebre por ter balançado a carreira do presidente Bill Clinton — e se ela não se encontrava no lugar da voluptuosa morena que o presidente chamava afetuosamente de "garota", foi apenas por não corresponder aos padrões estéticos então em vigor na sala oval: loura com cabelos trançados, estatura mediana, um pouco esguia, sempre vestida de *tailleur* e calça comprida com corte masculino — ela não fazia seu tipo.

Com frequência, ela se perguntava o que teria acontecido se o Presidente a tivesse escolhido, a franco-americana cerebral e impulsiva, que só gostava de explorar a vida pelos livros, em vez de escolher Monica, a morena copiosa de sorriso voraz, a princesinha judia que crescera nos bairros chiques de Brentwood e Beverly Hills? Ela teria cedido à força da atração do poder; teria se apaixonado como uma adolescente e teria sido ela interrogada pelo senador Keneth Starr, pressionada a repetir sempre a mesma história, que alimentaria os jantares em cidades de todo o mundo e as quatrocentas e setenta e cinco páginas de um relatório que faria tremer os aduladores do poder americano, excitaria os instintos neuróticos de um povo que clama, sob efeito da indignação e do torpor, uma moralização geral. E ela certamente não teria se tornado a intelectual respeitada que, dez anos mais tarde, encontraria esse mesmo Bill Clinton durante uma ceia organizada à ocasião do lançamento de suas Memórias e lhe perguntaria frontalmente: "Senhor Clinton, como você pôde expor publicamente esse humilhante exercício de contrição e ter protegido sua esposa e sua filha, sem expressar a menor compaixão com Monica Lewinsky, cuja vida íntima foi devastada?". Ele se livrou da pergunta saindo pela tangente, respondendo com um tom falsamente alheio: "Mas quem é a senhora?". Ele não se recordava dela, o que parecia normal, afinal de contas, haviam se encontrado há quase 20 anos, e se ele tivesse cruzado com ela nos corredores da Casa Branca, facilmente identificável com seus cabelos de um louro veneziano, que lhe davam um aspecto pré-rafaelita, ele jamais lhe dirigira a palavra — *um presidente não tinha motivo algum para se dirigir a uma estagiária, a menos que sentisse vontade de transar com ela.*

Vinte e um anos antes, em 1995, elas eram três a atravessar as portas da Casa Branca, graças a um histórico escolar exemplar e múltiplas recomendações. A primeira, Monica Lewisnky, não passaria então de um meteorito lançado com vinte e cinco anos de idade na galáxia midiática internacional, tendo como única façanha uma felação e um jogo erótico acompanhado por um charuto. A segunda, a mais jovem, Huma Abedin, cuja família de origem indo-paquistanesa criara o Instituto de Questões da Minoria Muçulmana, tinha sido designada para o gabinete a serviço de Hillary Clinton e se tornou, uns dez anos mais tarde, sua colaboradora mais próxima. No casamento de sua protegida com o representante democrata Anthony Weiner, a primeira-dama tinha mesmo pronunciado essas palavras que refletiam toda sua carga afetiva: "Se eu tivesse tido uma segunda filha, essa teria sido

Huma." Ela a apoiara quando, um ano depois, o jovem esposo divulgou por engano fotos de si mesmo em posições sugestivas no Twitter: torso nu, o sexo fazendo volume sob a cueca, sem dissimular nem um pouco sua intumescência. Ela estava presente quando o marido infiel reincidira, mantendo dessa vez uma correspondência erótica via mensagens de texto com uma menor de idade — no momento em que disputava um cargo pelo partido Democrata na campanha à prefeitura de Nova York! No momento em que era um dos jovens políticos mais promissores! Apesar das advertências daqueles que exigiam um afastamento de Huma Abedin, citando sua toxicidade política, Hillary Clinton, então candidata democrata à presidência dos Estados Unidos, a conservara ao seu lado. Bem-vinda ao Clube das Mulheres Traídas, mas Dignas, das grandes sacerdotisas da *poker face* americana — sorriam, vocês estão sendo filmadas.

Do trio de estagiárias ambiciosas, a única que até então tinha escapado do escândalo era ela, Claire Davis-Farel, filha de um professor de Direito em Harvard, Dan Davis, e de uma tradutora francesa de língua inglesa, Marie Coulier. A mitologia familiar contava que seus pais tinham se conhecido na Sorbonne e que, após alguns meses de uma relação à distância, haviam se casado nos Estados Unidos, no subúrbio de Washington, onde levaram uma existência tranquila e monótona — Marie renunciara a todos os seus sonhos de emancipação para cuidar de sua filha e se tornar aquilo que sempre temera ser: uma dona de casa cuja única obsessão era não se esquecer de tomar seu comprimido. Ela vivera a maternidade, como uma alienação, não era feita para isso, não havia conhecido a revelação do instinto materno, ficara mesmo profundamente deprimida após o parto e, se seu marido não tivesse conseguido alguns trabalhos de tradução, ela teria acabado sua vida sob o efeito de antidepressivos, continuaria ostentando um sorriso fictício e afirmando publicamente que sua vida era *fantástica*, que era uma esposa e mãe *realizada* até o dia em que se enforcaria no porão de sua pequena casa em Friendship Heights. Em vez disso, ela recomeçou progressivamente a trabalhar e, nove anos após o nascimento de sua filha, se apaixonou por um médico inglês para o qual trabalhara como tradutora durante um congresso em Paris. Ela deixou seu esposo e sua filha praticamente no dia seguinte, tomada por uma espécie de hipnose amorosa, para se instalar em Londres com esse desconhecido, mas oito meses mais tarde, durante os quais não teria visto sua filha mais de duas vezes, o homem a pôs na rua, alegando que ela era "intolerável e histérica" — fim da história. Ela passara os trinta anos seguintes justificando o que ela chamava de "um deslize". Dizia ter sido ludibriada por um "narcisista perverso". A realidade era mais prosaica e menos romanesca: ela teve uma paixão sexual que não durou.

Claire havia morado nos Estados Unidos, em Cambridge, com seu pai, até este morrer em consequência de um câncer fulminante — ela estava com treze anos. Foi então que voltou para a França, a fim de ficar com sua mãe num pequeno vilarejo serrano onde esta decidira residir, nos arredores de Grenoble. Marie trabalhava para editoras francesas, em meio período e, esperando "recuperar o tempo perdido e corrigir seu erro", se dedicou à educação de sua filha com uma suspeita devoção. Ensinou-lhe várias línguas, literatura e filosofia — sem ela, difícil dizer se Claire se tornaria essa ensaísta reconhecida, autora de seis obras, dentre as quais a terceira, *O Poder das mulheres,* que redigira aos trinta e quatro anos e lhe garantira um sucesso de crítica. Após seus estudos na Escola Normal Superior de Paris, Claire integrara o departamento de filosofia da universidade de Columbia, em Nova York. Lá, pôde retomar contato com antigos amigos de seu pai que a ajudaram a conseguir esse estágio na Casa Branca. Foi nessa época, em Washington, que conheceu, durante um jantar organizado por amigos em comum, aquele que ia se tornar seu marido, o célebre jornalista político francês Jean Farel. Vinte e sete anos mais velho, esse astro da rede de televisão pública acabava de se divorciar e se achava no auge de sua glória midiática. Além do importante programa político, no qual era o apresentador e o produtor, ele conduzia uma entrevista no rádio entre 8 horas e 8h20 — com seis milhões de ouvintes toda manhã. Alguns meses depois, Claire renunciava a uma carreira na administração do governo americano e, ao voltar para a França, casou-se com Jean Farel. Ele representava um homem de carisma irresistível para a jovem ambiciosa que ela era então, dotado, além do mais, de um dom de réplica mordaz, do qual os políticos que ele convidava diziam: "Quando é entrevistado por Farel, você se torna um filhote de passarinho nas garras de um gavião." Ele a lançou num meio social e intelectual ao qual ela não poderia ter acedido assim tão jovem e sem uma rede de influência pessoal. Ele havia sido seu marido, seu mentor, seu apoiador mais fiel. Aquela forma de autoridade protetora reforçada pela diferença de idade a tinha mantido por muito tempo numa posição de sujeição, mas, aos quarenta e três anos, estava agora determinada a seguir o curso de sua vida conforme suas próprias regras. Durante vinte anos, eles conseguiram manter a conivência intelectual e a estima amigável dos velhos casais que resolveram convergir seus interesses para o lar erigido como um baluarte contra a adversidade, afirmando que eram os melhores amigos do mundo, uma maneira educada de esconder que não mantinham mais relações sexuais. Durante horas, falavam de filosofia e de política, entre eles ou ao longo dos jantares que realizavam frequentemente em seu grande apartamento na avenida Georges-Mandel, porém, o que os unira mais fortemente era o filho deles, Alexandre. Aos vinte e um anos, após estudos na Escola Politécnica, integrara a universidade de Stanford, na Califórnia, no início do ano letivo, em setembro. Foi na sua ausência, no começo do mês de outubro de 2015, que Claire abandonou brutalmente seu marido: *eu encontrei alguém*.

O sexo e a tentação de arrasar, o sexo e seu ímpeto selvagem, tirânico, incoercível, como outros, Claire também cedera a ele, quase demolindo num *impulso caprichoso*, num arrebatamento irresistível, tudo o que tinha pacientemente construído — uma família, uma estabilidade emocional, um refúgio durável — por um homem de sua idade, Adam Wizman, professor de francês numa escola judia do 93[1], que vivia há três anos com sua esposa e suas duas filhas, Noa e Mila, treze e dezoito anos, em Pavillons-sous-Bois, um município aprazível no departamento de Seine-Saint-Denis. Ele convidara Claire a encontrar seus alunos do último ano do ensino médio e, após a entrevista que realizou num dos auditórios do colégio, foram beber alguma coisa num café no centro. O intercâmbio entre os dois ainda estava circuns-

---

[1] Abreviação do código postal 93.000. Departamento (subdivisão territorial francesa) de Seine-Saint-Denis, conhecido por seu multiculturalismo e sua característica intercomunitária situado ao nordeste da região parisiense.

crito a essa camaradagem cortês, artificial, que pretende encobrir o desejo, mas acaba o revelando por inteiro. Eles se mantiveram retraídos, o que era socialmente conveniente e, contudo, ambos souberam no instante em que sentaram à mesa do bar vazio: eles voltariam a se ver, eles fariam amor e eles se envolveriam. Quando a acompanhou de volta para casa no seu velho Golf verde amêndoa, já que o táxi solicitado nunca apareceu, ele lhe dissera que desejava voltar a vê-la. E foi assim que, em poucos meses de um relacionamento vivido à distância (viam-se apenas uma ou duas vezes por mês, encontros tão intensos que reforçavam a cada vez a delirante convicção de terem se "encontrado"), a intelectual um pouco rígida, que dava conferências de filosofia na Escola Normal Superior sobre temas tão diversos quanto o *fundamento ontológico do individualismo político* ou *as emoções impessoais da ficção, tinha* se transformado numa namorada apaixonada cuja ocupação principal consistia em redigir mensagens eróticas, em rememorar a mesma fantasia e em buscar conselhos para responder à única pergunta existencial interessante: *É possível refazer sua vida depois dos quarenta anos?* Ela racionalizou: Trabalhe e ponha de lado sua vida privada. A paixão, aos vinte anos, tudo bem, mas depois dos quarenta? Você tem um filho de vinte e um anos, um cargo importante, uma vida *satisfatória*. Uma vida *plena*. Você é casada com um homem que lhe oferece toda a liberdade e com quem você concluiu tacitamente o mesmo pacto selado entre Jean-Paul Sartre e Simone de Beauvoir: os amores necessários, os amores contingentes, o cônjuge, esse ponto fixo, e as aventuras sexuais que nutririam seu conhecimento do mundo — essa liberdade, porém, você nunca explorara a esse ponto, não por fidelidade, não, você não tinha nenhum gosto pelo rigor moral, mas por uma inclinação natural à tranquilidade. Você organizou sua vida com um perfeito sentido de ordem e de diplomacia. Você teve mais dificuldade que um homem para encontrar seu lugar, mas acabou conseguindo, e você sente a legitimidade dessa posição. Decidiu de uma vez por todas que se assumiria e não seria uma vítima. Seu marido está ausente com frequência e, quando está próximo, você vê cada vez mais mulheres jovens gravitando em torno dele, mas você sabe, é a você que ele está unido. Ela, a mulher que afirmava sua independência em todas as suas falas midiáticas, submetia-se de modo privado às injunções sociais múltiplas: Dê-se pôr satisfeita por aquilo que tem. Não ceda à dependência corruptora, ao desejo sexual, à miragem do amor, a tudo aquilo que acaba alienando, enfraquecendo. É o que causará sua perdição. Renuncie. Ela hesitou por muito tempo a dar início ao processo de separação, torturada pela culpa por deixar um homem que alcançava o crepúsculo de sua vida, pressionada pelos seus hábitos e o sentimento de segurança que estes geravam, incessantemente presos por fios invisíveis: o medo do desconhecido, sua moral pessoal, um certo conformismo. Com seu marido, ela formava um desses casais do poder que a sociedade midiática reverenciava, mas nessa relação de forças permanente em que evoluía o casamento deles, não era difícil dizer quem dominava o outro. Em caso de divórcio, os amigos, as relações profissionais acabariam escolhendo Jean, mais influente. Ela seria isolada, banida. Na imprensa, as matérias sobre seus livros seriam menos numerosas, menos elogiosas, Jean faria pressão de maneira indireta, não precisaria sequer dar um telefonema — seu sistema integrado funcionaria *naturalmente*. Ela conhecia a atração que exerce o poder midiático, o risco da onipotência que suscitava a adulação e a incapacidade para alguns — e não eram sempre os mais frágeis — de resistir a isso. E foi exatamente o que aconteceu. Sim, mas cinco anos antes, Claire tivera e experiência da doença, tinham lhe diagnosticado um câncer de mama. Quando soube que estava curada, decidiu viver com a intensidade que só a consciência aguda de sua própria mortalidade tornava possível. A transformação pela adversidade — clássico, de se esperar, mas verdadeiro. A abdicação? Não de imediato.

"Uma mulher de sua idade e na sua situação" (em outras palavras, *uma mulher que a doença tornou vulnerável*) não deve se colocar em perigo. Era, em substância o que sua mãe lhe repetia, o que a sociedade afirmava com autoridade lúgubre, o que até mesmo a literatura confirmava, erguendo ao patamar de heroínas clássicas as mulheres malcasadas, que a paixão amorosa vencera e consumira, levando-as às vezes ao suicídio, o que tudo, dentro do ambiente social, lhe interpelava com violência. Mas uma mulher feito ela, que fora formada por leituras heteróclitas, que fizera de sua autonomia e de sua liberdade os compromissos de toda uma existência, a própria essência de seu trabalho, uma mulher que enfrentara a morte, conseguia se convencer rapidamente de que não podia haver maior desastre que a renúncia de viver e de amar. E foi assim que, certa manhã, ela fez suas malas e se foi, após deixar sobre a mesa da sala um cartão postal representando uma paisagem de montanha, no verso do qual ela escrevera sucintamente essas palavras cuja banalidade expressava a urgência e a necessidade da partida, o desejo de terminar, de concluir bem rápido uma punhalada, um sacrifício sem adormecer a fera, vigorosa e lancinante, é assim que se abate: *Acabou.*

2

Durar — era o verbo que contraía todas as alienações existenciais de Jean Farel: ficar com sua mulher; conservar uma boa saúde; viver muito tempo; deixar a emissora o mais tarde possível. Aos setenta anos, dos quais quarenta na tela, ele observava a chegada dos jovens lobos da televisão com a ferocidade dos velhos animais que, sob a máscara lenta, nada perderam de sua combatividade. Seu corpo mostrava alguns sinais de fraqueza, mas conservara uma mentalidade de atleta e um espírito ágil que atacavam com ainda mais violência, deixando o interlocutor juvenil, ao subestimar tal vigor, rapidamente acuado nas fronteiras de sua insuficiência intelectual e de sua arrogância. "Eu tenho uma boa natureza", declarava ele modestamente àqueles que lhe pediam o segredo de sua boa forma. A cada manhã, ele treinava com um profissional, que dividia seus serviços com uma estrela da música francesa. Era também acompanhado por um nutricionista adorado em toda a Paris. Ele pesava seus alimentos, proibia-se todo desvio e frequentava habitualmente dois ou três restaurantes da capital, onde se aglomerava a mídia de Paris. O segredo de sua magreza? Ele o divulgara na imprensa: "Nunca perco a oportunidade de pular uma refeição." Uma vez por ano, ele comparecia discretamente a uma clínica de tratamentos estéticos situada a poucos metros de seu local de trabalho, rua de Ponthieu, no 8º *arrondissement* de Paris. Já havia realizado uma lipoaspiração no pescoço e na barriga, uma operação das pálpebras, um leve *lifting*, sessões de laser e injeções de ácido hialurônico — Botox jamais, pois enrijecia os músculos, deixando um aspecto de boneca de cera, ele procurava o *natural*. Passava também três semanas por ano, uma vez no inverno e duas no verão, nas altas montanhas onde, supervisionado por um cardiologista e um naturopata, ele se obrigava a um jejum restritivo e se entregava aos prazeres do alpinismo e da caminhada. Depois disso, seu ritmo cardíaco era o de um adolescente. Renunciara à natação e deixara de frequentar a piscina do hotel Ritz onde, durante anos, ele teve a oportunidade de abordar as mais belas atrizes, mas que, agora, com a onda de moralização atingindo todo o mundo político-midiático, era preciso prudência. Nesse contexto de delação instaurado pelas redes sociais, ele lançava mão da discrição e da economia.

Uma vez por trimestre, ele consultava seu clínico geral que verificava seus exames. Era capaz de revelar a velocidade de sedimentação, sua taxa de proteína C reativa, transaminases e efetuava todos os rastreamentos tumorais possíveis, particularmente após Claire ter sido diagnosticada com um câncer de mama — "Sou hipocondríaco", ele se justificava. Sua única intenção era resistir, permanecer no ar. Antes do verão, ele posaria para a capa do *Paris Match*, sob a lente de um fotógrafo de renome — ritual anual que lhe garantia a notoriedade, a admiração do público e o apoio da emissora de TV. Seria visto, como sempre, praticando alguma atividade esportiva: ciclismo, corrida, marcha nórdica, uma maneira de dizer: olhem para mim, continuo vigoroso. Nesse ano, ele concordou em participar de uma emissão de *Fort Boyard*[2], e os telespectadores teriam a confirmação de sua condição física excepcional.

Ao seu trabalho, ele diria "minha paixão", Jean Farel dedicara toda sua vida. A política e o jornalismo tinham constituído os propulsores de sua existência: vindo do nada, sem diploma, sem contatos, ele escalou todos os degraus; tinha vinte anos quando entrou na ORTF[3] como mero estagiário, antes de se tornar, dez anos mais tarde, o âncora do telejornal do principal canal francês. Após uma longa participação numa estação de rádio de alcance nacional, na qual dirigiu a programação, ele retornou à televisão, onde apresentou o jornal numa rede pública durante quase dez anos, em seguida, comandou

---

[2] Programa da televisão francesa criado em 1990 em que os convidados são desafiados a inúmeras provas físicas a fim de alcançar a vitória. A emissão é gravada no forte Boyard, na costa atlântica da França.
[3] Agência nacional francesa responsável pelo fornecimento do serviço público de rádio e televisão.

um programa matinal numa estação de rádio. Suas entrevistas diretas e incisivas, bem documentadas, cultas, sustentadas por referências precisas, lhe garantiram rapidamente uma reputação de hábil pugilista. Foi nessa época que ele concebeu o programa *A Grande Prova Oral*, uma peça midiática ao centro da qual brilhava um convidado político entrevistado pelo próprio Jean Farel, mas também por escritores, atores, representantes do setor cultural que ele escolhia por sua audácia subversiva — a cada programa sua polêmica, seus quinze minutos de confrontos com injúrias, suas ameaças de processo por difamação e, a partir do dia seguinte, seu relato nas principais mídias e redes sociais. Por muito tempo, ele apresentara esse programa ao vivo, mas com sessenta e sete anos ele foi vítima de um pequeno AVC em casa: no espaço de alguns segundos, ele perdera a capacidade de falar. Se por um lado não ficara com nenhuma sequela e conseguira manter segredo sobre esse episódio a fim de preservar sua carreira, por outro, decidira impor que os programas fossem doravante gravados antecipadamente, oficialmente por maior liberdade e conforto, na realidade porque ele estava aterrorizado com a ideia de sofrer um derrame cerebral ao vivo e concluir sua carreira exemplar no YouTube. Não tinha a menor intenção de deixar a televisão e, tampouco, vontade de renunciar àquilo que lhe dava força para continuar: sua paixão pela política, a adrenalina da exposição na televisão, a notoriedade e suas vantagens — e o poder, esse sentimento de onipotência que os bons níveis de audiência e o fato de ser reconhecido e acolhido em todos os lugares com deferência lhe concediam.

O fardo narcísico, a obsessão com a imagem, com o controle — era onipresente na tela e, agora, ele observava cada manhã, no seu espelho, sua degenerescência programada. E, contudo, ele não se *sentia* velho. Suas iniciativas de sedução — pois ele sempre gostava de agradar — se limitavam agora aos almoços com suas colegas, as com menos de quarenta sendo suas preferidas —, sobretudo as romancistas novatas, que ele via na impressa a cada temporada literária e às quais ele escrevia cartas cheias de admiração: *seu primeiro romance é o que a nova literatura produz de melhor*. Elas sempre lhe respondiam. Só então, jogando um charme, ele as convidava a almoçar num restaurante onde podiam ser vistos — elas aceitavam, lisonjeadas em poder conversar com o animal midiático, ele tinha mil anedotas fascinantes para contar, ele existia nos olhares delas, isso não ia mais longe, todo mundo saía contente.

As instalações do canal de TV eram verdadeiros viveiros de carne fresca: jornalistas, estagiárias, convidadas, editorialistas, apresentadoras, recepcionistas. Às vezes, ele se surpreendia sonhando em recomeçar sua vida com uma delas, fazer-lhe um filho. Elas eram muitas e dispostas a trocarem a juventude pela segurança. Ele as introduziria ao mundo da mídia — com ele, elas estariam dez anos à frente das outras — enquanto, aparecendo ao lado delas, ele rejuvenescia alguns anos, explorando uma nova vitalidade sexual. Tudo isso, Jean conhecia de cor, mas faltava o cinismo: não poderia chamar de amor o que era apenas uma permuta. E, depois, ele jamais decidira abandonar sua companheira secreta, Françoise Merle, jornalista na imprensa escrita, Prêmio Albert-Londres nos anos setenta por uma reportagem excepcional, *Os Esquecidos do Conjunto Habitacional Palácio*, em Seine-Saint-Denis. Ela havia começado como jornalista no serviço societal de um importante jornal. Em seguida, fora sucessivamente repórter, redatora-chefe, diretora-adjunta da redação, diretora da redação, antes de perder a eleição ao cargo de diretora do jornal. Hoje, era conselheira editorial, um título obscuro que evitava que enfrentasse a questão que a devastava há dois anos, esse afastamento oficioso anunciando uma aposentadoria que ela temia e que a ela havia provocado: dois anos de depressão e tratamentos ansiolíticos para suportar a desgraça de ser empurrada pela porta de saída quando ainda se sentia eficaz e competente.

Jean conhecera Françoise Merle três anos após o nascimento de seu filho, Alexandre, nos corredores de uma associação que ele criara, Ambição para Todos, reunindo jornalistas dispostos a ajudar os estudantes de ensino médio oriundos de classes desfavorecidas a ingressar nas escolas de jornalismo — uma linda mulher, culta, generosa, que acabara de comemorar seu aniversário de sessenta e oito anos, e com quem ele levava uma *vida dupla* há mais de dezoito anos. Durante anos, ele jurara a Françoise que *um dia* ficariam juntos; ela não havia casado, não teve filho, ela o esperara em vão; ele não teve coragem de se divorciar, menos por amor à sua mulher — fazia muito tempo que seu interesse por Claire estava circunscrito à vida familiar — do que por desejo de proteger seu filho, garantir-lhe um contexto estável, equilibrado. Alexandre fora uma criança de excepcional precocidade intelectual, era um rapaz brilhante, emérito esportista, mas, dentro da esfera privada, ele sempre pareceu imaturo. Alexandre acabara de chegar a Paris para comparecer à entrega de condecoração ao seu pai, no palácio do Eliseu: na mesma noite, Jean seria nomeado Grande Oficial da Legião de Honra. Desde que Claire anunciara a separação, ele só havia visto seu filho uma única vez. Ele lhe dissera que nada era irreversível, enquanto a separação não fosse oficial — sua esperança secreta era a de que sua esposa reintegraria o domicílio conjugal, tão logo se cansasse de um relacionamento que se chocaria rapidamente contra as detestáveis contingências do cotidiano. Por essa razão, nada contou a Françoise, ela teria encontrado nisso um argumento para lhe impor um compromisso que ele já não mais desejava. Ele a amava, estava visceralmente ligado a ela por laços tão profundos que não os poderia romper sem devastar a si mesmo, mas ele sabia, com extrema culpa, que seu tempo acabara. Ela tinha quase a sua idade, não podia se expor ao seu lado sem comprometer sua imagem social. Ela lhe daria o golpe fatal: o tiro de misericórdia de um velhote. Nos meios intelectuais, sua esposa suscitava respeito e admiração, enquanto ele era frequentemente acusado de oportunismo e demagogia. Claire fora um trunfo, e ele não hesitou em posar com a família para certas revistas, apresentando-se ao público como um esposo fiel, bom pai, dedicado a seu lar, respeitoso do trabalho de sua jovem esposa — e ela desempenhara o papel, consciente das repercussões que uma encenação midiática habilmente orquestrada podia ter sobre sua própria carreira. Essas matérias, Françoise as descobria na imprensa e, em seus surtos de desespero, rompia com o senso de teatralidade que impunha esse *vaudeville* íntimo, dizendo que não suportava mais o lugar em que ele a colocara: *Vá se foder!*, ela extravasava, você *procura uma mãe, não uma mulher, vá ver um psicanalista!* antes de sair batendo a porta. Evidentemente, era patético. Isso acontecia com frequência cada vez maior... A mãe dele era um assunto tabu. Anita Farel era uma antiga prostituta viciada que, depois de ter tido quatro crianças de três pais diferentes, os criara dentro de um apartamento ocupado ilegalmente no 18º *arrondissement*. Certa tarde,

Jean a encontrara morta ao voltar da escola, estava com noves anos. Ele e seus irmãos foram acolhidos numa DDASS[4]. Nessa época, Jean ainda se chamava John, apelidado Johnny — em homenagem a John Wayne, cujos filmes sua mãe assistira a todos. Ele foi acolhido e adotado por um casal em Gentilly, subúrbio parisiense, com seu irmão mais novo, Léo. Este, um antigo lutador de boxe, agora com sessenta e um anos, era seu mais próximo confidente, o homem dos trabalhos sujos que resolvia na sombra todos os pequenos problemas em que Jean, por conta de seu status, evitava se envolver. No lar da família que os acolhera, a mulher criava as crianças, o marido era treinador esportivo. Ambos os amaram como se fossem seus próprios filhos. John não estudara muito, mas escalara sozinho os degraus numa época em que ainda era possível ter êxito sendo um autodidata com audácia e ambição. Assim que foi contratado pela rádio, ele mudou de identidade e afrancesou seu nome, escolhendo Jean, mais elegante, mais burguês. Desse passado, ele pouco falava. Uma vez por ano, na época das festas de Natal, ele reunia seus pais adotivos, seu irmão Léo e seus dois outros irmãos, Gilbert e Paulo, que tinham sido criados no seio de uma mesma família no departamento de Gard e eram agricultores — só isso.

Jean teve um primeiro casamento fracassado aos trinta e dois anos — a união durara somente alguns anos — com a filha de um industrial, depois um segundo, no qual sua esposa decidira pôr um término. Quando conheceu Claire, ela era bem jovem, porém, muito mais madura que as moças de sua idade — e ela rapidamente ficou grávida. Por algum tempo, ele a criticou por ter lhe colocado um filho "nas costas" antes de se render ao fascínio da transmissão genética: no instante em que viu essa criança, ele a amou. Ficou encantado com esse filho com cabelos de um louro veneziano, os olhos azuis, de uma beleza pura, que se parecia tão pouco com ele, que era moreno e tinha olhos negros. Quando o via, sabia que tinha feito a escolha certa ao privilegiar a segurança afetiva de seu filho. Alexandre alcançara um patamar além do esperado.

---

[4] Direção Departamental de Assuntos Sanitários e Sociais. Órgão responsável, entre outras coisas, pelo acolhimento de menores abandonados.

A todo mundo repetia que ele, autodidata, havia gerado um aluno da Escola Politécnica — podia haver maior satisfação na vida? Seu filho, "o maior sucesso de sua existência", ele repetia — uma declaração bem presunçosa para um homem que tinha conhecido todos os sucessos profissionais e que fizera da longevidade na televisão o objetivo de toda uma vida. Diziam que era egocêntrico, vaidoso, impetuoso, belicoso, temperamental — seus acessos de cólera eram célebres — mas também combativo, obstinado: um trabalhador incansável, um homem que havia colocado sua carreira acima de tudo. Modesto consolo: agora que Claire se fora, ele poderia se dedicar ao trabalho por inteiro.

Na sua idade, apesar dos níveis de audiência decentes, ele penetrava na zona de turbulência e se agarrava desesperadamente a um assento cobiçado e ejetável. Tinha passado a noite em seu local de trabalho, todo o espaço havia sido convertido num apartamento privado, havia um quarto, um camarim, um escritório, uma sala e uma cozinha. Françoise chegara na véspera, por volta de vinte e duas horas, acompanhada por seu cão enorme que Jean lhe dera oito anos antes, um poodle enorme, gentil e pacato que eles chamaram de Claude. Ele podia ouvi-la se preparando no cômodo ao lado, estava escutando rádio em alto volume, a emissão matinal de um jovem concorrente que ele detestava. Quando estava pedalando em sua bicicleta de apartamento, ela surgiu, vestida numa camisola em seda azul-escuro, o rosto sem maquiagem. Era uma bela mulher de cabelos louros e curtos, com atitudes enérgicas das quais emanava, à primeira vista, a extraordinária vivacidade intelectual.

— Tenho que sair — disse ela, reunindo suas coisas, seu cão enorme colado às suas pernas.

A reunião de redação se realizava às 7h30, ela sempre chegava no jornal às 6h30; quanto a ele, seu programa diário de entrevista só tinha início às 8h.

Jean desceu de sua bicicleta, enxugou o rosto numa toalha branca com suas iniciais bordadas.

— Espere. Vou te servir um café.

Ele a levou até a pequena cozinha, o cão atrás deles. Ela se instalou ao lado da mesa central, enquanto ele lhe servia o líquido fumegante em sua xícara com a efígie de George Bush — ele possuía toda uma coleção, para efeito humorístico.

— Realmente, preciso ir embora, não tenho muito tempo.

— Sente-se! O tempo, é preciso saber levá-lo; eu também tenho uma entrevista pela manhã.

— Certo, mas você já preparou tudo ontem, você não deixa nada ao acaso, eu te conheço.

— Sente-se por dois minutos.

Unindo o gesto à palavra, ele a conduziu delicadamente para o banco, apertando sua mão.

— Finalmente, você é como eu — ele ironizou — não desiste nunca.

Ele sentou-se, por sua vez, e serviu-se uma xícara de café.

— Adoro minha profissão — ela disse. — O jornalismo é minha essência profunda.

— A minha também, nunca deixei de amar meu trabalho.

— Mas o que você busca não é o respeito profissional; o que te interessa é o amor do público, é esta a grande diferença entre nós dois.

— É uma imensa responsabilidade, entende, ser visto e amado por milhões de pessoas, receber tanto amor.

— É também uma imensa responsabilidade ser lida por milhões de leitores.

— Sim, mas os leitores julgam essencialmente seu trabalho. No meu caso, é outra coisa, eles me veem na tela, faço parte da paisagem cotidiana deles, um laço afetivo se criou, faço um pouco parte de suas famílias.

Ele se aproximou dela, passou a mão em seu rosto. Ela tinha uma pele flácida, marcada de rugas. Ainda que cuidasse de sua aparência, ela se recusava a ceder à ditadura da beleza e qualquer intervenção estética.

— Você vem hoje à noite? Por favor...

Ela recuou bruscamente para escapar de sua carícia.

— Para ver você receber sua medalha sob aplausos? Não, depois de tanto tempo, você deveria saber que não sou sensível a essas futilidades.

— Sei, você é uma pessoa íntegra, tem as mãos limpas. — Depois, num tom mais ameno, acrescentou: — Se você não vier, nada disso faz sentido para mim... Meu filho estará lá. Ele fez todo esse trajeto por mim...

Françoise se pôs de pé.

— Realmente, não estou a fim de te escutar tecendo elogios à sua mulher, sem a qual nunca teria chegado onde chegou, tampouco ver sua emoção quando o presidente lhe entregará um buquê de flores diante de toda a Paris.

Verdade: Claire lhe prometera que ela viria para não o humilhar.

— Meu casamento é uma vitrine social, nada mais, você sabe.

— Mas você é incapaz de quebrá-la.

Houve um instante de hesitação. Ele podia lhe anunciar que Claire o deixara. Que ela vivia há três meses com outro homem, *um judeu*. Mas seria preciso também, para tanto, confessar-lhe que ele esperava que ela voltasse.

— Não quero machucar meu filho nesse momento em que ele atravessa um período importante de sua vida, ele ainda é frágil.

Ele se levantou também, aproximou-se dela e a beijou com afeto.

— Eu te amo.

Jean a pressionou um pouco contra seu corpo.

— Hoje de manhã, depois do programa, tenho uma reunião com Ballard, o diretor de programação, disse ele enquanto ela se dirigia para o quarto.

Ele a seguia e podia-se sentir, em sua necessidade física de estar perto dela, a grande intimidade entre os dois.

— Vai ficar tudo bem.

— Ele procura me desestabilizar, ele me detesta.

Eles entraram no quarto, o cão atrás. Jean sentou-se à beira da cama, observou Françoise retirar sua camisola graciosamente e depois vestir uma calça preta e um suéter azul intenso.

— Como um homem tão complexo como você pode ser às vezes tão binário? Seu mundo é dividido entre aqueles que o amam e aqueles que não o amam.

— Se alguém não gosta do meu programa é porque não gosta de mim, evidentemente. E esse novo diretor não gosta de mim. Acha que estou velho demais, é essa a realidade. Ele pensa: o velho se agarra, não quer abrir mão de nada. Você se dá conta da violência?

Ela riu.

— Tendo em vista a atualidade, eu daria outra definição de violência!

— Você nunca levou a sério o que eu fazia. Tornou-se cada vez mais difícil. Quem aparece nas capas das revistas agora? Os jovens apresentadores com rosto bonitinho... Não se pode relaxar... Nunca... Esse meio é terrível, você não pode entender.

A expressão de Françoise se contraiu, com traços de desafio.

— Sim, eu posso entender. Num determinado nível, ser jornalista é saber gerir a pressão. Entre aqueles que se queixam de matérias que não lhes agradam, que se sentem difamados com a menor crítica, os telefonemas dos políticos ou de seus comparsas, as mensagens incendiárias dos leitores que ameaçam cancelar suas assinaturas, os jornalistas que se revoltam, os misóginos que não toleram ser dirigidos por uma mulher, aqueles que querem meu lugar, não é fácil para mim, pode acreditar... E sequer estou falando da violência das redes sociais... Hoje, um bom jornalista deve possuir pelo menos vinte mil seguidores no Twitter, o que significa se dedicar a isso uma boa parte do dia; tenho a impressão de que perco meu tempo. Para os jovens, eu encarno o jornalismo da mãe deles, jamais leram uma única de minhas reportagens, veem-me como uma relíquia. Depois dos cinquenta anos, as mulheres ficam invisíveis, é assim, isso não me causa nenhuma amargura.

— Como você pode ser tão pessimista?

— Sou lúcida: um dia, você me deixará por outra mulher; ela será bem mais jovem, e você se casará com ela.

— Nunca, está me ouvindo, nunca te deixarei.

Ela não o escutava, desenvolvendo seu pensamento.

— Num determinado momento, é o que acontece, na vida privada, como na vida profissional, é preciso saber partir.

— Por que eu deveria sair da televisão? — perguntou ele, cedendo ao seu hábito de se colocar no centro de tudo. — A um ano da eleição presidencial? Eu nunca estive tão em forma quanto hoje, tão ofensivo, tão livre.

Ela sorriu.

— Tão livre? Tem certeza? A cada reorganização, a cada eleição, você emprega toda sua energia para agradar o governo em vigor.

Ele se enervou.

— Quem pode afirmar que é realmente independente? No audiovisual do setor público, todos dependem do poder político, é assim, a relação de forças acaba às vezes em conivência... E você não está em condições de me dar lições de moral... Quem são os acionistas do seu jornal? Um duo de grandes patrões próximos ao Presidente...

— Qual é a relação? Eles não intervêm no conteúdo de nossas matérias! O que você acha? Que uma redação com mais de quatrocentos jornalistas é adestrada como um cão?

Ele não reagiu. Depois de se virar ligeiramente, ela disse com frieza:

— Meu jornal vai publicar um artigo sobre sua esposa na edição de amanhã. O diretor de redação propôs colocá-lo na primeira página, com a foto e a matéria dedicadas aos eventos em Colônia.

Alguns dias antes, na noite de 31 de dezembro de 2015 ao 1º de janeiro de 2016, centenas de alemãs compareceram às delegacias de polícia para dar queixa; elas afirmavam ter sofrido agressões sexuais e estupros numa das principais praças de Colônia, na Alemanha, durante a festa de réveillon — o número de agressores foi estimado em mil e quinhentos. Alguns dos atores desses ataques foram identificados, tratavam-se de emigrantes procedentes da África do Norte em sua maioria, e essa notícia trágica provocou uma enxurrada de críticas contra a política de regularização maciça de migrantes oriundos especialmente da Síria estabelecida por Angela Merkel. Claire Farel logo se afastou de certas intelectuais e mulheres políticas de extrema-esquerda que tinham declarado temer "instrumentalizações racistas em vez de começar condenando os atos de violência cometidos contra as mulheres atacadas". A própria prefeita de Colônia, receando uma estigmatização dos imigrantes, chamara a atenção contra os amálgamas antes de aconselhar desajeitadamente as mulheres a "se afastarem dos homens". Foi essa expressão — "se afastar dos homens" — que motivou a reação de Claire. Sua vontade, dizia ela numa entrevista, "era viver numa sociedade na qual as mulheres não deviam ser obrigadas a se afastar dos homens para viverem tranquilas". Ela denunciava esse desequilíbrio, algumas feministas colocando, na sua opinião, a defesa dos estrangeiros antes daquela das mulheres agredidas. Ela considerava que esse silêncio era "culpado". Ainda que condenasse os amálgamas, ela se recusava a fechar os olhos sobre os atos "repreensíveis cometidos por esses homens dentro do território alemão. Devemos nos calar porque tememos ver a extrema-direita marcar alguns pontos? Qual é a terrível injunção imposta a essas mulheres agredidas? *Calem-se porque, falando, vocês estarão fazendo o jogo do fascismo*. É um erro e, para o combate feminista, uma desonra.

Denunciamos os responsáveis pelo que eles fazem, não pelo que eles são. As mulheres agredidas devem ser ouvidas e escutadas, e seus agressores, quaisquer que sejam, punidos".

— Não gostei dessa entrevista — prosseguiu Françoise. — Eu a critiquei publicamente ontem, numa reunião de redação. — Isso vai estigmatizar ainda mais os estrangeiros na Alemanha, mas na França também, em particular os muçulmanos.

— Tinha esquecido que eu estava apaixonado por uma esquerdista-islâmica — brincou Jean.

— Não vem dar uma de ideólogo para cima de mim.

Claude começou a latir, andando em volta dos dois.

— Bom, está na hora de eu ir embora, essa conversa não nos levará a nada.

— Ao contrário, é preciso debatê-la. Vou receber o ministro do Interior no meu programa de hoje; minha equipe acaba de realizar uma reportagem que mostra que a prefeitura de Colônia tentou abafar o caso. Isso vai me permitir relançar o lugar do islã na Europa.

— O islã... Você ainda não cansou de nos servir, como os outros, esse lugar comum? Você vai fazer novos amigos. No primeiro passo em falso, eles vão tentar te demitir...

— São muitos que querem tomar o meu lugar.

— Eu sei.

— Mais do que você imagina...

— O que você ainda é capaz de fazer para manter seu programa?

Ele começou a rir:

— Tudo.

3

Ao longo do encontro literário que Adam Wizman realizara com seus alunos na escola judia onde ele era professor de Francês, Claire havia lido um trecho de seu livro e depois um outro de *O Segundo Sexo*, de Simone de Beauvoir. Adam lhe escrevera várias cartas num espaço de seis meses, convencendo-a a vir a esse estabelecimento. Ele compreendera que a reticência de Claire se devia em parte ao caráter confessional da escola. Ele insistira, argumentando que desejava que seus alunos tivessem acesso às grandes obras feministas e, particularmente, aos escritos de Simone de Beauvoir, às quais Claire dedicara um livro. Adam fez com que seus alunos estudassem esse texto à véspera da visita de Claire, ela respondera a todas as perguntas feitas pelos jovens e, no dia seguinte, ele foi convocado pela direção da escola: dois alunos haviam contado a seus pais que a ensaísta evocara o lugar da mulher e o casamento "em termos contrários aos que ensina a Torá". Os pais, anunciava a direção, estavam "chocados". Em questão, uma frase: "O drama do casamento não é que ele não assegure à mulher a felicidade que promete — não há garantia sobre a felicidade —, é que ele a mutila - ele a condenada à repetição e à rotina."

No meio judeu conservador, o casamento permanecia um ato supremo, valorizado e sacralizado. A vida cotidiana era enquadrada pelos preceitos do judaísmo, os papéis, rigorosamente atribuídos, e se a grande maioria dos pais de alunos demonstrava uma abertura de espírito e havia acolhido com entusiasmo a visita de Claire, uma minoria fizera pressão sobre a direção, expressando o receio sobre a "má influência que *essa mulher* poderia exercer sobre nossas filhas". Dessa reunião, resultou uma petição e Adam recebeu uma advertência. Foi assim que teve início o relacionamento entre os dois: sob o signo da ameaça. Eles vinham de dois mundos radicalmente diferentes.

Adam Wizman nascera e crescera em Paris, no 20º *arrondissement*, no seio de uma dessas famílias judias protetoras e afetuosas que fizera da educação de seus descendentes e da aplicação daquilo que nomeavam com uma pitada de orgulho "os valores judeus" o sentido extremo de suas vidas. Originários da África do Norte, seus pais haviam chegado na França no início dos anos sessenta, sonhando com uma ascensão social para seus filhos que as adversidades do exílio os tinham parcialmente negado: o pai era contador; a mãe, assistente social num organismo de auxílio à infância, judeus tradicionalistas, respeitosos dos ritos em casa, um pouco mais laicos fora de suas casas. Após um mestrado em Letras Modernas na Sorbonne, Adam obtivera um cargo de professor em Toulouse, onde conhecera aquela que, seis meses mais tarde, se tornaria sua mulher, Valérie Berdah, uma jovem protética odontológica. Baixa, morena, com óculos, olhos castanhos esverdeados, pele clara, ligeiramente corpulenta, sempre sorridente, ela fora a parceira ideal: animada, afetuosa, compreensiva. Juntos, eles tiveram duas filhas que foram escolarizadas, a pedido de Valérie, numa escola judia que, alguns anos mais tarde, em 19 de março de 2012, se tornaria o alvo de um atentado durante o qual três crianças e um pai de família encontrariam a morte em circunstâncias abomináveis, assassinadas por um islamista radical. Na França, em 2012, um homem entrava em uma escola para matar a queima-roupa crianças porque eram judias e filmaria seu crime com uma câmera GoPro presa no peito. Perplexa, a França assistia ao ressurgimento, sob uma nova forma, de uma barbárie que acreditava estar extinta, tentando analisar, em vão, a mecânica hedionda que produzira sua própria desarticulação. Adam e sua mulher desescolarizaram suas filhas de um dia para o outro, antes de decidir, como um bom número de seus semelhantes traumatizados pela tragédia, sair da França. Todas as conversas que tinham eram concluídas pela mesma funesta asserção: os judeus na Europa não podiam mais ocultar a realidade de um antissemitismo assassino. Podiam ficar ainda alguns anos, ganhar tempo, optar por um imobilismo e uma negação hipnóticos, mas, cedo ou tarde, eles ou seus filhos seriam obrigados a deixar a Europa para se precaver de uma ameaça eventual, por lassidão de precisar tolerar o inaceitável em nome da paz social e, pela força das circunstâncias, por medo da exclusão. O livro de cabeceira de Adam era *O sumiço,* de Georges Perec. Ele contava a Claire que, segundo a tradição judaica, o mundo havia sido criado com as letras. A remoção de uma só delas no texto original da Bíblia modificava todo o seu sentido. Ele estava convencido de que o obstáculo de Perec — escrever renunciando ao emprego da letra "e", a mais usada em francês — traía inconscientemente a possibilidade, sempre presente para os judeus, de seu próprio desaparecimento. *Viver feliz como um judeu na França,* ele assimilara esse velho provérbio até 2012, mas no dia em que um terrorista entrou na escola de suas filhas para matá-las, ele decidiu era o fim daquilo. Na precipitação, eles se instalaram em Israel, em Ra'anana, uma cidade com cerca de oitenta mil habitantes, situada a nordeste de Tel-Aviv, onde moravam inúmeras comunidades imigrantes, originárias da França, especialmente — em três anos, aproximadamente vinte mil judeus franceses haviam emigrado para Israel —, eles alugaram um apartamento por seis meses, mas a experiência foi desastrosa. Se, por um lado, Adam sentia uma profunda ligação com essa terra, por outro, ele sabia que só se integraria àquele lugar ao preço de uma deformação de seu ser, e ele não se sentia pronto para isso. Não estava pronto para suportar o fardo agressivo que o cotidiano nesse país gerava, não estava pronto — ele que só conhecera a solidão das minorias — para viver no meio de outros judeus, como ele. Experimentara um desconforto nesse clima de familiaridade permanente e se, por um lado, quando viajava para o estrangeiro, ficava sempre surpreso com esse sentimento de proximidade e fraternidade que nascia assim que encontrava outro judeu, por outro, ele não tinha, em Israel, sentido a menor cumplicidade com quem quer que fosse. Além disso, havia outra coisa que o atormentava e da qual não ousava falar a ninguém: a ausência de consciência política daqueles que tinham partido ao mesmo tempo em que eles e pelas mesmas razões — o conflito entre Israel e Palestina não passava de uma realidade abstrata, renegada, uma fatalidade para a qual ninguém mais tentava encontrar uma solução, todos aceitando em nome da própria segurança, de sua tranquilidade, uma desordem moral contra a qual, dentro do judaísmo humanista que ele se reivindicava, tudo deveria os preservar. Então, eles retornaram para a França, abatidos pelo fracasso e pelo sofrimento que este causava. Assim que voltaram, Adam obteve esse cargo de professor de francês numa escola judia. Ele viveu isolado com sua família, sem outra vida social senão uma existência comunitária, e foi nessa época que sua mulher se tornou muito praticante. Tinha começado mudando seu nome, renunciara a Valérie e queria que a chamassem de Sarah. Substituiu suas calças compridas por saias que alcançavam o chão, suas camisetas decotadas por suéteres largos de mangas longas e avisara a Adam que desejava cobrir a cabeça — ela usava agora um lenço — e respeitar mais rigorosamente as proibições alimentares, o sabá e "as leis da pureza familiar" — preceitos bem precisos que proibiam a mulher de ter contato físico com seu marido do primeiro dia de sua menstruação ao décimo segundo dia seguinte, depois do qual, ao cair da noite, ela devia imergir num banho ritual cheio de água de nascente para *se purificar*. Eles não dormiam juntos — durante esse período, sua mulher dormia num colchão sobre o assoalho, contra a vontade de Adam, que não suportava a imagem do corpo de sua mulher praticamente no chão — e, um dia, ele se cansou de se considerar um homem sem desejo e sem futuro. Durante quase vinte anos, ele se mantivera fiel a essa mulher que o encorajava como um líder, enquanto ela cuidava da educação de suas filhas, uma dessas mulheres *valentes* que glorificava o judaísmo e que ele celebrava, a pedido dela, todas as noites de sexta-feira um canto tradicional intitulado "A mulher virtuosa", mas aos quarenta e dois anos, quando tinha a impressão de viver com uma perfeita estrangeira, ele conheceu Claire, conheceu a combustão amorosa e sexual, e de um dia para o outro sua vida se tornou "uma batalha para não dar o fora e abandonar tudo".

O absolutismo contingente do desejo — Adam e ela não se separavam mais, embora, no momento em que se encontraram, nenhum dos dois estava em busca de uma aventura. Nenhum dos dois tinha realmente vontade de pôr em risco seu equilíbrio familiar, eles eram, então, hábeis mistificadores da felicidade conjugal. Eram citados como exemplo. Eram um modelo de *estabilidade*. Uma ficção necessária dentro da sociedade que fizera da exibição de um bem--estar virtual o barômetro do sucesso social. Além disso, havia outra coisa: o fusível identitário, aquilo que Adam chamava de "o peso da identidade judia" e que, durante um ano, o impedira de fazer uma escolha radical e mudar de vida. Ao fim de dois meses de relacionamento, Adam confessara a Claire que não poderia se comprometer com ela porque não estava pronto para *destruir seu lar* — um lar *judeu* com tudo o que esse adjetivo cristalizava de deveres e obrigações morais, de imperativos religiosos e de neuroses exclusivas —, para decidir partir da casa onde havia instalado sua família e, tampouco, desencadear um conflito que provocaria uma separação e o privaria cotidianamente de suas filhas. Ele precisava de uma certa segurança que Claire não conseguiria lhe oferecer. Durante um ano, eles se contentaram, então, com esse amor paralelo: quando podiam, passavam o dia juntos, fazendo amor, e quando voltavam para suas casas, sobrevinha de novo a mesma culpa, o mesmo desejo de moderação e tranquilidade. Adam respondia ao questionamento empático de sua esposa: *Você teve um bom dia? Trabalhou bastante?* O que poderia lhe responder? Ele havia dedicado o dia a *gozar*, uma palavra da qual ele descobria, com mais de quarenta anos, o alcance subversivo. O sexo, única descarga vital que afastava a astenia na qual seu drama pessoal o havia por tanto tempo mergulhado. Até então, ele só havia explorado a sexualidade sob o prisma de uma vida conjugal serena, uma experiência agradável, codificada e simples da qual ele acabara, com o tempo, não sentindo mais falta, de tal modo ela se assemelhava a uma prática higienista e não inspirava desejo algum de repetição. E agora, ele conhecia de repente aquilo que a paixão amorosa oferecia de mais intenso, mas também de mais destruidor — a impetuosidade e o tumultuo, o prazer e o desregulamento interior, o abandono, o consumo total de si mesmo — e, a cada vez que retornava ao seu lar, exausto por conta da energia e do vigor que exigia esse relacionamento, ele se persuadia de que não teria jamais a coragem de largar uma vida da qual ele erigira todas as fundações e se lançar numa história que floresceu principalmente à sombra de uma correspondência secreta, em grande parte erótica, e que não tinha sido confrontada com o real e com a experiência da intimidade cotidiana — a vida de *verdade*. Ao contrário de Claire, ele avaliara a dimensão de sua alienação, o preço a pagar pela sua placidez conjugal: com ela, ele modificara seu modo de pensar; com ela, tornaria-se enfim um homem em sintonia consigo mesmo. Sim, mas excluído de sua comunidade. Um pária. Um judeu culpado por ter abandonado seu lar. A vergonha — ele não estava preparado para isso e foi por esse motivo que, durante meses, recusara qualquer compromisso. Havia sido criado na obsessão da preservação de uma especificidade judia. Quantas vezes não tinha ouvido essa frase na adolescência? Enquanto **JUDEU**, você tem **DEVERES**, você faz parte de um **POVO** o qual você deve assegurar A **SOBREVIVÊNCIA**.

Era isso, uma história da transmissão e da sobrevivência num ambiente hostil, uma história amplificada pelos eventos recentes. Em janeiro de 2015, ele precisou enfrentar o novo trauma representado pelos assassinatos de Charlie Hebdo e no mercado Hyper Cacher, em Porte de Vincennes; a morte de dois policiais também. O terror se repetia. Durante os três dias que perdurou o drama, ele não conseguiu trabalhar, ficara trancado em casa com sua mulher e suas filhas, persianas fechadas. A tragédia íntima deles, um destino comum, aquela condição perigosa os unia mais do que qualquer amor. No início do seu relacionamento com Claire, quando a comunhão sexual aniquilava a capacidade de pensar em outra coisa senão fazer amor, mais de uma vez, ele quase arrumou suas malas, mas foi preciso esperar um ano para encontrar enfim a coragem de anunciar à sua família que ele partia definitivamente e de se imaginar organizando o divórcio religioso, que sua mulher precisaria se ela quisesse refazer sua vida, entoando diante do rabino em relação àquela que lhe dera duas filhas adoradas, que apoiara todos os seus projetos profissionais, que o ajudara noite e dia quando estava abatido, quando duvidava de si mesmo, com a qual sentira tanto medo, essas palavras que o martirizariam até sua morte:

Eu te repudio,
Eu te repudio,
Eu te repudio.

Ele receara fazer com que morassem sob o mesmo teto suas filhas, que só tinham conhecido esse fardo judeu, tendo a mais nova mesmo seguido o caminho espiritual da mãe, com Claire, mulher moderna, ateia, laica, que via na diversidade a plena expressão da liberdade de escolha e uma fonte de riqueza. Ele temera fragilizar Mila, sua filha mais velha, que repetia o último ano do ensino médio e parecia sempre incapaz de sair da crise pessoal na qual o atentado cometido três anos antes em sua escola a mergulhara; sua filha ficara vulnerável, tinha consultas regulares com um psiquiatra, tinha frequentemente pensamentos mórbidos, pesadelos que terminavam com tiros de Kalachnikov, acordando todas as noites em lágrimas; por isso, durante meses, Adam se deixou tomar pela tentação do imobilismo. Isso sem contar com o gosto de Claire pela transparência e legitimação de uma situação que lhe fazia sofrer mais do que a ele. Durante meses, eles emendaram rupturas e retornos, conscientes de que essa cumplicidade intelectual, sexual, esse amor excepcional não seria uma oportunidade que se renovaria. Ela acabara deixando correr solto, dedicando-se à confirmação de todas essas ladainhas que por muito tempo considerara ridículas sobre a crise de meia-idade, a necessidade de se reafirmar, a deflagração íntima para aqueles que, com essa idade, tiveram a ocasião de viver, se não um novo amor, ao menos uma paixão sexual antes do declínio. E, então, numa manhã, ele anunciara a Claire que havia feito sua escolha: ia se divorciar.

Nos dias que precederam a separação, Adam tentara imaginar todas as reações que sua esposa poderia ter, quando lhe anunciaria que estava saindo do domicílio conjugal porque amava outra mulher. Tinha imaginado que ela choraria, jogaria fora seus pertences, o insultaria talvez, ameaçando destruir sua vida, afastá-lo das filhas, ele estava convencido de que ela entraria logo em contato com um mediador para reconciliá-los ou fazer com que ele recuperasse seu juízo: rabino, amigos, conhecidos, membros de ambas famílias, fiéis da comunidade, porém, em momento algum ele imaginara que ela o ignoraria. Ela se recusou a falar com ele, olhar pra ele, como se tivesse se tornado totalmente transparente, como se fosse um impuro, e Adam a viu deambular de um cômodo a outro, cuidando de seus afazeres, sem jamais manifestar a menor emoção. Ela o fazia entender que ele não existia mais: podia muito bem gesticular, falar, comer, andar pelo apartamento, ele estava morto para ela. No dia seguinte, ela avisou ao diretor do estabelecimento onde ele lecionava que Adam a deixara "por uma não judia com a qual mantinha uma relação adúltera há muito tempo". Ele foi demitido. Colocou suas coisas numa mala e foi encontrar Claire num quarto de hotel parisiense. Alguns dias depois, alugaram um apartamento mobiliado no 13º *arrondissement* de Paris e ali se instalaram.

4

Quando soube que seus pais estavam se separando, Alexandre não manifestara a menor emoção. Sua mãe dissera-lhe pelo telefone, no outono de 2015, e tudo o que lhe ocorreu dizer foi: *vou morar com quem, quando voltar a Paris?* Ela lhe respondera que ele ficaria com seu pai porque era sua a casa e o apartamento que alugava com seu novo companheiro era pequeno demais. Alexandre reprovava sua mãe por ter se mudado às escondidas, durante sua ausência, para não ter que se justificar, sua conduta havia sido covarde, foi isso que ele pensou ao saber da notícia da separação pelo telefone, quando se achava a milhares de quilômetros de distância, mas quando voltou pela primeira vez a Paris, no feriado de Ação de Graças, ele desempenhou o papel que sua mãe lhe atribuíra: o do filho compreensivo e conciliador, enquanto ele só sonhava com uma coisa: "incendiar tudo". Não ousara dizer à sua mãe o que achava de Adam Wizman e de suas filhas, confidenciara a seu pai que ele esperava ser um interlocutor complacente e ávido, um aliado de primeira, feliz de ouvir que o novo eleito era tranquilo e que suas filhas, "duas judiazinhas um pouco travadas", que não tinham "nenhum assunto sério a conversar e recitavam uma oração a cada vez que engoliam alguma coisa". No dia em que se encontraram, Adam lhe fizera perguntas sobre seus estudos e, depois, mostrara fotografias de suas filhas: Noa e Mila, antes de elas aparecerem no restaurante kosher onde estava previsto se encontrarem. Mila era uma moça de cabelos escuros, a pele branquíssima, estatura mediana, magra. Claire contara a Alexandre que ela havia escapado de um atentado três anos e meio antes e que ela conservara um medo e uma extrema vigilância patológicos; visivelmente, ela fazia um esforço para se controlar. Noa, a mais jovem, tinha cabelos castanhos avermelhados e trajava roupas que lhe cobriam inteiramente o corpo. Eles trocaram algumas palavras antes de entender que não tinham nada em comum. Isso foi tudo. Desta vez, Alexandre não tinha previsto revê-las, preferindo permanecer no apartamento de seu pai, na avenida Georges-Mandel, onde ficava sozinho, pois seu pai preferia dormir no escritório. Sempre tivera relações particulares com seus pais, uma mistura de sincera afeição e desconfiança. Ele sabia que era um objeto de admiração para eles, mas jamais experimentara manifestações de carinho físico, não tinham o hábito se beijarem, ou só raramente. Ele já se levantara, precisava se preparar para a entrevista que estava prestes a fazer para conseguir um emprego no Google: muitos candidatos, alguns eleitos, era preciso ser um deles.

Performance, por muito tempo sua vida havia sido reduzida a essa única palavra. Primeiro da classe, desde seu ingresso no primeiro ano do ensino fundamental, Alexandre foi um aluno notado pelos seus sucessivos professores. Com três anos, sabia ler, contar e escrever. Estudara o ensino médio num célebre liceu parisiense onde obtivera a cada ano um diploma de excelência: ele integrara o curso preparatório científico mais valorizado, antes de ser acolhido pela Escola Politécnica de Paris aos dezenove anos e em terceiro lugar. E para coroar um percurso sem falha, foi aceito na universidade de Stanford, na Califórnia — segundo lugar na classificação mundial —, onde vivia há seis meses, anuidades de sessenta mil euros, tudo bem, mas ele frequentava um dos melhores estabelecimentos universitários do mundo. Esta era a face solar, social. No lado sombrio, ele havia sido uma criança demasiadamente sensível, reservada, tímida. No curso preparatório, tivera com frequência a impressão de se encontrar em dificuldade, num impasse e, algumas semanas após seu ingresso na Politécnica, ele teve um bloqueio momentâneo. Detestou a instrução militar que sua escola lhe impusera no primeiro mês, esse enquadramento repentino, essa nova brutalidade, ele odiara a disciplina rigorosa, esse regime militarista estruturante e os treinamentos que devia efetuar todos os dias no campo La Courtine sob as ordens de seus superiores, pessoas que desprezava. De um dia para o outro, teve que renunciar a essa dinâmica intelectual à qual se submetera durante esses dois anos intensivos de escola preparatória para se tornar um corpo em movimento, dedicado ao esforço, incessantemente posto à prova e, ao fim de três semanas, tentou suicídio. Foi levado para o hospital num estado de fadiga e exaustão totais, mas conseguira sair de lá com a certeza de que ninguém saberia de nada, uma reputação se fazia muito rapidamente — os patrões já tinham começado a identificar os empreendedores de amanhã via LinkedIn. Durante todo esse período, seus pais haviam estado presentes, tinham-no mesmo superprotegido. Em menos de dois anos, três estudantes dessa escola importante haviam se matado. Fragilidade conjuntural, pressão demasiada: o suicídio era um dos grandes tabus desses estabelecimentos de ensino que produziam a elite da nação, tudo era organizado para evitar a passagem ao ato. Nas universidades americanas, cães pastores poloneses brancos e de pelos longos, animais gentis e afetuosos, tinham mesmo sido colocados à disposição dos alunos a fim de lhes proporcionar *ternura e reconforto*. Depois do mês passado em treinamento no campo militar, Alexandre efetuou um longo estágio de seis meses num colégio interno de excelência do sul da França, um local onde eram agrupados os alunos brilhantes provenientes das classes desfavorecidas que o Estado tentava ajudar, ele lhes ministrara cursos intensivos de matemática. Tinha escolhido esse estágio por interesse, convencido de que sua dimensão social seria apreciada por futuros recrutadores, em particular nos Estados Unidos, onde a promoção da diversidade seguia sendo um desafio importante; na realidade, ele não se preocupava muito com as questões de representação e de igualdade, seu mundo se limitava a alguns bairros parisiense e a duas regiões da França, mas, contra toda expectativa, ele gostou dessa experiência a ponto de ter guardado contatos com os alunos aos quais teve a sorte de formar. Voltou a vê-los em sua passagem precedente na França, a fim de ajudá-los a elaborar seus CV, redigir cartas para integrar os documentos de admissão às grandes universidades internacionais. Alguns pagavam por isso ou pediam ajuda a seus pais. Mas e os outros? Aqueles cujos pais não dispunham de recursos financeiros suficientes nem o nível de instrução exigido? O CV era a obra de uma vida. Alexandre havia cuidado do seu como um esportista de alto nível cuida do seu corpo. No momento, ele se preparava para passar por entrevistas orais, em inglês, uma língua que falava fluentemente desde a adolescência: estágios intensivos desde os três anos de idade, aulas particulares, viagens regulares à Inglaterra e aos Estados Unidos, acampamentos de verão em Oxford e Harvard a seis mil dólares por quinze dias — era preciso ser bilíngue e mesmo poliglota se você esperava *fazer carreira* no exterior. Ele gravara previamente algumas perguntas-modelo no seu computador e acionou a primeira.

— Quais são os seus defeitos? — perguntou a voz robotizada.

Logo, Alexandre respondeu, num inglês perfeito, com descontração e fluidez.

— Creio que nossos defeitos podem se tornar qualidades se tivermos consciência deles. Sou angustiado, sempre gosto de prever e antecipar, mas num contexto empresarial, isso pode também ser uma vantagem.

Outra pergunta:

— Como seus colegas o descreveriam?

— Eles diriam com certeza que sou demasiadamente perfeccionista. Espero que acrescentem que possuo o senso do coletivo e que sou uma pessoa leal, com quem podem contar em todas as circunstâncias. Acho também que diriam que sou ambicioso e flexível, sei me adaptar às situações que se apresentam e sou fiel à ética. Em nossa profissão, não é raro ser confrontado com empresas cujos objetivos ou o modo de funcionamento carecem de moral. Não quero trabalhar nesse tipo de empresa porque, como a maior parte dos estudantes com quem convivo neste ano em Stanford, quero dar um sentido à minha vida e mudar o mundo, lhe insuflando valores positivos.

— Quais são os principais sinais de caráter de um grande líder?

— Um grande líder deve ser capaz de dirigir as equipes e, a título individual, transmitir confiança a seus empregados, especialmente delegando certas responsabilidades e os valorizando, concedendo-lhes uma participação ativa na vida da empresa.

— Quais os riscos que você correu em sua vida?

Ele não via nenhum risco em particular. Tinha estudado, e mais nada. Assim mesmo, referiu-se a uma façanha esportiva: com quinze anos, com seus pais, seu tio Léo e um guia, ele escalara a agulha do maciço do Midi. Em seguida, acrescentou que o esporte era a grande paixão de sua vida, as corridas em terrenos hostis, nas montanhas, em especial.

— A que você se dedicou nos dois verões precedentes?

— Dei aulas intensivas de matemática a alunos provenientes de meios desfavorecidos e também participei do Mandela Day Marathon, em Imbali, na África do Sul.

— De que evento histórico você gostaria de ter sido testemunha?

— Não sei se é possível qualificar de evento histórico, mas eu gostaria de me encontrar naquele ônibus, em 1º de dezembro de 1955, quando Rosa Parks se recusou a ceder seu lugar a um passageiro branco. Um ano depois, a Suprema Corte dos Estados Unidos declarava anticonstitucionais as leis segregacionistas nos transporte públicos, e Rosa Parks lutava ao lado de Martin Luther King.

— Que realização lhe traz mais orgulho?

— Tenho orgulho da educação feminista que minha mãe me transmitiu. Tenho uma visão totalmente igualitária das relações homem/mulher. Com frequência, eu vi minha mãe sofrer tratamento injusto, comentários sexistas, seu trabalho era subestimado por alguns colegas, ela falava livremente sobre isso conosco, e isso a deixava doente, mas ela lutava, não se apresentava como uma vítima, portanto, tenho muito orgulho por ter passado todo um verão lendo uma antologia dos grandes textos feministas do século XX.

Ele ficou paralisado. Achava-se pueril, simplista, demagogo. Detestava o sentimentalismo. Passou à pergunta seguinte.

— Conte qual foi o seu maior fracasso.

Era essa a questão que todo candidato temia. Era preciso, ao mesmo tempo, se apresentar como uma pessoa dotada de certas vantagens, de intuição, de sorte, voltada para o sucesso, e valorizar sua capacidade de se recuperar após um fracasso. Alguém que afirmasse não ter jamais fracassado pareceria suspeito, por outro lado, ninguém tampouco tinha vontade de se apresentar como um *loser* definitivo.

— Aos dezoito anos escrevi uma antologia de contos. Sempre gostei de escrever, leio bastante, desde a infância. Enviei meu texto para trinta editores, de modo totalmente anônimo porque não queria pedir nada à minha mãe, que é ensaísta. Queria ser julgado pelo meu trabalho. Só recebi respostas negativas. Depois disso, trabalhei num conto particular, participei de um concurso organizado por uma revista de estudantes e fiquei em segundo lugar.

Ele falava demais de sua mãe. Ia passar a imagem de um estudante influenciável, dependente, um filhinho da mamãe. Seu telefone começou a vibrar, tinha recebido uma mensagem via LinkedIn, leu imediatamente: "Oi, Alexandre, meu nome é Kevin e trabalho como coordenador dos doadores no banco de esperma da Califórnia. Venho a você porque constatei pelo seu perfil que você é atualmente estudante em Stanford, e achamos que você será uma excelente escolha. Da mesma forma, se você ou um de seus amigos se interessar, poderão encontrar todos os detalhes sobre o funcionamento, a compensação financeira e as condições acessando o seguinte link." Ele o fez: mil e quinhentos dólares por mês por algumas gotas de seu esperma, ideia atraente. Visualizando os perfis, os requerentes podiam escolher seus doadores, seu aspecto físico, sua origem social, étnica, religiosa, seu nível de estudos. Ironia do destino, alguns estavam dispostos a pagar uma fortuna para que ele fosse o pai de seus filhos, enquanto a mulher que ele amava havia abortado seis meses antes. Na primavera de 2015, quando fazia seu estágio de terceiro ano num gabinete do ministro da Economia, ele teve um caso com uma jovem conselheira de trinta e quatro anos, Yasmina Vasseur. Graduada em Ciência Política e na Escola Nacional de Administração, Yasmina Vasseur era oriunda da grande burguesia tunisiana por parte da mãe e francesa por parte do pai. Desde o início, ela não lhe prometera grandes coisas, era mais velha do que ele, queria fazer carreira na política, sua conduta deveria ser irrepreensível, um caso entre eles era inconcebível. Eles viveram uma história intensa que terminou tragicamente, quando ela descobriu que estava grávida. Ela fez um aborto e depois o deixou.

Ele verificou o nome das pessoas que haviam recentemente consultado sua página no LinkedIn: surgiu o nome de Adam Wizman. Ele não o aceitara como um de seus contatos quando fizera o pedido. Se trabalhasse numa dessas empresas que cobiçava, ele teria feito um esforço, mas o que podia Adam lhe oferecer enquanto professor desempregado? Nada. Ele dormia com sua mãe, isso não fazia dele um íntimo. Ele fechou sua página e acionou uma nova pergunta. "Qual foi o seu maior desafio?" Só podia responder com uma mentira porque a verdade — confessar que tentara pôr um fim aos seus dias — o desqualificaria definitivamente. Ousaria ele dizer que, desde a doença de sua mãe, se sentia aterrorizado com a possibilidade de perdê-la? Não, não devia falar de sua mãe e tampouco era capaz de pronunciar a palavra "câncer" sem tremer. Ele relia com frequência as palavras que Steve Jobs pronunciara diante dos estudantes da universidade de Stanford dez anos antes, em junho de 2005, quando já sabia que estava com câncer: "A morte é muito provavelmente a melhor invenção da vida. É o agente de transformação na vida. Ela apaga o antigo para dar lugar ao novo. Atualmente, vocês são o novo, mas num dia não muito distante, vocês se tornarão progressivamente o antigo e serão varridos. [...] O tempo de vocês é limitado, portanto não o desperdicem vivendo a vida de qualquer outra pessoa." Foram, talvez, as únicas lições que havia tirado de todos essas provações: tudo pode desabar, a qualquer momento.

5

Todos os anos, depois de sua doença, Claire realizava exames de controle — sangue, análises radiológicas e ecografia —, era sempre um momento de grande tensão emocional que a obrigava a tomar calmantes, a solução química restringia um pouco seu medo, até o instante em que estendia o braço à enfermeira que lhe fazia uma punção ou que atravessava a porta do consultório médico para realizar uma mamografia, cuja sessão ela adiava incessantemente. Lutava quase cotidianamente contra as crises de pânico que podiam surgir assim que o pensamento de uma reincidência se infiltrava em sua cabeça. Estava com trinta e oito anos quando a doença se declarou. Havia sido operada uma primeira vez — removeram-lhe um caroço que se formara no seio direito após ter sido determinado sua característica maligna, assim como uma pequena parte do seio —, depois, uma segunda vez, alguns meses mais tarde, para reconstruir a área amputada. Passara por sessões de radioterapia e de quimioterapia. Durante todo o período do tratamento, ela conservara consigo um texto de Susan Sontag, *A doença como metáfora*, que a intelectual americana tinha escrito depois de seu câncer no seio: "A doença é a zona cinzenta da vida, um território ao qual custa caro pertencer. Ao nascer, adquirimos uma dupla nacionalidade que se refere ao reino dos saudáveis assim como ao dos doentes. E embora prefiramos todos apresentar o bom passaporte, chega o dia em que cada um de nós é obrigado, ainda que seja por um breve instante, a se reconhecer cidadão do outro lado." Ela o relera na mesma manhã após ter confiado a Jean que ia realizar esse exame apesar de seu medo obsessivo, irracional, da doença. A cada vez que ela falava sobre isso, ele mudava rapidamente de assunto, como se sua simples evocação bastasse para tomar o controle sobre seu corpo de homem "são" e o contaminar. Para Adam, ela dissera que realizava um exame médico "importante", sem precisar o qual, ela ainda estava naquela fase de hipnose amorosa que impedia de macular uma paixão pura com considerações funestas. Ela acabara de chegar à clínica e ele enviara duas mensagens para lhe dizer que pensava nela e a amava.

Ela chegou atrasada para sua consulta, apresentou suas desculpas à secretária com uma compulsão um pouco patética. Aqui a relação de forças se invertia, ela se sentia dependente, não era mais aquela mulher livre, emancipada, segura de si, mas uma paciente sem coragem, uma coisinha mole, assustada, que temia sua execução. Instalando-se na sala de espera, ela folheou uma revista. Uma mulher morena, com uns cinquenta anos, pronunciou seu nome e lhe pediu para segui-la. Claire se fechou numa cabine, retirou seu suéter, seu sutiã — seu corpo era firme, modelado pelas horas de esporte que se impunha cotidianamente pelo simples prazer de ouvir Adam exclamar ao vê-la nua: Você é tão linda, você me deixa excitado —, depois entrou na sala de radiografia. Colocou seu seio sobre um pequeno suporte metálico e frio como se ele nada mais fosse senão o cadáver de um roedor que tivesse perdido seu pelo deixando-o em carne viva. A enfermeira o pressionou com força contra o aparelho: "Vai doer um pouquinho, como se fosse beliscado." Claire sentiu uma dor intensa. Não era somente seu seio, mas como se todo seu ser estivesse sendo esmagado. Ela só se dava conta de sua própria vulnerabilidade ao efetuar esses exames médicos ao longo dos quais tinha a impressão de ser submetida ao poder de desconhecidos, aos caprichos do acaso. A enfermeira saiu para acionar o aparelho. "Não respire mais!" Claire reteve sua respiração, contou até dez. "Respire!" A operadora de radiografia voltou e posicionou novamente o seio de Claire, pedindo-lhe desta vez para erguer o braço. Uma cãibra fisgou seu músculo: "Você está muito tensa, inspire calmamente. Parece uma tábua. Vamos, relaxe completamente", disse ela, massageando a pele do braço sob seus dedos. Ela morria de medo. Um medo de uma violência irreprimível, impossível de se evitar, controlar, abrandar. Desse medo, restaria apenas uma paisagem interior devastada, uma antecâmara do nada. Mas ela não diria nada, suportaria estoicamente o desconforto. O exame médico durou alguns minutos, em seguida Claire se vestiu e voltou à sala de espera. A secretária lhe disse que o médico ia recebê-la para lhe comunicar os resultados.

Fazia mais de vinte minutos que aguardava, trocando de tempos em tempos mensagens com Adam. Ela se levantou e questionou a secretária: Será que isso é um mau sinal? A secretária lhe respondeu que era preciso ter paciência e lhe sugeriu voltar e se sentar. A cada vez era o mesmo tormento. O médico — um homem de seus cinquenta anos com abundante cabeleira grisalha, avaliado com cinco estrelas no Google — apareceu e lhe fez sinal para que o acompanhasse. Ela entrou numa sala pequena, removeu novamente seu sutiã e se estendeu sobre o leito de exame. O médico espalhou um líquido translúcido e viscoso sobre seus seios e fez deslizar a sonda sobre eles, perguntando ao mesmo tempo se ela estava escrevendo no momento. Sua resposta foi evasiva, todos os seus músculos se contraíram por conta da angústia: sim, estava escrevendo um novo ensaio. "Gostei muito do anterior." Ela expirou um "obrigada" inaudível. Estava à beira das lágrimas.
— Eu a escutei no rádio, ontem, a respeito dos estupros em Colônia. Você tem razão, não podemos aceitar que as pessoas venham em nosso solo nos impor sua cultura e sua religião que humilha as mulheres. Esses homens que estupram europeias como se fosse algo normal, isso é desprezível. Deixamos que ajam e, depois, ainda é preciso reabilitá-los porque tememos ser taxados de racistas?
— Eu não disse isso, você entendeu mal. Dei uma entrevista que será publicada amanhã.
Sua resposta fora um tanto áspera. Ela estava apreensiva com a publicação de sua entrevista. Seus argumentos seriam deformados, truncados, mal interpretados, ela receava o impacto que teriam sobre a opinião pública. Seus olhos se mantinham fixos na tela, acreditando identificar um tumor assim que uma massa esbranquiçada aparecia. Ele pressionou a sonda em torno das aréolas, a fez deslizar durante um momento que lhe pareceu uma eternidade, antes de anunciar que tudo estava normal. Ela pôde enfim respirar. Agradeceu-lhe, saiu da sala e ligou seu telefone. Havia vários SMS vindos de Adam. Ele queria saber se estava tudo bem. Havia tam-

bém duas mensagens de Jean: "Não esquece da entrega de minha condecoração no Eliseu esta noite. Conto contigo!", "Se posso (ainda) me permitir, gostaria que usasse o vestido Armani que lhe dei." Ela sentia vontade de escrever "Vá se foder". Mas os documentos do divórcio ainda não haviam sido assinados, então, escreveu estas palavras: "Conte comigo."

6

A cada vez que entrava nos estúdios da emissora, um grande edifício de vidro que dominava Paris, Jean Farel sentia uma espécie de irradiação interna — não era tanto o local que ainda o inebriava, mas as atenções às quais tinha direito assim que atravessava o portão de segurança, essas demonstrações de reconhecimento cuja expressão, frequentemente servil, o lembrava de sua importância. Ele possuía o poder e, depois de tantos anos que o tinha exercido de todos os modos possíveis, acabara encontrando seu equilíbrio respeitando duas regras: *controlar tudo, não deixar nada de lado*, ao mesmo tempo em que afirmava publicamente: *eu nunca procurei controlar minha vida, minha carreira é fruto do acaso.*

Nesse dia, Farel chegou por volta de 12h30; tinha um encontro marcado com Francis Ballard, o novo diretor de programação. A secretária o fez aguardar. No corredor, ele cruzou com Patrick Lavallier, antigo apresentador. Uma celebridade nos anos oitenta, ele tentava desesperadamente voltar à televisão. Farel vira certos apresentadores veteranos perderem seu programa e, indiretamente, seu status em poucos minutos. Ele os via quando vinham implorar ao diretor de programação, propondo uma ideia "genial", provando-lhe, com cartas de apoio, que os telespectadores exigiam seu retorno. Ele o evitou. Não estava com vontade de ser visto em sua companhia. Mas Patrick Lavallier se dirigiu a ele, estendendo sua mão úmida. Perguntou-lhe se estava incluído na grade do ano seguinte e, sem esperar sua resposta, garantiu que tinha dois projetos de programa que iam "dinamitar a faixa horária 19h-20h". Viera até ali para falar sobre isso com Ballard. Farel o felicitou, depois retirou o celular do bolso para ler suas mensagens: Claire confirmava sua presença no Palácio do Eliseu.

— Seria um prazer para mim se pudéssemos almoçar juntos nas próximas semanas, como nos velhos tempos — disse Lavallier com um fraseado um tanto confuso que traía sua emoção e o consumo excessivo de ansiolíticos.

Quinze anos antes, eles eram bem próximos e tinham o hábito de almoçar juntos na primeira sexta-feira do mês.

— Acharemos um momento em breve — replicou Farel, glacial, ao mesmo tempo em que digitava uma mensagem para seu filho: "Não esqueça da minha condecoração no Eliseu essa noite, às 18 horas.

— Vamos marca agora? Assim, já está feito.

— Não estou com minha agenda. Minha secretária entrará em contato contigo.

A porta do escritório de Ballard se abriu brutalmente. Farel se levantou, guardou seu telefone no bolso de seu casaco:

— *Até breve.*

Ele avançou na direção de Ballard, um homem com pouco menos de quarenta anos, corpulento, que lhe custava levar a sério, em parte porque parecia-se com o personagem ridículo interpretado por Rowan Atkinson, Mister Bean, na série homônima. Ele apertou sua mão e entrou no escritório.

— Você cruzou com Lavallier? — perguntou Ballard.

— Sim infelizmente...

— Disposto a tudo para voltar ao ar, não sei mais como o evitar. Ele não larga do meu pé, isso é assédio.

Um dia, pensou Farel, é de mim que ele falará nesses termos.

— Ele caiu tão baixo — prosseguiu Ballard. — É tão triste. Um astro da telinha ontem, um *has-been* agora. Ele tinge os cabelos para parecer mais jovem, mas os fios estão ficando roxos e ninguém tem coragem de lhe dizer. Sempre faz um bronzeamento a ultravioleta antes de vir, é patético... Viu como ele engordou? Deve ser por causa dos ansiolíticos, isso engorda, sabia?

— Não. Não tomo essas coisas — disse Jean de modo bem articulado para marcar seu desprezo.

— Você tem sorte.

Ballard varreu com o olhar furtivo as fotos de família que invadiam seu escritório e, após inspirar profundamente, acrescentou:

— Espero que ele tenha uma família. É o mais importante, não é?

Sem uma família sólida, ninguém sobrevive nesta profissão.

Farel assentiu. Não convinha lembrar-lhe a existência do caso que ele mantinha aos olhos de todos com uma jovem apresentadora de vinte e quatro anos que, assim que ele se tornou diretor de programação, foi promovida ao comando de um dos maiores programas do horário nobre.

— Como vão sua esposa e seu filho? — insistiu Ballard.

Era insuportável. Essa mania de perguntar como vai a família quando, naquele exato momento, o único objetivo era preservar os respectivos cargos — mal fora designado, Ballard já estava na berlinda.

— Vão muito bem! Alexandre está estudando em Stanford, mas se encontra em Paris por alguns dias, e Claire está escrevendo um novo ensaio.

— Deve ser um motivo de orgulho para você, que não fez faculdade...

Farel sorriu com vontade de enfiar-lhe um soco no nariz.

— Jean, não vamos perder tempo: a audiência do programa é fraca.

— A audiência é perfeitamente adequada para um início de ano... Vamos pôr no ar a reportagem sobre as agressões em Colônia, e o índice vai voltar a subir de imediato.

Ballard não parecia escutá-lo. Ele mexia no seu telefone celular com uma expressão lúbrica. Por fim, ele ergueu a cabeça e pôs o aparelho delicadamente sobre a mesa.

— Em pouco tempo, será preciso pensar em interromper a Grande Prova Oral, o programa já tem agora mais de 30 anos. É necessário se renovar, as pessoas querem mudança, novidades.

Farel quis pôr um fim àquele fluxo de palavras, àquela eloquente verborragia. Podia sentir entre eles uma inimizade profunda, declarada.

— Você quer me colocar na geladeira por causa da minha idade, é isso?

— Nada a ver...

— Você quer me demitir, embora eu seja adorado pelo público, porque acha que estou velho demais? Se você soubesse a quantidade de cartas de apoio e de amor que eu recebo diariamente...

— Eu sei que o público gosta de você, Jean. É seu programa que quero interromper, não é você que eu estou desligando. É preciso renovar a paisagem audiovisual francesa, só isso.

Essa maneira dele de simplificar tudo: as expressões, as palavras... Teve vontade de corrigi-lo, de o humilhar.

— Não leve tudo para o lado pessoal. É preciso se manter no *flow*, só isso.

— Por que abrir mão de um programa que agrada?

— Para criar um *turn-over*.

Ainda esse gosto pelos anglicismos, ao passo que, sob pressão do Conselho Superior do Audiovisual, ele acabara de dedicar um dia inteiro à defesa da língua francesa na televisão.

— Sabe, eu já vi passar diretores de programação por aqui. Eles se foram, eu ainda estou aqui...

Apontando para o exemplar de um jornal importante, Ballard replicou:

— Não por muito tempo. Essa matéria vai lhe trazer prejuízo e, ao mesmo tempo, prejuízo ao canal. Você não sabe escolher seus amigos, Jean — ironizou ele.

— Não sei do que está falando.

— Estou falando do seu perfil na página 22. Olhe, o jornal ainda está fresco — acrescentou ele, entregando-lhe um exemplar. — Pensando bem, é um pouco normal que ninguém tenha pensado em fazer você ler. Ser qualificado como merda humana por alguém que amamos nunca é agradável.

Ele dissera isso com um sorriso. Farel empalideceu. Sentiu seu coração acelerar repentinamente. Esse perfil só devia ser publicado quinze dias mais tarde, no jornal de Françoise.

— Leia isso e conversamos depois do programa. Eu estarei lá para receber o ministro.

— Não posso ficar por muito tempo após o programa. Tenho que ir ao Eliseu.

— Ah, é verdade. É hoje que você vai ser condecorado.

— Faço isso por este canal de televisão, essas honrarias não me agradam especialmente, você sabe disso, mas através de mim é o canal que é valorizado.

— Você é do tipo *corporate*, muito bem. Estarei presente, é obvio, não quero perder isso.

Farel o encarou, bruscamente consciente de sua importância. Queria que ele fosse, queria que ele ouvisse o elogio que o presidente da República lhe faria diante de todo estado-maior do canal.

— Você vai virar comendador da Legião de Honra?
— Não, grande oficial...
— A próxima etapa é a Grã-Cruz?
Um sorriso de falsa modéstia surgiu no rosto de Farel.
— Com isso estará garantido o seu funeral no Invalides[5].

Sua vontade foi dar-lhe um tapa na cara. Com um sorriso artificial, ele saiu da sala sem dizer nada. No corredor, distinguiu ao longe a silhueta volumosa de Lavallier e sua cabeleira, cujos reflexos violáceos ganhavam um tom fluorescente sob efeito das luminárias de néon. Dois seguranças o escoltavam na direção da saída.

---

[5] Cemitério parisiense onde estão enterrados alguns dos célebres personagens da história francesa.

7

Uma decepção amorosa podia ser considerada o maior desafio de uma vida? Seria todo amor uma ilusão? O amor trazia a felicidade? Seria sensato amar? Seria o amor um jogo de azar? O que amamos no amor? Seria possível viver sem amor? Existia uma vida após o amor? Como se recuperar rapidamente de uma ruptura amorosa? Alexandre se recordava da maneira como Yasmina Vasseur terminara o relacionamento deles. No dia seguinte a seu aborto, ela parou abruptamente de responder a suas mensagens e o cancelara em todas as suas redes sociais. Um de seus amigos lhe explicara que se tratava de um novo fenômeno comportamental: o *ghosting*, da palavra inglesa *ghost*, "fantasma". De um dia para o outro, a pessoa que você ama desaparece sem dizer nada. Era uma forma de abandono extremamente violenta, você era literalmente apagado da vida de alguém em alguns cliques. Ele insistira, exigira explicações para a repentina frieza — em vão — até o dia em que ele a encontrara. Não podendo mais evitar, ela dissera essas palavras que ele jamais esqueceria: "Não sei se minhas novas funções são compatíveis com nossa história" — ela acabara de ser designada chefe de gabinete do ministro da Economia. Não queria correr o risco de destruir sua carreira por um homem mais jovem, desempregado, que não lhe oferecia nenhuma outra garantia senão a certeza de ser irracionalmente amada por algum tempo nenhum deles podia determinar antecipadamente e que sabiam, tanto um quanto o outro, que seria limitado. Após o rompimento, ele enviara diversas mensagens para revê-la, que nunca foram respondidas. Até a véspera. Já fazia seis meses que não recebera a menor notícia e, de repente, ela lhe enviara um SMS a fim de "marcar um encontro telefônico". Se ele acreditou numa reconciliação possível, não tardou a se desapontar: quando ligou para ela, ela estava fria, distante, pedindo simplesmente que lhe devolvesse seus pertences pessoais — um suéter e uma echarpe de caxemira — e apagasse todas as mensagens que tinham trocado ao longo do relacionamento. Ela não dera explicação específica, senão que *qualquer pessoa podia se divertir hackeando sua caixa de mensagens*. Ele ignorava por que ela se tornara tão precavida, só o descobriria mais tarde.

— Você não está no Telegram?
— Agora estou. Mas quando estávamos juntos, eu fui prudente. Você guardou esses e-mails?
— Guardei.
— Eu gostaria que você as destruísse, por favor.
— Não. Fazem parte do meu patrimônio sentimental, estou apegado a elas. Às vezes, leio-os novamente.
— Pare com isso...
— Eu me acaricio quando as leio...
— Por favor, não brinca com isso.

Ele cedeu, mas impôs uma condição: queria voltar a vê-la. Ela mesmo apagaria suas mensagens, ele não tinha desejo nem vontade de fazê-lo, *é muito doloroso*. Ela aceitou e marcou um encontro com ele por volta das 15h, no bar do hotel Grands Hommes, na praça do Panthéon.

Ele voltou a pensar no questionário imposto pelos recrutadores americanos. Sua maior provação tinha sido essa ruptura. Levou meses para se sentir melhor; ainda não estava recuperado. Quando Yasmina o deixou, ele sofrera o martírio como se, ele confiara ao psiquiatra que consultava desde sua tentativa de suicídio, "eu sangrasse por todos os poros da minha pele". Tinha passado seis meses num estado de instabilidade moral, oscilando entre o desespero total e uma serenidade de fachada.

Ele saiu do apartamento de seu pai, tomou o metrô até a estação Cardinal-Lemoine, foi até a praça do Panthéon com um fone de ouvido na cabeça. Um rap perfurava seus tímpanos, a faixa intitulada "Violent" do rapper americano Tupac:

This time the thruth's gettin'told, heard enough lies
(Desta vez, vamos dizer a verdade, já ouvi bastante mentiras)
I told em fight back, attack on society
(Eu disse pra eles, reajam, ataquem a sociedade)
If this is violence, then violent's what I gotta be
(Se é isso a violência, então violento eu vou ser)

Quando não estava escutando música, ele podia passar horas escutando em cadeia podcasts oferecidos pelas universidades americanas com assuntos tão heteróclitos quanto: "Como tornar viva a democracia?", "O que querem os algoritmos?" ou então "Borges e a memória". Ele entrou no hotel dos Grands Hommes, onde havia marcado um encontro com Yasmina. Ela já estava lá quando Alexandre chegou: morena, a pele olivácea, cabelos cortados retos, estatura mediana, muito magra, vestida com uma saia de algodão azul-marinho, blusa branca e um casaco de veludo cor azul petróleo, emanando uma segurança tranquila. Ele parou à sua frente e, sem sequer dar-lhe um beijo, apanhou seu telefone e o lançou sobre a mesa. O garçom se aproximou deles. Alexandre pediu um Spritz cuja cor alaranjada ele adorava. Quando ficaram sozinhos, ele pegou seu telefone e abriu a caixa de mensagens:

— Aqui está, faça o que quiser.

Ela o apanhou, apagou as mensagens, uma após a outra, realizando a operação conscientemente, com zelo e concentração, como o autor de um crime apagaria as pistas de seu delito.

— Você sabe que é possível remover tudo de uma vez? — disse ele, arrancando-lhe o telefone das mãos.

Depois, leu em voz alta:

— *Estou muito a fim de você, é terrível.*

— Apague.

— *Te amo, sou louca por você.*

— Apague isso, eu já disse.

— Escuta essa, veio de você: *Você é o homem mais carinhoso, o mais delicado, você é o meu amor e eu te amo tanto.*

— Pare de brincar, por favor, apague!

Ela esboçou um gesto em sua direção para pegar o telefone, enquanto ele continuava lendo em voz alta:

— Ah, essa é minha: *estou com vontade de você, vou me enfiar dentro de você e te fazer gozar. Vou te machucar...* Fora do contexto amoroso, as palavras soavam ridículas, obscenas.

— Espere, tem mais uma: *você é safada, mas eu estou (muito) apaixonado por você.*

— Suprima tudo ou não te verei nunca mais.

Em vez disso, Alexandre guardou seu telefone e lhe disse num tom autoritário:

— Numa próxima vez. Assim você será obrigada a me ver.

Ela não respondeu. O garçom serviu as bebidas e sumiu. Alexandre se aproximou de Yasmina, pôs o braço em volta de sua cintura, tentou beijá-la, mas ela o afastou.

— Pare!

Ele insistiu.

— Eu te amo, estou a fim de você, não posso viver sem você.

— Acabou.

— Não. Um dia estaremos de novo juntos, eu sei disso.

Dizendo essas palavras, ele deslizou a mão entre suas coxas, afagando o tecido sedoso da calcinha.

— Pare. Já falei!

Ele removeu sua mão, apanhou a dela e a colocou sobre seu jeans, à altura do sexo.

— Olhe o estado em que você me deixa.

Ela recuou, olhando ao seu redor para se certificar de que ninguém os observava. A sala estava vazia.

— Estou com vontade de fazer amor com você. Agora mesmo. Vou reservar um quarto, espere por mim.

— Não.

Depois, ela acrescentou:

— Conheci alguém.

Ele parou, seus lábios se cerraram.

— É mentira.

Ela desviou seu olhar.

— É verdade.

— Você está me fazendo pagar por quê? Está com raiva de mim porque não te pressionei para ficar com o bebê?

— Não quero mais falar sobre isso... Isso é passado.

— Se você não tivesse esquecido de tomar a pílula, isso não teria acontecido.

— A culpada sou eu, é isso?

Depois dessas palavras, ela pagou a conta e se levantou, mas ele segurou seu braço e a forçou a se sentar.

— Não podemos reescrever a história. Poderemos ter um outro filho.

— Está terminado, acabei de dizer.

— Você não vai querer um filho daqui a alguns anos?

— Com você, não.

Ele sentiu o golpe.

— Esse novo cara vai te fazer um filho, é isso?

— Meu novo cara, como você diz com elegância, tem muito mais responsabilidades para pensar em ter filhos;

Então era isso: ela queria apagar as mensagens comprometedoras a fim de proteger seu novo amante, sem dúvida um político ou um grande industrial com ações na Bolsa.

— Além do mais, ele não quer filho — acrescentou ela. — Ele já tem vários.

— Você não tem tantos anos ainda pela frente para ter um filho. A menos que pense em congelar seus óvulos.

Yasmina não reagiu. Já escutara tantas vezes esse tipo de comentário ofensivo, essa intimação social a procriar. Levantando, voltou a lhe dizer com um tom severo para apagar suas mensagens e não mais tentar contato com ela. Ele enfiou a mão no bolso, retirou o telefone, digitou alguma coisa, capturou uma foto na tela e lhe enviou por SMS.

— Fique com isso. É o contato de um site americano que propõe doadores com forte potencial: QI elevado, perfil social de alto nível, eles me contactaram, eles me querem, dizem que serei o genitor perfeito, olhe, está escrito: uma "excelente escolha". Vou me inscrever, você vai poder me achar rapidamente. Se mudar de ideia, você poderá pelo menos comprar meu esperma pela Internet.

8

A organização do desejo, a codificação das relações amorosas, de uma vida comum que tinham desejado, escolhido — quem, entre Claire e Adam, teria imaginado tal reconfiguração após ter superado todas as dificuldades que uma decisão de separação havia provocado? No auge daquela paixão, Claire tinha fantasiado uma forma de fusão, uma existência dedicada a essa nova intimidade sexual. Adam perdera o emprego, estava ali, presente, loucamente apaixonado, e essa disponibilidade recíproca os animava ainda mais, isolando-os do resto do mundo, sem que isso os afetasse. Eles recusavam convites, distanciavam-se dos respectivos amigos, indiferentes à sua desaprovação — desejavam ficar juntos, nada mais. Então, quando algumas semanas após a separação, sua ex-esposa lhe informou que pretendia se mudar com as filhas para o Brooklyn, para o bairro judeu ultrarreligioso de Crown Heights, Adam não manifestara a menor oposição. No fundo, ele preferia saber que ela estava longe, inofensiva. Claire também, que não se via passando uma a cada duas semanas o dia inteiro com as duas filhas de Adam, agora que ela mesma não tinha mais o fardo de seu filho. Pela primeira vez em suas vidas, tinham deixado de existir para suas famílias, havia uma forma de egoísmo nessa retração amorosa que contradizia seus valores profundos, tudo o que tinham sido até então, cônjuges fiéis, pais atenciosos e, apesar daquilo que eles interpretavam nos momentos em que os remorsos eram demasiadamente intensos como uma íntima traição, esse tinha sido o período mais feliz de suas vidas. Nas primeiras semanas, apesar da ausência de seus filhos, tinham experimentado uma espécie de serenidade extasiante. Podiam ficar vários dias fechados em seu apartamento, fazendo amor, cientes de estarem compartilhando uma experiência fora do normal, de uma intensidade ímpar, fascinados com sua sorte — em torno deles, havia somente casais plácidos, cujo destino comum parecia ser a insatisfação sexual, solteiros decepcionados com as relações breves e artificiais, divorciados desgostosos da vida conjugal que podiam passar horas narrando seus aborrecimentos. Contudo, esse período de euforia durou pouco. Certa manhã, Mila, a filha mais velha de Adam, aparecera no apartamento com uma mala: não tolerava mais a vida em Nova York, no seio de um ambiente religioso ao qual sua mãe agora pertencia. Não suportava mais o controle exercido sobre sua maneira de se vestir, andar e pensar: "Ela me obriga a usar saias cada vez mais compridas e meias-calças pretas em todas as estações." Contou também que as lojas situadas no bairro onde morava só vendiam artigos em conformidade com a lei judaica. Até as lojas de brinquedos propunham um certo tipo de mercadorias: "Kits de cozinha para as meninas, kits de orações para os meninos." Essa pressão demasiada a sufocava. No dia em que sua mãe lhe anunciara que, com dezoito anos completos, ela estava na idade de se casar e pensava em pedir ao rabino da comunidade que a apresentasse a um homem que poderia se tornar seu marido, Mila decidiu voltar para a França. Era maior de idade, preparava-se de modo autônomo a passar os exames finais do ensino médio e, naturalmente, Adam lhe disse que poderia morar com eles. Ela passava a maior parte do dia dentro do apartamento, assistindo séries americanas e velhos filmes. Claire tinha dificuldades para suportar essa presença permanente na qual percebia uma animosidade, real ou imaginária. Apenas a tolerava, sem tentar criar qualquer laço afetivo, consciente de que, se era obrigada a viver com Mila, nada a obrigava a gostar dela.

9

Ao sair do escritório de Ballard, Jean só pensava na matéria sobre ele, cuja publicação antecipada o jornal não lhe avisara. A duas horas da gravação do programa, sua equipe tentara desesperadamente dissimular a existência desse artigo impiedoso. No estúdio, podiam ouvi-lo vociferando contra sua colaboradora mais próxima, Jacqueline Faux, uma ruiva com uns sessenta anos, amargurada e severa, as feições secas, praticante de maratonas que exercitava seus músculos em corridas diárias de uma hora: "Como você pôde esconder isso de mim? Trata-se de uma infração profissional." Duas semanas antes, ele aceitara encontrar um dos jornalistas do jornal onde trabalhava Françoise, assim como uma sessão de fotos. Jacqueline o advertiu que seria melhor ele não ler a matéria antes da gravação do programa, mas ele não lhe deu ouvidos. Depois de uma rápida leitura, ele concluiu, incisivo: "um pasquim", depois exigiu que o deixassem só. Fechado em seu camarim, ele ligou para o jornalista que escrevera a matéria, falou longamente com ele antes de insultá-lo e desligar o telefone. Só então se levantou, abriu a porta do seu camarim e chamou Jacqueline. Com o corpo tenso e em alerta, sua colaboradora o ouvia religiosamente: "Foi Ballard que orquestrou tudo isso, tenho certeza! Desde que assumiu a direção, ele quer meu pescoço... É uma punhalada no dia do meu primeiro programa do ano, no dia em que recebo o ministro do Interior, no dia em que irei me tornar grande oficial da Legião de Honra! Como é que vou poder trabalhar depois de ter lido isso? Você viu a foto que ilustra o artigo? De perfil, uma luz quente projetada diretamente no rosto, fazendo aparecer rugas que eu sequer tenho, pareço ter cem anos. E o conteúdo? Parcial, verborrágico, vingativo... recheado de barbarismos e argumentos obscenos... Sobre meus engajamentos sociais, minha paixão pela literatura, apenas algumas linhas. Por outro lado, a anedota sobre François Mitterrand, bem colocada no começo do parágrafo: 'Mitterrand ficou bem constrangido quando eu lhe disse um dia que a função que ele ocupava contribuía muito para seu sucesso com as mulheres', fecha aspas. E como eu fico? O título dá o tom: A *Grande Prova Amoral*, em cima dessa foto ignóbil na qual se vê atrás de mim a sombra do meu irmão Léo. É uma montagem, não é? Cinco linhas inteiras dedicadas à minha 'anorexia' — de onde eles tiraram que eu só me alimento com grãos? —, minha preferência pelas camisas de Charvet, as férias em Cap-Ferret, nas villas de grandes celebridades, meu humor 'sórdido', meu conluio com os políticos: uma incitação à repulsa... Outras cinco linhas sobre o que esse jornalista chama elegantemente de minha *negação social*, que ele associa à *minha sede de revanche*, evocando 'um pai operário metalúrgico, alcoólatra, morto em circunstâncias nebulosas, que ele praticamente não conheceu e do qual se recusa a falar, sem dúvida porque sente vergonha'. E não é que ele cita Bourdieu e Freud, recenseia as pessoas que quiseram escapar do determinismo, evoca a morte da minha mãe e constata, perplexo com sua própria análise: *há uma ligação entre a ausência da mãe e a fragilidade narcísica* — a essa altura já estou aniquilado, mas escuta o resto... ele deixou o melhor para o final, o golpe de misericórdia: *Johnny Farel é a prova de que é possível ser um grande profissional, adorado pelo público, e uma merda humana.* Você sabe quem pronunciou essas palavras, não foi um de meus rivais, e Deus sabe que esses são numerosos, tampouco minha primeira mulher, embora pudesse dizê-las, e teria sido capaz depois de todos os processos que acionou contra mim, mas não, ela não é citada, essa frase foi pronunciada por uma pessoa cujo nome e contato eu mesmo forneci aos jornalistas. Dei a arma que ia servir para me assassinar! Dá para acreditar? Esse jornalistinha de vinte e cinco anos — e posso te dizer que vou tomar pessoalmente providências para que esse safado não faça carreira, ou só nas colunas sobre gatos acidentados —, esse fedelho me pergunta se eu aceitaria transmitir o número de uma pessoa pertencente a meu círculo privado, restrito, alguém íntimo, eu poderia ter dado teu nome, por que não dei teu nome? Trabalhamos juntos há trinta e cinco anos... eu não o fiz porque você teria sido capaz de mencionar minha brutalidade, meu autoritarismo, você teria dito como se fosse brincadeira, te conheço o bastante para saber que a vontade de provocar é bem forte em você, entende por que não dei teu nome... uma matéria justa, era o que eu esperava, nada de sulfúrico, de depravado, com minha idade eu aspiro a uma respeitabilidade serena, meu objetivo é a reverência, eu que nasci na marginalidade. Esperava um artigo que fizesse referência a meu profissionalismo, o amor pelo meu trabalho, com alguns arranhões eventualmente, mas jamais esse sacrifício nas brasas, jamais este texto acusatório de uma violência indizível, um acerto de contas, tenho certeza disso, que leva a crer que eu seria um conspirador, um puxa-saco, um depravado, um apresentador sem envergadura, em decadência, mas que negligência e, como uma crítica, minha passagem pela organização de extrema-direita Occident, porra, eu tinha dezessete anos! Na época todo mundo se envolvia um pouco com eles, isso não faz de mim um antissemita ou um racista! A queda foi vertiginosa, estou derrubado no chão, consternado, é um linchamento, me emporcalham, mas eu não penso na eventualidade do assassinato social, e quando esse jornalista de merda me pede para lhe dar um nome, eu respondo espontaneamente: 'Ligue para meu melhor amigo, Michel Duroc', foi assim que saiu. Você conhece bem o Michel, meu amigo de infância, frequentamos a mesma escola, ele é ginecologista em Aubervilliers... uma pessoa séria, confiável, apegada aos valores morais, de uma lealdade exemplar, jamais teve uma demonstração de impaciência, de indignidade, um modelo de justiça... Ele é discreto, reservado, tímido, abomina a ostentação, mas no entanto é ele quem afirma com convicção a esse jornalista que sequer conhece: *Johnny Farel é a prova de que é possível ser um grande profissional, adorado pelo público, e uma merda humana*, ele não disse 'meu amigo' ou 'Jean', preferindo citar o apelido que eu odeio, que não uso mais, afastando-se de mim, tornando-se um cúmplice desse jornalista que me pergunto por meio de quais artimanhas conseguiu obter dele essa declaração, por qual pressão — é evidentemente uma armação de Ballard, ele está pronto a tudo para me demitir, quer minha cabeça, enfim, eu tinha dito 'Ligue para Michel Duroc' sem imaginar que ele pronunciaria essas palavras e te garanto que ele realmente as pronunciou! O jornalista tem o áudio gravado, ele me enviou o trecho depois de meu telefonema, o pilantra, ameacei processá-lo, entende, eu berrei:

Você reescreveu tudo, extrapolou, anotou mal! E ele responde que fez seu trabalho, é um jornalista *sério*, mas fica pior, você viu a queda? Você sabe que estou sendo ameaçado de morte por islamistas radicais depois que divulguei a reportagem sobre a condição das mulheres em certos bairros, pois bem, o jornalista pergunta a Michel, para concluir, o que ele acha dessas ameaças e ele responde — está escrito preto no branco —, ele responde — escutei esse trecho umas dez ou vinte vezes —, meu amigo a quem ajudei, consolei nos momentos difíceis de sua vida, você sabe que a mulher dele o deixou como se fosse um merda? — enfim, ele responde: 'Que o abatam logo e não se fala mais nisso.' Depois disso, querem que eu mantenha o sangue frio, mas é impossível! Vou processar esse jornal por difamação, minha caixa de mensagens está saturada de palavras de condolência. Quero também que o canal contra-ataque, uma publicidade de uma página nesse mesmo jornal com minha versão dos fatos — retorno justo das coisas. E é preciso preparar o direito de resposta..."

Jacqueline concordou, assentindo com a cabeça. Com um olhar que dizia "eu cuido de tudo", ela o tranquilizou. Fechando-se novamente em seu camarim, ele inspirou e expirou várias vezes, mas nenhum desses exercícios de "plena consciência" que Françoise lhe ensinara conseguiu acalmá-lo. O artigo havia sido publicado no jornal *dela*. Como Françoise tinha deixado isso acontecer? Ele ligou para ela. Antes mesmo de escutar o que ele tinha a dizer, ela repetiu com a voz abafada que lamentava muito.

— Estava esperando sua ligação, sinto muito, não vi a matéria antes, descobri ao mesmo tempo em que você. Eles mudaram o roteiro sem me avisar, eu sabia que não devia jamais ter insistido para obter essa reportagem com você, é contraproducente, eu te disse.

— Você me traiu, não posso compreender isso, está me escutando? Você me traiu, Françoise!

— Eu não sabia, eu juro!

— Isso é ainda pior. Você então não é mais nada nesse jornal! Não vale mais do que uma estagiária, e com uma estagiária pelo menos é possível trepar!

Ela se calou, como se alguém houvesse bruscamente cortado o som. Ele logo de arrependeu de suas palavras. Deixou transcorrer um silêncio, depois retomou num tom mais brando.

— Desculpe, não deveria ter dito isso, fui brutal porque estou no meu limite, você entende? Nesta profissão, não se pode mesmo confiar em ninguém.

Da parte de Françoise só se ouviam soluços.

— Me desculpe.

— Você é tão duro, Jean, tão duro...

— Eu não sou duro, sou profissional e vivo num mundo de diletantes.

Ele desligou. Jurou a si mesmo nunca mais ligar para ela, depois chamou Jacqueline: "Ligue para Michel Duroc." Mesmo se tratando de uma amizade assim tão antiga, Jean Farel continuava telefonando a seus próximos pela sua secretária. Com o tempo, alguns acabaram ficando magoados e preferiram romper seus laços com ele. Duroc não estava disponível. Vieram avisar-lhe que o ministro do Interior acabara de chegar à emissora. Jean apoiou a cabeça entre as duas mãos e deu um chute violento na cesta de lixo sob a mesa: *Vão todos se foder*! A violência. A cólera. A raiva. O ressentimento. O abatimento. Ele pensava: eles não sabem quem você é. Veem você como um apresentador político popular em busca de sensacionalismo. Eles te desprezam. Não te conhecem e não querem te conhecer. Eles te olham atravessado, como dizia Gombrowicz. Ele inspirou, penteou os cabelos com as mãos, olhou-se no espelho: sua pele ganhara uma tonalidade quase terrosa. Com as pontas dos dedos, exerceu breves pressões sobre as bochechas a fim de ativar a circulação venosa e as enrubescer. Quando se sentiu calmo, foi ao camarim onde se encontrava seu entrevistado político do dia. Habitualmente, ele não conversava com o convidado antes do programa para evitar uma cumplicidade que seria flagrante na tela mas, desta vez, abriu uma exceção: ele conhecia esse homem desde seu começo — os verdadeiros laços se faziam quando os políticos ainda não estavam no poder. Jean espreitava os jovens promissores e os convidava para almoçar ou dar uma opinião em seu programa. Ganhava a confiança deles, valorizava-os, projetava-os na cena midiática. Cedo ou tarde, esses políticos seriam seus devedores. Mas assim que eram nomeados, eleitos, a história era outra. Eles o evitavam ou o deixavam saber que, de agora em diante, ele precisaria passar pelos seus assessores de imprensa.

Jean cumprimentou seu convidado, adotando uma atitude envolvente e delicada. Depois de ser maquiado, acertou alguns pontos com seu redator-chefe. Quando entrou no palco, o público já estava instalado. Algumas pessoas se levantaram para pedir um autógrafo e tirar uma foto com ele. Com seu público, Jean era doce, atencioso e disponível. Todos se acomodaram em seus lugares. Farel releu suas fichas com concentração. A maquiadora efetuou os últimos retoques. Uma voz gritou: "5, 4, 3, 2, 1... No ar!" Farel ergueu a cabeça e encarou a câmera com olhos sagazes: "Boa noite a todos!" O ator entrava em cena.

Ao final do programa, um coquetel foi organizado. Todos estavam presentes: dirigentes da emissora, jornalistas, assistentes. O assessor de comunicação do ministro do Interior, um homem de físico extremamente juvenil, mal pôde dissimular sua raiva. O ministro não apreciara o tom que ele empregara para fazer uma pergunta que associava violência e imigração clandestina. Farel explicou que os franceses exigiam a liberdade de expressão: "Já faz anos que, sob pressão de gente como você, as personalidades políticas emitem apenas opiniões comedidas, prudentes. Eu estou atrás de outra coisa. Busco a verdade neles, o que pensam profundamente." "Ah! Você ataca, mas, no fundo... Você sabe tão bem que, quanto mais a pergunta é feita de forma agressiva, menos agressiva ela é." Um jovem executivo do canal, braço direito de Ballard, se envolveu na conversa, esperando abrandar a tensão: "Gostei bastante da curta reportagem introdutória sobre os jovens conselheiros do Presidente. É preciso rejuvenescer a vida política." O assessor de comunicação do ministro se dirigiu então a Ballard e, lançando um olhar para Farel, disse: "Seria preciso rejuvenescer a televisão também." Todos riram.

10

Alexandre estava em Paris e se sentia só. Sua mãe não lhe telefonara para propor que ele a acompanhasse ao Eliseu. O que estaria fazendo ela? Onde estaria? Ele se perguntava por que fizera essa longa viagem. Seus pais reclamavam de sua ausência, mas quando ele estava lá, não tinham muita coisa a lhe oferecer: um rápido almoço, um jantar, um coquetel mundano, algumas conversas intelectuais, mais nada. Estendido em sua cama, no seu quarto, ele observava o conteúdo de sua biblioteca pessoal. Havia ali centenas de obras: literatura, matemáticas, latim, inglês — o fruto de quinze anos de estudos —, mas também inúmeros livros de metodologia que explicavam como *ter sucesso e ser eficaz*. Ela apanhou um deles, leu algumas páginas. "Você é seu único rival!", "Aprende-se muito com os fracassos". Tudo soava falso. Ele se lembrava de um aluno que, na véspera do concurso, tinha tomado um sonífero para dormir, mas o comprimido não fez efeito algum até o dia seguinte, e foi tão forte que ele dormiu sobre as páginas de sua prova. *Ninguém* o acordou. Quando pediu explicações, os alunos presentes lhe responderam que aquilo era uma *competição*. Era cada um por si, todos competindo para serem os melhores nas melhores escolas.

Alexandre apanhou seu computador e entrou num site pornô, fazendo desfilar pela tela os vídeos propostos: hesitou entre *Jovem estudante sendo fodida por um policial* e *a chefe de obra corrigida pelo seu operário* — a linguagem inclusiva ainda não alcançara a esfera do pornô. Clicou no primeiro. Ele se acariciou assistindo ao vídeo: o homem — um colosso louro com mãos enormes — penetrava a jovem atriz morena de pele olivácea. O sexo dela era como o de uma garotinha, inteiramente depilado e, na altura dos grandes lábios, uma pequena argola prateada. O ator introduzia com violência seu sexo ereto na boca da atriz, puxando-lhe os cabelo. A câmera filmava cada vez mais perto o vai e vem do sexo dentro da boca. Ele o enfiava tão profundamente que a atriz quase sufocava. O homem ejaculou sobre seu rosto, ofegante. No mesmo instante, Alexandre gozou. Em seguida, seu telefone começou a vibrar: era um de seus amigos, Rémi Vidal, estudante de engenharia como ele. Não respondeu. Tomou uma ducha e, depois de se vestir, escutou a mensagem: Rémi o convidava para uma festa à noite no 18º *arrondissement*. Ele respondeu via SMS dizendo que o encontraria diretamente lá. Depois enviou outra mensagem, esta para Yasmina: "Penso em você. Sinto sua falta." Não recebeu resposta alguma. Escreveu então diversas mensagens: "Por que você faz isso comigo? Eu te amo." "Responda!" "???" Ele verificou seu Twitter e constatou que ela acabara de divulgar um link de um artigo de jornal. Ele lhe escreveu uma nova mensagem: "Responde, por favor! Eu sei que você está disponível, você acabou de postar dois tweets!" Alexandre desabou sobre sua cama, encolheu-se, agarrando-se a seu travesseiro. Ele recebeu um SMS de seu pai: "Não se atrase para minha condecoração. Vista o terno que comprei para você. Roberta já o passou." Alexandre se levantou, foi até a área de serviço, onde a empregada tinha pendurado o terno. Vestiu-se mecanicamente e saiu. Entrou num táxi e mudou de ideia, dando o endereço de Yasmina. Ela morava perto, na outra extremidade da avenida Paul-Doumer, num edifício moderno. Tocou a campainha. Ninguém atendeu. Bateu à porta com toda a força. Finalmente, ela apareceu pela fresta da porta, sem abrir o trinco de segurança.

— O que você quer? Não faz barulho, vai chamar a atenção dos vizinhos.
— Deixe-me entrar, por favor.
— Não.
— Só quero falar com você.
— Impossível, me deixa em paz agora. Vá embora! Estou esperando alguém.

Ela fechou a porta. Ele bateu novamente, gritando para que lhe abrisse, queria "simplesmente" falar com ela. Alguém gritou:
— Vá embora ou eu chamo a polícia!

Ele encostou seu rosto contra a porta e implorou:

— Yasmina, por favor, deixe eu entrar, me dá só cinco minutos.

Vê-la novamente o devastara. Ele ouviu a sirene da polícia, ficou com medo e se mandou. A poucos metros do edifício de Yasmina, ele chamou um Uber. O chofer, "Dimitriu", avaliado com quatro estrelas e meia em cinco, chegou num Peugeot preto com três minutos de atraso sobre o horário inicial. Alexandre entrou no veículo. O aquecedor estava no máximo, ele transpirava dentro de sua camisa apertada. O motorista escutava o rádio em alto volume, respondia seus SMS enquanto dirigia. Alexandre não fez comentário algum, já ouvira essas histórias macabras nas quais um motorista de táxi psicopata deixava seu passageiro numa ruela perigosa para ser massacrado. Quando o carro parou, próximo ao palácio do Eliseu, Alexandre saltou sem sequer agradecer. Na rua, verificou suas mensagens para ver o recibo da corrida. Clicou sobre a frase *Como foi seu deslocamento?* Mal. Péssimo. Ele denunciou o comportamento do motorista e exigiu o reembolso. Não clicou sobre nenhuma estrela. Depois guardou o telefone no bolso.

11

"O Palácio do Eliseu é a residência secundária de Farel", ironizavam seus inimigos. Farel vira toda a 5ª República passar por lá, fora regularmente convidado pelos sucessivos presidentes. Encontrou com os vaidosos, os arrogantes, os tímidos, os falsos modestos, os adversários do Presidente que vociferavam publicamente contra ele, mas se comportavam com deferência e subserviência quando ali estavam; os tímidos apaixonados, os viciados no poder, os cortesãos, os ambiciosos que partiram do nada, os cheios de vontade que não largavam nada — de longe, seus preferido. Desde o anúncio de sua nomeação oficial no *Journal Officiel,* ele sitiara a presidência para obter a honra de uma cerimônia individual no salão de inverno do Palácio do Eliseu e contactara o serviço encarregado das condecorações para marcar a data do evento. Fez com que entendesse que se recusava a ser condecorado ao mesmo tempo que um simples governador ou um escritor, ainda que fosse um Prêmio Nobel de Literatura. O presidente lhe devia isso. Farel o convidara para o programa *A Grande Prova Oral* quando ainda era um jovem militante empolgado. Anos mais tarde, fora ele que anunciara sua eleição pela televisão.

Estavam todos lá: representantes das principais empresas francesas, os grandes donos da imprensa, jornalistas, escritores, editores, ministros, antigos e em exercício, noventa pessoas escolhidas a dedo — essencialmente homens — se dirigindo à escadaria de acesso ao Eliseu, seus convites incrustrados de letras douradas na mão (alguns os tinham fotografado para postá-los nas redes sociais). O secretário-geral do Eliseu também estava presente; fora ele o avaliador da lista de convidados. Quando a leu, não foi capaz de esconder sua exasperação: "Farel enche o saco com seus caprichos de diva, convidou gente demais", porém acabou percebendo com humor que havia entre eles três antigos primeiros-ministros e todos os executivos empresariais reunidos, "isso não se pode recusar". O diretor do gabinete do Presidente estava presente, assim como um conselheiro e o redator do discurso, um jovem da Escola Nacional de Administração bem cooperativo, que ele convidara a almoçar duas semanas antes para falar de seu percurso. Levara consigo os artigos de que gostara particularmente: um perfil em *Les Échos,* em 1999, e três páginas de entrevista no *Nouvel Observateur,* em 2003. Ele não cederia à improvisação. E lhe dera também os contatos de duas ou três pessoas às quais já telefonara antes. Agora, sentia-se impaciente para ouvir o discurso.

Os primeiros a chegar, com frequência os mais intimidados, os dois irmãos de Farel particularmente, Gilbert e Paulo, tão arrumados como se estivessem no próprio casamento, não poderiam resistir ao prazer de se fotografar na escadaria do palácio. Tinham vindo da pequena aldeia da região de Gard, onde viviam com mulher e filhos. Fizeram com que esperassem numa grande sala em tons vermelhos. As personalidades provenientes do mundo político e midiático se observavam com olhar profissional. Cada um espreitando sua presa, procurando a mais influente. Quando a pessoa visada já estava conversando com alguém, era preciso astúcia para tentar uma abordagem, uma palavra, um gesto amistoso, tomar o lugar cobiçado e se integrar sutilmente à conversa em curso, e mesmo expulsar seu rival após ter avaliado seu potencial social — era desejável não cometer gafes — até que alguém ainda mais influente se apresentasse e que, por sua vez, o eleito se achasse expulso da conversa, obedecendo às regras de uma dança das cadeiras que, no Eliseu, como em todas as esferas do poder, imperavam. Num canto do salão, dois primos de Farel pareciam pouco à vontade, sem saber se podiam tirar do bolso suas câmeras dentro do recinto do Eliseu. Num dado momento, um escândalo foi evitado, um convidado quis fazer uma selfie com Catherine Deneuve, vindo por trás dela, mas um alto funcionário do palácio lhe fez sinal para que não importunasse a atriz. Alexandre conversava com sua mãe, que parecia tensa, o corpo espremido dentro do vestido que Jean pedira que usasse. No centro, Farel brilhava como um astro. Aqui estamos, pensou ele, visualizando mentalmente o cadáver de sua mãe coberta por um sudário, aqui nós estamos. Em sua vida, tudo o predestinava à sordidez e ao naufrágio, e eis que ele conseguira chegar ao ápice do Estado. Tudo *isso*, ele fizera por ela. Farel flanava, passando de um convidado a outro, feliz como nunca, quando recebeu repentinamente um SMS enviado por um remetente desconhecido:

Françoise tentou se suicidar;

Ele foi incapaz de se mexer. Uma enxaqueca devorava seu crânio. Ia acabar sofrendo um novo AVC que o deixaria tetraplégico desta vez, ele sentia, ia desabar diante de todo mundo, e uma foto dele, babando, seria divulgada por toda parte, *a vergonha*. Ele inspirou, expirou. Tinha sido extremamente duro com Françoise, lamentava profundamente. Ele a amava. Vendo Claire embrulhada naquele vestido que não a valorizava — ela ganhara alguns quilos, era *horrível* —, ele dizia a si mesmo que só tinha amado uma única mulher, Françoise, e ela tentara se matar *por causa dele*. Um convidado chegou por trás e pôs a mão no seu ombro. Ele tomou um susto. "Tudo bem, Jean?" Ele sorriu. "Claro, está tudo bem." Ele transpirava. Por onde andava Léo? Ele procurou seu irmão e o notou finalmente, no fundo do salão, em grande conversa com uma editora parisiense. No mesmo instante, o Presidente foi anunciado. Farel guardou seu telefone com as mãos trêmulas. O que devia fazer? Não podia deixar o Presidente esperando nem começar a digitar no seu telefone. Tampouco podia ir até a casa de Françoise ou telefonar para todos os hospitais de Paris. Após a cerimônia, haveria um coquetel no Eliseu em sua homenagem, era *parte do jogo*. Seu coração esmurrava seu peito, sentia o suor escorrer nas costas. O funcionário responsável pelo evento pediu aos convidados para tomarem seus lugares, a cerimônia ia começar. "É o dia mais lindo da sua vida!" exclamou Ballard apertando o braço de Farel. "Você sabe o que dizem? A Legião de Honra é o último Viagra dos homens do poder!" Farel se afastou. Se tivesse armado, teria o alvejado.

Françoise tentou se suicidar. Ela está no Hospital Bichat, no setor psiquiátrico.

Um novo SMS acabava de ser enviado no momento em que anunciavam a chegada do Presidente. Imediatamente, todos os convidados se imobilizaram. O Presidente entrou no salão, um sorriso no canto dos lábios, exibindo essa amabilidade que o tornava simpático ou detestável, dependendo de que campo político a pessoa se encontrava. Tudo parecia deslizar sobre ele. Instalou-se atrás do púlpito. Mantinha-se ereto e orgulhoso. Nesse instante, ele sobrepujava Farel. Claire estava com os olhos fixos no seu celular, indiferente à alocução do Presidente que começava. "Senhores primeiros-ministros, senhoras e senhores ministros, senhoras, senhores, amigos, familiares, família de Jean Farel, estou feliz em acolhê-los aqui para esta cerimônia." Todos os olhares convergiram para o Presidente. Claire guardou seu celular e fingiu estar atenta. De longe, percebia a presença de seu filho, um pouco afastado, sentiu vontade de se aproximar dele, mas havia tanta gente que acabou desistindo. "Jean Farel", continuou o Presidente, "você é jornalista, é mesmo um grande jornalista, nunca deixa coisa alguma ao acaso, está sempre de olho em tudo. Há mais de quarenta anos, você é o apresentador, eu poderia dizer o agitador, da vida política francesa. Cada domingo, ao final do dia, você oferece aos franceses entrevistas de qualidade com as maiores personalidades políticas deste país, são programas que marcaram a história televisiva. Você é conhecido por essa mistura de simpatia e agressividade, não deixa escapar nada nem ninguém. Sobre você, pensamos saber tudo, desde sua primeira crônica na ORTF, onde começou como estagiário, aos vinte anos, graças a um encontro com seu diretor-geral, Jean-Bernard Dupont — a lenda conta que você se lançou literalmente contra ele na avenida Président-Kennedy, suplicando para ele lhe dar uma chance — até hoje, reinando ainda sobre o setor audiovisual público, enquanto jornalista e produtor, você é a prova de que, na vida, a audácia e o trabalho são valores republicanos sempre recompensados. Jean Farel, você vem de um meio desfavorecido, e isso você nunca escondeu. Você não é um desses herdeiros que descrevia Bourdieu, que esteve várias vezes presentes em seu programa, você é um autodidata, esta é sua singularidade e sua força. Seu começo na vida não foi fácil. Em relação à sua infância, sobre morte trágica de sua mãe e a separação de dois de seus irmãos, você sempre manteve discrição, o que não o impediu de escrever em sua obra publicada recentemente, *A Grande*

Prova Oral, um livro de entrevistas sem concessão para consigo mesmo, que tudo o que fez, você fez por sua mãe. Não é por acaso que, entre seus escritores preferidos, você cita frequentemente Romain Gary, que escreveu, com *A Promessa do Amanhecer*, a declaração de amor que você teria adorado endereçar à sua mãe se tivesse o dom da escritura, como você declarou modestamente num artigo recente."

Ele se referia à matéria ignóbil, uma provocação, pensou Jean, ainda sorrindo. Não tinha dúvidas de que uma versão paródica do discurso presidencial circulava nos gabinetes do palácio, um texto que mencionava outro livro de Gary: *Além deste limite, sua passagem não é mais válida*, romance sobre a velhice e o declínio sexual.

"Jean Farel, você entrevistou as personalidades mais importantes: Bourdieu, eu já disse, mas também Pompidou, Foucault, Mitterrand, mas foi Pierre Mendès France que você mais impressionou. Você adotou essas palavras que ele pronunciou durante o discurso de Évreux, em 23 de julho de 1955: 'O primeiro dever é a franqueza. Informar ao país, educá-lo, não trapacear, não dissimular, nem a verdade nem as dificuldades.' Esta franqueza, que certas pessoas interpretaram como uma manifestação de brutalidade, enquanto ela é apenas a expressão de sua combatividade, foi-lhe por vezes criticada. Hoje, ela é sua marca registrada. Qualquer um que aceite seu convite sabe que será interrogado até que solte a verdade."

Mais um golpe baixo. Quem foi que disse ao redator do discurso que ele foi influenciado por Mendès France? Não era verdade, obviamente. O único homem que o impressionara fora o general De Gaulle, do qual ele conhecia de cor trechos inteiros de suas *Mémoires*.

Françoise tentou se suicidar

As palavras se arraigavam no espirito de Farel, que era incapaz de se manter concentrado: em que estado se encontrava Françoise? E se estivesse entre a vida e a morte? Gravemente ferida? Não. A mensagem teria especificado. Ele se recompôs ao final do discurso. "Senhor Jean Farel, nós o nomeamos Grande Oficial da Legião de Honra." Farel caminhou até o Presidente, que prendeu a condecoração na lapela de seu terno antes de o abraçar e apertar seu braço com a mão num gesto cordial. Um fotógrafo imortalizou a cena. Os celulares apontados para eles registraram a mesma imagem. Logo em seguida, o Presidente entregou um buquê de rosas a Claire, que acompanhara toda a cerimônia um pouco afastada.

Apesar do protocolo estabelecendo que ninguém falasse após o Presidente, Farel se instalou atrás do púlpito para ler seu discurso, eles eram amigos de longa data, estava tudo combinado entre os dois. Tomando o lugar do Presidente, ele retirou do bolso o texto que havia preparado durante duas semanas. Cinco dias antes, chegou mesmo a comprar um púlpito a fim de treinar nas mesmas condições do Eliseu. Mas, no instante em que levantou a cabeça, viu Michel Duroc entrando no salão. Ele estava um tanto desleixado, a barriga saliente, o rosto devorado por uma barba hirsuta, parecia ter bebido, sua expressão dura, ameaçadora. Jean se esquecera de remover seu nome da lista.

"Senhor Presidente, sou sensível a essa honra que me concede, pois não é costume tomar a palavra depois do Presidente. Não abusarei desse privilégio, portanto, serei breve. Eu não teria chegado aqui sem minha mãe, que tudo me deu, não teria chegado aqui sem meus pais adotivos, que me criaram no amor pela França, hoje me orgulho que a República me tenha permitido traçar esse caminho inusitado."

Michel não tirava os olhos dele. À medida que ele lia seu discurso sem convicção, Jean tentava expulsar de sua imaginação as piores hipóteses. Havia, no centro de seu texto, uma passagem sobre sua ética pessoal, seu amigo faria um escândalo, tinha certeza, e ele começou a se sentir muito mal, estava a ponto de desmaiar diante de todo mundo, era inevitável, mas foi o inverso que aconteceu: Farel manteve-se em pé e Duroc desabou no meio do salão. Os convidados se assustaram, soltando alguns gritos, e recuaram, enquanto Claire, Alexandre e os três irmãos de Jean se dirigiram para socorrer Michel. Farel se calou, mas não se moveu. Um guarda republicano se aproximou e efetuou os primeiros socorros, antes de pedir auxílio a três outros guardas para levar Michel Duroc para o salão Napoleão III, ao lado, atrás da pesada cortina de veludo vermelho que separava os dois espaços. Os convidados permaneceram imóveis, ouviam-se somente seus sussurros. Cinco minutos mais tarde, uma equipe de bombeiros irrompeu no salão. O socorro foi prestado fora das vistas dos convidados, atrás da cortina de teatro. Claire e Alexandre tinham voltado ao salão principal.

"O que vamos fazer?" sussurrou o Presidente ao ouvido de Farel. "Continuemos", respondeu Farel sem hesitar. Depois, ele retomou seu lugar e prosseguiu com seu discurso, porém ninguém mais o escutava. Alguém tem notícias de Michel? Como Farel podia continuar com a cerimônia, enquanto seu amigo estava nas mãos dos bombeiros? Talvez morto? Fragmentos de seu discurso chegava aos ouvidos de alguns. "Tive uma bela carreira, mas meu filho é meu maior sucesso." Todos os olhares convergiram para Alexandre, que corou ao escutar seu nome. "E, para concluir, vendo todos vocês reunidos à minha frente, meus caros amigos, eu gostaria de evocar *O homem da corte*, de Baltasar Gracián; os jornalistas citaram com frequência essa obra, não sem certa ironia, dizendo que era meu livro de cabeceira. Há outros: Proust, Gary, Gombrowicz foram minhas verdadeiras paixões, mas citarei Gracián para agradar a meus numerosos colegas aqui presentes: *Vale muito ser admirado, porém mais vale ser amado.* Eu queria agradecer a todos aqueles que me amam."

Os convidados aplaudiram. Rumores diziam que Michel Duroc havia sido transportado para o hospital. Mas, depois que liberaram o bufê, isso não interessava mais a ninguém.

12

Duroc não tinha sido transportado para o hospital. Assim que se recuperou, ele se entrincheirou no banheiro do Eliseu. Vendo-o se afastar, Alexandre o seguira. Ainda não havia lido o artigo sobre seu pai publicado no mesmo dia. Ele lhe perguntou se precisava de ajuda. *Não, obrigado, está tudo bem.* Michel lhe disse que ia para casa, já se sentia melhor agora, fora somente uma indisposição, *nada grave.*

— E você, como vai, campeão?
— Tudo bem — respondeu Alexandre, mas Duroc sabia que estava mentindo: os seres infelizes se reconhecem entre si.
— Sei que não sou um padrinho muito presente, mas gosto de você. Você é como um filho.

Ele viu então Alexandre se aproximar e o abraçar; essa efusão de afeto repentina o fez vacilar: Michel começou a chorar.

— Eu sinto muito, garoto, não sei o que deu em mim. Deve ser efeito de meus remédios para a tensão.

Alexandre o afagou nas costas para acalmar.

— Vamos, vai passar, Michel, você teve um mal-estar, só isso, faz muito calor lá dentro.

Duroc se recompôs, enxugou as lágrimas com a manga de seu paletó como uma criança, depois se aproximou da pia. Enquanto ele molhava o rosto com muita água, viu Alexandre entrar em um dos toaletes: "Vamos, não se preocupe, vai ficar tudo bem." Michel estava com o rosto molhado, quando Jean apareceu no banheiro, acompanhado de Léo, bem mais alto que ele. Farel fez um sinal para seu irmão e, imediatamente, Léo se foi.

— Por que você veio?
— Você me convidou, Johnny — respondeu Duroc, buscando desesperadamente uma toalha de papel para secar o rosto.

— Pare de me chamar assim...
— Como eu devo te chamar?
— Você não deveria ter vindo. Olhe só, você está bêbado...
— Eu tinha respondido que viria, eu respeito meus compromissos.
— Esse seu mal-estar durante meu discurso foi mais uma maneira que achou para me perturbar?

Duroc se calou.

— O que deu em você para dizer aquilo ao jornalista? Você está louco, Michel! E esse mal-estar, qual era o objetivo? Chamar a atenção no dia em que o Presidente me condecora? Quais são suas intenções?

Duroc se mantinha calmo, ainda meio tonto, gotas de água escorrendo sobre a testa e as bochechas, contentando-se em ouvir Farel, que continuava exaltado: "Hein, por que você fez isso, quando sabe que estou exposto, que aposto minha vida a cada dia no rádio, na televisão? Estou apostando minha vida, porra!"

Subitamente, Duroc saiu de seu silêncio:

— Você está apostando sua vida?
— Estou, sofro uma pressão enorme! Enorme!
— Quer saber por que eu disse aquilo ao jornalista? Saiu sem eu pensar, veja só, eu estava tão chocado que você tivesse pensado em mim para contribuir com uma opinião elogiosa para um jornal que você sempre detestou, quando eu estava sem notícias suas há seis meses, exatamente desde quando você me pediu para fazer aquela coisa indecente sem o conhecimento de seu filho.

Duroc imaginava Alexandre escondido atrás da porta, queira que ele soubesse o que seu pai o obrigara a fazer. Houve um silêncio. Tinha acertado em cheio. A voz de Farel tremia ligeiramente agora.

— Você está furioso comigo porque não telefonei para você? Andei tão estressado no trabalho. Você não imagina todos esses abutres que querem me aniquilar.
— Ficou estressado? Eu estou tomando antidepressivos há seis meses por sua causa.
— Todos nós tomamos antidepressivos, Michel, só muda o laboratório. Seja compreensivo. Ponha-se no meu lugar.
— Você não me telefonou sequer uma vez...
— Estava ocupado. Ouça, esse não é um bom lugar para falar sobre isso — disse ele, pondo a mão na maçaneta da porta, para lhe mostrar

que estava a fim de acabar com a conversa, — alguém pode nos ouvir. Vamos marcar um almoço, ligue para Jacqueline.

Mas Duroc não se mexeu.

— Já faz mais de 50 anos que nos conhecemos e ainda preciso passar pela sua secretária para que nos vejamos. Você realmente mudou, Jean. Quando a pessoa tem um pouco de poder, você trata com reverência, mas se é alguém que não tem mais nada a oferecer, você se torna arrogante. Você aplicou muito bem a regra que te levou aonde está hoje: Forte com os fracos, fraco com os poderosos.

— Não venha me dar lição, por favor, não é hora.

— Você me desprezou, ao passo que eu sempre estive à sua disposição quando precisava de mim.

Jean tirou a mão da maçaneta e se virou para Michel.

— Você quer fazer uma competição moral?

— Você sabe muito bem do que estou falando...

— E o que é exatamente? Uma ameaça? Você tem tudo a perder...

— Já perdi a saúde e toda minha dignidade. Privilegiei a amizade em detrimento da ética, sinto nojo de mim mesmo.

— Preciso ir. Estão me esperando.

— Como você pôde me pedir para fazer um aborto naquela moça e esconder de seu filho que ela já tinha passado do prazo legal para isso?

— Eu fiz isso para protegê-lo, assim como você, foi por isso que o fez. Preferia o quê? Que eu deixasse aquela oportunista destruir a vida de Alexandre? E ela concordou!

— Posso imaginar o que você lhe prometeu para convencê-la.

— Tudo o que fiz foi pelo bem de meu filho.

— Você acha sempre um modo de justificar seus atos, mesmo os mais inaceitáveis.

— O mundo é brutal e injusto, Michel, e sim, eu estou pronto para fazer coisas inaceitáveis para proteger minha família.

— O problema com você é essa falta de moral, esse cinismo associado a seu narcisismo. Você acha que merece tudo, que pode controlar tudo, os seres, as situações. Mesmo a morte você acredita poder afastá-la! Isso mesmo, acho que nem mesmo a morte o assusta.

Farel o observou sem responder. Ele não estava errado, não era a morte que o assustava e o fazia perder a razão, mas a erupção do drama cujo medo jamais o deixara, desde quando descobrira o cadáver de sua mãe ao voltar da escola e, quando havia o medo, disso tinha certeza, tudo se tornava possível.

— Você não entende nada das pessoas. Não tem empatia alguma.

Jean não reagiu. Ele fizera o que pudera com aquilo que tinha ao nascer. Amara, desejara, trabalhara apaixonadamente. Seu único erro era a falta de *psicologia* — uma palavra que ele detestava —, o que havia para se entender? Nada. A gente permanece opaco a si mesmo.

— Você pensou no seu filho? Como ele reagirá se um dia souber?

— Ele não saberá. Lembre-se do que eu disse. Se você falar, você perde tudo: a reputação, o trabalho que tanto ama, você será expulso da Ordem de Medicina.

— Pelo menos, estarei em paz comigo mesmo.

Farel soltou um riso nervoso e depois, abrindo a porta para sair, acrescentou:

— Você sabe o que acontece àqueles que pensam que é possível viver respeitando as leis morais? Cedo ou tarde, eles acabam sendo esmagados.

13

Jean Farel cancelou sua reserva num grande restaurante da praça da Madeleine que costumava frequentar — as emoções haviam sido demasiadas. Atravessou a rua do Faubourg-Saint-Honoré, pálido e trêmulo. Nada mais restava da resplandescência do Eliseu. No castelo, eles tinham conseguido dar a impressão de uma família unida, afetuosa e sólida. Agora, tudo começava a ruir, o edifício fissurava e ameaçava desabar. Só pensava na tentativa de suicídio de Françoise. Tão logo a cerimônia chegou ao fim, Claire foi encontrar Adam, deixando o buquê de flores dado pelo Presidente sobre uma das mesas preparadas, então Jean o apanhara e levara para Françoise, já que ela sonhava com isso. Ele parou um instante, no meio da rua, postou uma foto sua tirada durante a condecoração em sua conta Twitter com essas palavras: *A emoção esta noite de receber das mãos do Presidente as insígnias de Grande Oficial da Legião de horror. Viva a República!*

Embora já fosse tarde, ele pediu a um táxi para levá-lo até o hospital Bichat, onde Françoise fora hospitalizada. No rádio, tocavam músicas francesas variadas. Jean pediu ao motorista para desligá-lo. Conectando-se na sua conta Twitter, ele leu as reações: algumas mensagens de felicitações, mas sobretudo provocações: "Os puxa-sacos, com certeza, são um horror!" "Farel, você merece de fato a legião de horror". Ele escrevera "horror" no lugar de "honra" e, por conta desse erro de digitação, sua mensagem agora virava piada. Ele a apagou, contudo, o mal já estava feito, a captura de imagens na tela circulava na Internet. Ele se arrependeu de ter enviado a mensagem sem a reler — a precipitação e a impulsividade já haviam arruinado algumas carreiras.

Não houve problema algum para entrar no hospital, embora fosse tarde e o horário de visitas acabara há muito tempo. Mas ele conseguira, com um sorriso e um autógrafo, passar pela porta do serviço psiquiátrico — a notoriedade era um salvo-conduto permanente. Ele tinha a dolorosa impressão de reviver novamente o drama de seu filho, aquele momento aterrorizante em que recebera uma ligação lhe informando que Alexandre tentara se suicidar. A enfermeira lhe disse para ser rápido e não cansar a paciente "bem enfraquecida". Ele seguiu pelo longo corredor que levava aos quartos, o buquê de flores presidencial na mão. Era o atributo que preferia na celebridade: a certeza de que nada era impossível para aquele cuja imagem aparecia nas telas. Podia ouvir gritos através das paredes, era assustador, caminhava rápido, procurando febrilmente o número do quarto de Françoise. O cômodo era pequeno, muito escuro, superaquecido. Sua intenção era transferir Françoise para uma clínica particular, tirá-la desse estabelecimento público com paredes desfiguradas e odor de éter. Françoise tinha o semblante grave das estátuas de mármore, um rosto inabitado. Um lençol branco recobria seu corpo até o pescoço, como um sudário. Só as mãos, salpicadas de manchas marrons, estavam descobertas. Despenteada, sem maquiagem, a pele ressecada, parecia ter oitenta anos. Jean se aproximou dela e beijou sua testa. Sua pele exalava eflúvios acres.

— Como você está, meu amor? — perguntou-lhe.

— Em plena forma — ela respondeu. — Como você está vendo. Não fiz a coisa direito.

Suas pálpebras baixaram sobre os olhos, seus lábios estavam rachados como no dia em que caminharam pela montanha durante horas, antes de alcançar o refúgio aninhado a dois mil e quinhentos metros de altitude, nos Alpes do sul. Ele se lembrava da paixão que tinham vivido, do prazer que tivera ao beijá-la durantes horas.

— Por que você fez isso?

Seu tom era brincalhão. Toda sua animosidade e sua cólera haviam desaparecido. Françoise o observou sem responder. O que poderia lhe dizer? Ela construíra sua vida ao redor de sua liberdade, de sua independência. Sabia que devia deixá-lo, dependia disso sua sobrevivência mental, física. Já havia ultrapassado demais seus limites. Aproximando-se dela, ele acariciou sua mão.

— Eu te peço perdão — disse ele, apertando sua mão. — Fui tão brutal, tão estúpido. Agi de forma desprezível, eu lamento, eu te amo.

Você me conhece, às vezes, sou demasiadamente reativo.
Françoise desviou seu olhar.
— Diga alguma coisa!
Ela o encarou.
— Você teve coragem, Jean. Na sua vida profissional você correu todos os riscos, você chegou ao centro de reator político deste país, sim, você teve coragem e eu te admirei por isso, mas na sua vida privada você foi um covarde.

O eterno desejo de legitimação do adultério, pensou ele, quando o que o tornava tão excitante era precisamente que ele foi ilícito e insensato.

— Fui envolvido demais pelo meu trabalho, você entende?
— Esta paixão pelo seu trabalho é apenas uma das várias máscaras da sua ambição. Nos outros, menos hábeis, menos estrategistas, o desejo de conquista é mais visível: em você, à primeira vista, não se revela o competidor ambicioso; vê-se apenas o trabalhador dedicado, mas existe nessa forma de dedicação, nessa obsessão em fazer bem as coisas, uma mesma vontade de alcançar o primeiro lugar, e ali permanecer, qualquer que seja o preço a pagar por isso. Você se revelou na aventura coletiva no seio dessas redações onde evoluía com facilidade. Descobriu em você mesmo uma alma de chefe. Uma vingança inacreditável para a criança traumatizada e o adolescente tímido que havia sido.

A psicologia de balcão, novamente, ele estava com os nervos à flor da pele. Mas não queria dizer nada que pudesse feri-la ainda mais.

— Você tem razão, eu fiz por merecer.

Ele se aproximou como se fosse beijá-la, mas ela se esquivou ligeiramente, olhando-o, disse que era melhor ele ir embora. *Vá embora e não volte.* Ela pronunciou essas palavras num tom monocórdio, num esforço que parecia arrastar todo o seu corpo para o abismo. Ele ficou prostrado por um instante, alguns segundos que pareceram uma eternidade e, depois, repentinamente, aquiesceu. Também não tinha mais o desejo de continuar. Em algumas horas, todo mundo estaria a par de seu gesto, evocariam sua fragilidade, diriam que ela não estava mais em condições de trabalhar. Ao tentar se suicidar, Françoise acabara de pôr um fim à sua carreira jornalística. Ela emendaria licenças médicas até ser demitida. Desta vez, ele não poderia salvá-la do desastre.

— Se precisar de alguma coisa, me diga.

— Tudo o que eu quero é que você cuide de Claude, vá buscá-lo, por favor. Ter me dado um cão foi a melhor coisa que você fez por mim. Quanto ao resto, vá à merda.

Desde algumas semanas, ele a percebeu confusa e frequentemente obscena, como se os filtros naturais que retinham cada indivíduo para não revelarem seus pensamentos inconfessáveis tivessem sido apagados. Ele saiu do quarto, cumprimentou a enfermeira, que lhe pediu uma foto. Ele aceitou, abrindo um sorriso ao lado da jovem de uns vinte anos. Ela enrubesceu e lhe agradeceu. Jean tomou as mãos da moça entre as suas, reteve-as por alguns segundos. Em outro momento, em outro lugar, ele teria se arriscado.

No táxi, a caminho de casa, ele fez um resumo acelerado das últimas vinte e quatro horas. Michel Duroc o odiava, Claire o repelia, e agora, Françoise. Ele não sentia, contudo, culpa alguma. Desaprovavam sua "falta de empatia", sua "obsessão pelo controle". Nunca conseguiu expulsar de suas lembranças a respiração ofegante dos clientes que sua mãe recebia em casa. A cada momento importante de sua vida, ele revia o corpo de sua mãe estendido no chão da cozinha. Tudo o que fizera havia sido por ela, para vingar uma vida de miséria, de humilhação e de sofrimentos. Invadiu-o uma vaga tristeza, um peso sobre o peito. As mensagens que recebera se confundiam em seu espírito: *Bravo! Lacaio do Presidente! Parabéns por essa distinção! Jornalistinha servil, nas mãos do poder! Você merece, você é formidável. Seu lixo, você deve ter chupado muitos paus para conseguir essa recompensa!* Ele retirou um vidro de comprimidos do seu bolso e fez o ansiolítico derreter sob a língua. Em poucos minutos, a angústia se dissipou: a felicidade, hoje, só era possível com uma receita médica.

14

Após a cerimônia de condecoração no Eliseu, Alexandre atravessou Paris a pé, devastado com a conversa que ouvira do banheiro. Não era o aborto realizado fora do prazo que o chocava, mas a ideia de um plano orquestrado pelas suas costas por pessoas que mais amava no mundo: seu pai, seu padrinho, a mulher por quem estava apaixonado. E sua mãe? Teria ela sabido disso? As relações humanas pareciam destinadas à traição e ao fracasso. Tentou ligar para Yasmina diversas vezes a fim de escutar sua versão — sem sucesso. Ele se encontrava perto da Assembleia Nacional, quando recebeu uma chamada de sua mãe. Ela lhe perguntou onde ele estava. Dez minutos mais tarde, ela veio buscá-lo de táxi. Ele nada lhe perguntou, refugiando-se num mutismo que ela tampouco tentou romper. Alexandre estava convencido de que ela não sabia de nada e lhe faltava coragem para confrontar seu pai. Logo estaria de volta à California, seus pais espaçariam cada vez mais suas visitas por causa da viagem "demasiadamente cansativa", os laços entre ele acabariam se afrouxando. Eles chegaram rapidamente ao apartamento de Adam e Claire. Era a primeira vez que visitava o apartamento deles. Ele seguiu sua mãe no interior do edifício em reboco da avenida de Gobelins. A escadaria estava em mal estado. Assim que chegaram ao andar, ele notou a presença de uma pequena caixa transparente, "uma Mezuzá explicou sua mãe, supostamente para proteger a moradia". "Melhor instalar um alarme", ironizou ele. "Você vai se converter ao judaísmo, é isso?". Ela deu com os ombros. Adam não lhe impusera nada, mas, por respeito a ele, ela aceitara que seu cotidiano fosse pontuado por certos ritos: a celebração das grandes festas, o consumo exclusivo de alimentos autorizados pelo judaísmo. A vida amorosa deles ainda assim não ficava isenta de tensões: ele, de natureza tão calma, um tipo "taciturno", como ela o qualificava, por vezes se exaltava repentinamente, em momentos de angústia existencial, dúvidas em relação à perenidade da história dos dois. "Nós somos tão diferentes", concluía ele, mesmo sabendo que era exatamente sua singularidade que a tornava tão cativante.

Eles viviam num apartamento composto de um pequeno saguão, uma sala e dois quartos, um ocupado por Claire e Adam, o outro, um quarto amplo com vista para um jardim que Mila usava sozinha ou compartilhava com sua irmã quando estava em Paris para ver seu pai. Após os cumprimentos habituais, trocados sem calor, Alexandre sentou-se no sofá da sala, a alguns metros de Mila, aninhada numa poltrona de feltro cinza. Ela usava um jeans azul escuro, cintura baixa, e um suéter com a gola em V que deixava aparecer sua pele branca. "Você gosta de Stanford?" perguntou Adam, sem parar de arrumar os livros na imponente biblioteca que dominava a sala. Alexandre não estava a fim de conversar com esse homem no qual não via nenhum interesse em particular, ao passo que sua mãe o via como se ele tivesse recebido o Prêmio Nobel de Literatura. "Gosto, gosto muito." "Quando terminar o ensino médio, Mila talvez volte para os Estados Unidos também. Ela pensa em estudar numa escola de cinema em Nova York." Ouvindo seu nome, Mila ficou corada. "Isso é ótimo", replicou Alexandre. Era um ator no papel errado. Era preciso fazer de conta que estavam todos felizes por estarem reunidos, como se gostassem disso, ao passo que, sem que se detestassem, a vontade era de pegar individualmente cada uma das pessoas presentes e recolocá-las em outro lugar, dentro de seus contextos originais, e reformar o que havia sido destruído pelos efeitos de seus egoísmos e indiferença. Pessoas sem nada em comum, mal se conheciam, não se gostavam e provavelmente jamais se gostariam, agora eram convocadas a coabitar porque dois adultos tiranizados pelo que chamavam com gravidade de "seu amor" tinham lhes imposto quase da noite para o dia. Ele tentou fugir, usando o pretexto de um festa, sem imaginar que sua mãe lhe sugeriria convidar Mila. Alexandre não estava com vontade de convidá-la, reagindo apenas com um silêncio cortês, mas sua mãe insistia: "Vai ser uma ocasião para se conhecerem melhor", tentando criar uma cumplicidade artificial e, no entanto, era evidente que não havia interesse comum entre eles. Adam disse que Mila devia passar a noite com sua mãe, que chegara a Paris alguns dias antes para comparecer a um casamento e ver sua filha. Ela havia alugado um pequeno apartamento no 19º *arrondissement*. "Você não vai a esse casamento?" perguntou Claire. "Não, é excessivamente religioso, os homens e as mulheres ficam separados, até mesmo à mesa, não faz sentido para mim, devo encontrá-la depois." Adam parecia espantado: "Sua mãe deixa você sair e voltar tarde sozinha?" Mila começou a rir: "Eu disse a ela que, caso eu saísse, você me acompanharia até ela", em seguida, se virando para Alexandre, acrescentou: "Eu concordo em te acompanhar nessa festa." Acrescentou que antes precisava arrumar suas coisas. Quando Adam anunciara a Valérie que Claire tinha um filho de vinte e um anos, bonito e graduado, a primeira coisa que ela encontrou para dizer foi: "O que você vai fazer se ela se apaixonar por ele?" Ele se lembrava de sua resposta: "E se fosse a melhor coisa que podia acontecer a ela?" Escapar, como ele, da opressão identitária, renunciar à loucura do gregarismo, reinventar-se em outro lugar com um ser verdadeiramente diferente? Valérie suspirou. "Eu conheço os amigos do meu filho", disse Claire a Mila, "você vai se divertir." Mila vestiu uma parka preta e se dirigiu até Alexandre, que aguardava em frente à porta da sala. Ele a achava desinteressante e se perguntava como ousaria chegar na festa com *ela*. Mais uma vez, seus pais decidiam em seu lugar.

Adam avisou que ia lhes chamar um táxi. Alexandre ficou em pé por um momento, encarando a sala: o sofá que eles se gabavam de ter adquirido na loja Ikea, "esperando até poder achar melhor", a mesa de madeira e as cadeiras que haviam achado nos brechós, as centenas de livros que invadiam o espaço. Depois, dirigindo-se para a saída, ele notou uma série de imagens emolduradas e dispostas nas estantes da biblioteca: uma foto de Adam e Claire — eles estavam se beijando no assento da frente de um carro — e várias outras de Mila e Noa. Em poucos segundos, seu olhar fulminou todas as imagens. Não havia nenhuma foto dele. Quando seguia até o elevador seguido por Mila, engolida pelo seu casaco, ele ouviu Adam pronunciar essas palavras: "Cuide bem dela."

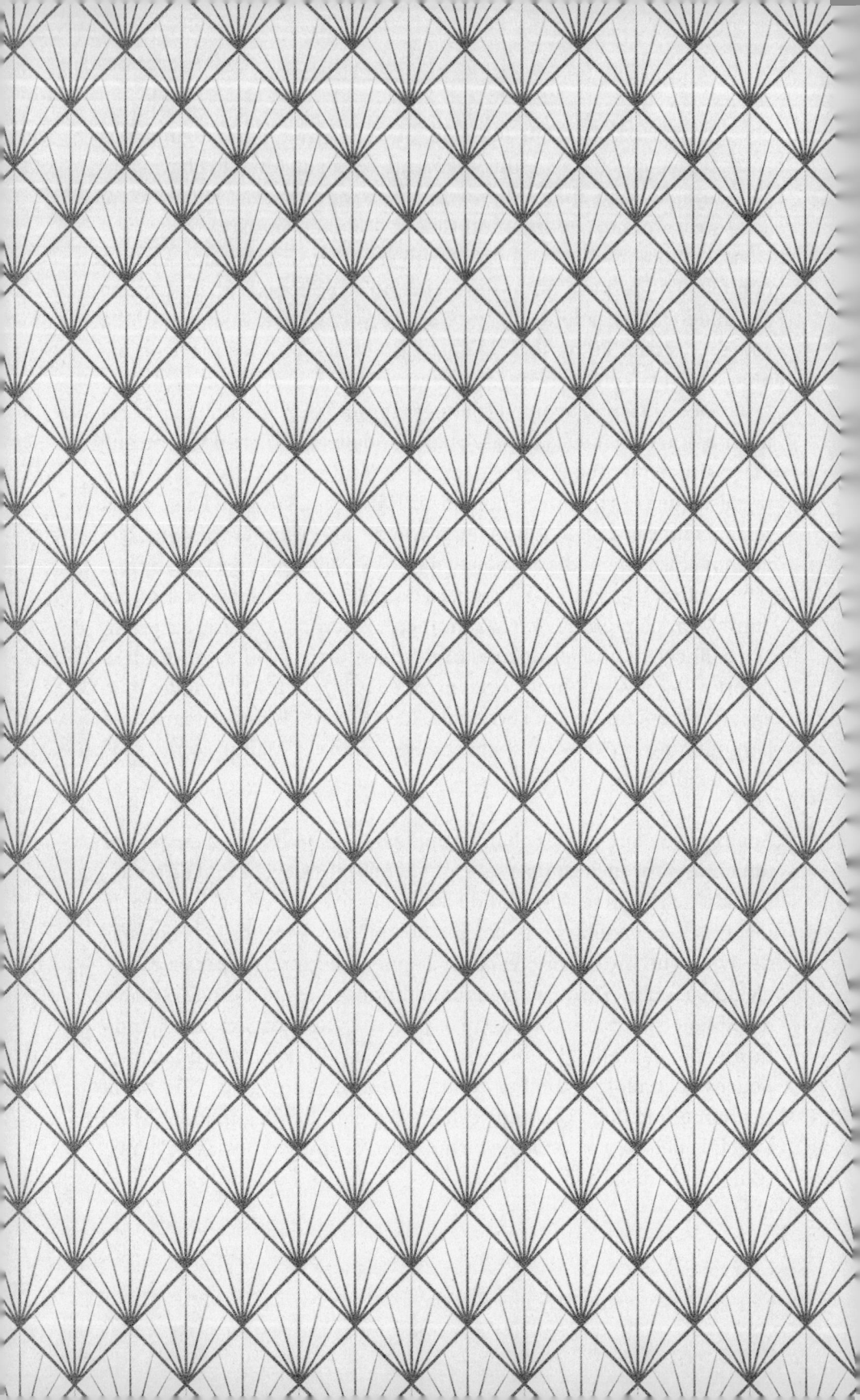

O TERRITÓRIO DA VIOLÊNCIA

"O fato é que compreender os outros não é uma regra na vida. A história da vida é se enganar sobre eles, sempre e sempre, e sem cessar, com obstinação e, após ter refletido sobre isso, enganar-se novamente. Aliás, é assim que sabemos que estamos vivos: a gente se engana."

PHILIP ROTH, *Pastoral americana*

1

Jean Farel acordara com uma mulher bem jovem na sua cama. Agora, era uma situação rara, já que completara setenta anos, mas vinte anos antes, quando apresentava todas as noites, às 20 horas, o telejornal mais assistido na França, isso lhe acontecia frequentemente. Se por um lado, ele não tinha o magnetismo erótico de um astro do rock, por outro, não tinha dificuldades para seduzir mulheres para as quais uma aparição regular na televisão era mais excitante do que um corpo jovem e atlético. No começo, ele não resistia e as levava facilmente para a cama; nunca precisou ser muito astucioso, se envolver em esforços de sedução, promessas, fazer chantagem ou pressão, tinha-lhe bastado ser ele mesmo — *um homem de poder*. Atualmente, se não havia renunciado ao jogo da sedução, ele não passava mais ao ato — não que seu desejo tivesse enfraquecido, mas porque sentia-se profundamente ligado a Françoise, com quem sempre tivera uma intimidade intelectual e física excepcionais, a ternura induzia à fidelidade, estava se tornando um sentimental. Além disso, havia outra coisa sobre a qual não ousava falar com seu médico: com a idade, ele se tornara maníaco, ansioso e hipocondríaco, obcecado com a higiene e pelo medo de ser contaminado por um vírus que o debilitaria, ele precisava mobilizar todas as suas forças para trabalhar, renunciara ao sexo furtivo, aos arrebatamentos amorosos, a tudo aquilo que era demasiadamente vivo e poderia deixá-lo exausto — a paixão mobilizava todos os recursos — e foi por isso que, naquela manhã, ele ficara perplexo ao ver a jovem estagiária que trabalhava na redação, uma linda loura com seus vinte e quatro anos, originária da comuna de Pau: Quitterie Valois. Depois de visitar Françoise no hospital, ele fora à sua casa para apanhar Claude para deixá-lo em seguida no seu local de trabalho. Em seguida, resolveu beber algo no bar do hotel Ritz e, uma vez lá, recebeu um SMS dessa estagiária que flertava abertamente com ele desde que chegara, uma jovem distinta, sem ostentação, vestia roupas clássicas: tailleurs com saia ou vestidos no modelo envelope, que mostravam o seu colo — calças, jamais. Era extremamente profissional e madura, mantendo com ele relações hierárquicas, dirigindo-se a ele com deferência: "Você é quem manda!" "Ok, patrão". Ele apreciava isso, essa amabilidade servil, em particular quando emanava de *jovens beldades*. Cada vez mais, pensava em se livrar de sua colaboradora Jacqueline Faux, que não fora capaz de prever as repercussões do retrato deplorável que fizeram dele no jornal, mas que havia sido sua amante outrora. Ela tinha seus "arquivos", como se diz, podia chantageá-lo — *No sex in business*, ele nem sempre aplicara a regra mais importante que impunha a vida empresarial. Quitterie lhe enviara um SMS estritamente profissional e, após algumas trocas de mensagens, ele lhe propôs vir encontrá-lo. Ela aceitou imediatamente, achava-se por acaso "ali perto", e concluiu com essas palavras: "Estou chegando, chefe!" Quando a viu entrar, quinze minutos mais tarde, com uma saia jeans e sapatilhas vermelhas, os cabelos presos num rabo-de-cavalo bem alto que valorizava sua delicada nuca, um lenço vermelho em volta do pescoço, ele não conseguiu conter seu êxtase: "Você está tão linda. Parece com Faye Dunaway." Pela sua expressão, ele percebeu que Quitterie Valois não sabia quem era Faye Dunaway, era jovem demais, não tinha sequer nascido quando a atriz americana triunfara em *Bonnie and Clyde*, filme cult que ele assistira três vezes com sua primeira esposa. Apontando para a própria camisa cujos dois botões superiores estavam abertos, deixando aparecer um torso imberbe, ele gaguejara: "Olhe só em que estado eu estou agora." Isso a fez rir. Sentada diante dele, numa poltrona de couro marrom, ela apertava sua bolsa contra o peito. "Relaxe, ninguém vai roubar sua bolsa." Ela pedira um coquetel, Last train to Shangai, e ele um Dry Martini. Depois, contou-lhe que Hemingway bebera cinquenta e um Dry Martinis seguidos, quando expulsou os alemães daquele bar, e que aquele mesmo local havido sido por muito tempo reservado aos homens: "Felizmente, os tempos mudaram." Ela não era do tipo de moça que lhe lembraria que havia tantos outros locais ainda reservados aos homens — os locais de poder, particularmente. Ela pertencia a essa categoria de mulheres que não questionam jamais o império viril, aquelas que escolheram a colaboração masculina e decidiram que sua ascensão se efetuaria graças aos homens e não contra eles. Havia alguma coisa de aluna aplicada e conscienciosa nessa jovem mulher, uma aura um tanto antiquada que seduzia Farel. As moças da idade dela se vestiam todas da mesma maneira — jeans e camiseta — enquanto ela tinha seu próprio estilo, mistura de classicismo burguês e fantasia hippie. "Quitterie", ele adorava a elegância datada desse nome, de tal forma que fizera pesquisas na internet para saber mais. "Seu nome vem de uma palavra em latim que significa *tranquila*, você é assim?" Ela enrubescera. Isso o excitava: essa *safadinha* era tudo menos tranquila. Ele descobrira também que Quitterie havia sido a filha de um príncipe da Galícia, na Espanha. Seu pai desejava casá-la à força e ela fugira. Depois, batizou-se em segredo e dedicou a vida a Deus. Mas os súditos de seu pai a encontraram e a decapitaram no dia 22 de maio de 477. Ele gostava dos destinos romanescos. Uma hora mais tarde, após bebericar dois coquetéis no Ritz, Jean a convidara a tomar uma última bebida no local onde trabalhava e vivia, na rua Ponthieu. Ela ficou extasiada com as fotografias que o mostravam ao lado dos maiores chefes de Estado do planeta, enquanto ele se perguntava se não seria tarde demais para tomar um comprimido de Viagra e se ainda havia uma caixa de preservativos dentro da data da validade. "Você esteve com Gorbatchov? Mandela? Obama?" "Sim, querida" ele lhe respondeu acariciando seus cabelos, "mas creia-me, é com você que eu quero estar." Diante da imensa biblioteca repleta de ensaios políticos, livros de memórias, exemplares da Plêiade, ela lhe perguntara se ele havia lido todos aqueles livros. Sim, lera todos eles e, dizendo isso, pegou um exemplar das *Memórias* de Saint-Simon e lhe ofereceu. Ela o beijou no rosto, repetindo que "isso é demais", ela estava viva, comovente, sexy — e queria fazer as coisas direito: aprender, mostrar-se curiosa, interessante, fazia perguntas com obsequiosidade como se ele fosse lhe dar uma nota ao final da noite — mas, em sua recordação, nada acontecera. Após beijá-la, perguntou-lhe com ironia se ela consentia fazer amor com um "grande oficial cansado", e como resposta obteve um riso nervoso, então ele a despiu e se deitou sobre ela, tinha afastado suas pernas, acariciado seu sexo, que ela tinha depilado, mas não conseguiu a menor ereção. Ela se mostrara adorável e compreensiva, acariciou-o com delicadeza e o acolheu mesmo longamente em sua boca. Sem resultado, infelizmente, a noitada os deixara exaustos e acabaram desistindo. No meio da noite, ele se esfregou contra seu corpo, ela acordou e, tomando sua mão, colocou-a sobre seu sexo: "Não me deixe neste estado, faça alguma coisa". Ela o acariciou sem exigir sua parte de prazer como fazem com frequência as mulheres muito jovens que sequer buscam a relação de forças. Elas sabem que nada dominam no primeiro contato, possuem apenas o poder da juventude, não tentam controlar nada; isso elas farão mais tarde, pela vitalidade sexual, a segurança — tudo aquilo que a idade acabaria lhe confiscando um dia. Depois, assim que o tivesse ferroado, seria tarde demais para ele: seria subjugado como um animal doméstico.

Quando acordou, vendo-a cuidar de Claude, que vegetava em seu cesto e parecia se deixar morrer, ele sentiu-se embaraçado, ela era demasiadamente jovem. Ele não tinha mais a energia que exigia um caso no ambiente profissional, já fazia muito tempo que o gosto pelo proibido o deixara. Havia conhecido tudo, experimentado tudo: homens, mulheres, atos sexuais coletivos em clubes, quartos de hotel, casas de amigos influentes sem a presença de Claire ou de Françoise que eram, nessa questão, convencionais e até mesmo um tanto pudicas e nunca souberam de nada. Alguns diziam que ele era como uma "gilete", o que era inexato, era heterossexual. Tivera de fato uma aventura com um homem no meio de sua carreira, mas o fizera por interesse profissional. Ele ironizava: aos setenta anos, enfim, tornara-se monogâmico. Tudo o que desejava era ver Quitterie ir embora, e rápido. A perspicácia dessa jovem era evidente: sorrindo para ele, disse-lhe apenas que tinha que "trabalhar". Em seguida, levantou-se e se espreguiçou com a flexibilidade da juventude e ele contemplou aquele corpo firme, a pele lisa, opaca, sem falha, viu seus cabelos castanhos, espessos, brilhantes, caindo como uma cascata sobre suas costas e, quando ela se virou, seus pequenos seios redondos, empinados, seu sexo juvenil. Ele começou a ter uma ereção e, sentindo-se vigoroso, saltou sobre ela, agarrando suas nádegas, abaixou sua calcinha com um gesto brusco e a penetrou à beira da cama. Ele se retirou antes de gozar, ejaculando sobre suas costas, soltando um gemido tão forte que ela lhe disse: "Pensei que você fosse morrer." "Esse é Félix

Faure, minha querida" respondeu Jean, afastando-a, ficando de repente sombrio, quase desagradável, invadido por uma irrepreensível vontade de ficar só. Ele lhe explicou que precisava se preparar para sua entrevista matinal e ela se vestiu mecanicamente, sem transparecer a menor desaprovação. Ela saiu de lá como havia chegado, com discrição, apertando o livro contra o peito — com toda a probabilidade, era uma moça *educada*.

Quando Jean viu os lençóis amassados, Claude com a cabeça repousada sobre as patas, com a expressão dos grandes depressivos, recusando o prato repleto de carne que colocara diante dele à véspera, ele pensou em Françoise, no que ela lhe repetia sempre, afagando seu cão com uma excessiva ternura: "Claude é o filho que você me deu". Ele lamentava o que acabara de acontecer, estava com saudades dela, precisava dela e se sentia terrivelmente culpado por essa aventura, num momento em que ela havia tentado pôr um fim a seus dias. Ele ligou para seu treinador a fim de cancelar a aula, estava sem forças. Depois do programa na rádio, iria ver Françoise para tentar convencê-la a voltar. Agora, tinha certeza: ele não tinha mais energia para as mulheres, para as exigências exorbitantes do amor. Pela primeira vez, sonhava com estabilidade e transparência. Estava confiante, ela cederia: o que poderia achar de melhor com sua idade? Por muito tempo, ele temera perdê-la — medo que um colega, um jornalista mais combativo, um político carismático, um desses dissertadores sem escrúpulos que ele via cotidianamente, a tomasse dele. Ele evoluía em um ambiente em que o valor das mulheres era estimado pela influência social do homem que a acompanhava, em que não hesitavam em trocá-las, endogamia era apenas uma outra faceta do gregarismo. Mas agora? Nada havia a temer, a idade o tinha deserotizado totalmente.

No banheiro, acionou a caixa de mensagens vocais: Ballard o felicitava, o programa ao qual participara o ministro do Interior havia sido assistido por quase cinco milhões de telespectadores, uma audiência excepcional. Ballard lhe apresentava suas desculpas, retirava o que tinha dito na véspera precipitadamente: *A Grande Prova Oral* devia continuar. Farel se conectou na sua conta Twitter, postou uma foto dele na companhia do ministro do Interior após retocá-la, acompanhada das seguintes palavras: *Ontem @grandeprovaoral, melhor performance com cerca de 5 milhões de telespectadores e 22,9% de audiência na França. #orgulho #obrigadoasequipes.*

Vestiu-se apressadamente, saiu e desceu a rua de Ponthieu, tomando a rua do Colisée. Ele foi parado diversas vezes pelos transeuntes pedindo um autógrafo, uma foto, ele sempre cedia de boa vontade. A cada parada, aproveitava para se conectar à sua conta Twitter. Ballard retransmitira seu tweet com essas palavras: "Bravo, Jean Farel!". Já tinha sido retweetado cento e vinte vezes. Ele atravessou a avenida dos Champs-Élysées quando, repentinamente, dois homens de capacete numa moto surgiram ao seu lado e o derrubaram no chão. Ele ficou estendido na calçada, próximo a uma banca de jornais. Passou alguns segundos inconsciente e depois moveu a cabeça. Os dois homens haviam desaparecido. Um pedestre se precipitou para o ajudar a se levantar, mas ele o afastou com violência: "Está tudo bem, pode me deixar, obrigado." Olhou à direita, à esquerda para verificar se algum fotógrafo havia imortalizado a cena. Logo em seguida, telefonou para Léo e se apressou até os estúdios da estação de rádio. Sua calça estava parcialmente rasgada e o braço direito estava bem inchado. Havia sido uma agressão premeditada, mas por quem? Ao chegar, sua assistente ajudou-o a trocar de roupa e sua maquiadora a dissimular as marcas vermelhas que ficaram em suas mãos — até mesmo nos estúdios de rádio, agora, os programas eram inteiramente filmados e um funcionário responsável pelas redes sociais colocava uma foto de Farel e seu convidado nas contas da estação — a ordem havia sido dada às equipes: era preciso *comunicar*. Sua convidada do dia era uma jovem mulher da política, com uns quarenta anos, militante de esquerda, deputada e autora de três romances elogiados pela crítica. Ele lhe fez perguntas mordazes, colocou-a em apuros e, para concluir, perguntou-lhe qual era o ambiente mais feroz: o político ou o literário. "O que torna um ambiente brutal são as manobras daqueles que o dirigem. Você vê, por exemplo, hoje de manhã, ao aceitar esta entrevista, eu deveria ter desconfiado e escutado os conselhos de Beckett. Sabe o que ele escreveu em *Molloy*? É de manhã que é preciso se esconder. As pessoas acordam, frescas e dispostas, sedentas de ordem, de beleza e de justiça, exigindo a contrapartida. Sim, é essa a passagem perigosa." Do outro lado do vidro, um técnico fazia sinal a Jean para que concluísse o programa. 'Pois bem, você a atravessou com sucesso!" exclamou Jean encarando a câmera, depois anunciou o jornal, agradeceu à sua convidada sem muito fervor e saiu. "Mas que putinha", disse ele, entrando na sala do técnico, "com seus ares de madona inofensiva, ela é um verdadeiro pit-bull. As mulheres políticas, em entrevistas, são as piores, ficam tanto na defensiva que mostram as garras ao primeiro arranhão." Ninguém de sua equipe acrescentou qualquer coisa — se você quisesse manter seu lugar, era preciso se *apagar*. Ele se foi, depois de beijar cada um de seus colaboradores com fingido afeto. Ele precisava *criar laços*. Léo o esperava dentro do carro, diante do prédio da estação de rádio, Jean pedira que viesse buscá-lo. Assim que entrou no veículo, contou a agressão de que fora vítima naquela manhã.

— Você viu os rostos deles? — perguntou Léo.
— Não, estavam com capacetes.
— Você precisa contratar um guarda-costas, você está muito exposto.
— Isso está fora de questão.

Léo não dizia nada, concentrado na direção. No rádio, tocava uma canção de Charles Aznavour, "Il faut savoir". Jean abriu um pouco a janela, um vento glacial açoitou seu rosto. A voz de Aznavour o embalava. "Deixe-me no hospital Bichat, por favor. E rápido." Léo acelerou e Jean observava a paisagem desfilando através do vidro.

Il faut savoir encore sourire
Quand le meilleur s'est retiré
Et qu'il ne reste que le pire
Dans une vie bête à pleurer
Il faut savoir, coûte que coûte
Garder toute sa dignité
Et, malgré ce qui nous en coûte,
S'en aller sans se retourner[6]

---

[6] É preciso ainda sorrir/Quando o melhor já passou/E só restou o pior/Numa vida triste de chorar/É preciso, custe o que custar/Preservar sua dignidade/e, apesar do que isso nos custa,/Partir sem olhar para trás

— Traga-me uma arma. Uma Beretta ou algo parecido — disse Jean bruscamente.

Léo desliga o rádio.

— O quê?

— Ligue o rádio e faça o que eu disse.

Léo deixou se instalar um longo silêncio e depois voltou a ligar o rádio.

> *Sans s'accrocher l'air pitoyable*
> *Mais partir sans faire de bruit*
> *Il faut savoir cacher sa peine*
> *Sous le masque de tous les jours*
> *Et retenir les cris de haine*
> *Qui sont les derniers mots d'amour*
> *Il faut avoir rester de glace*
> *Et taire un cœur qui meurt déjà*
> *Il faut savoir garder la face*[7]

O veículo parou diante do hospital Bichat.

— Quer que eu venha buscá-lo dentro de uma hora? Não estou a fim de deixar você sozinho.

— Não. Eu me viro.

Jean saiu do carro, atravessou os longos corredores, o corpo de Quitterie ainda o assombrava. Ele parou um momento, próximo de um homem idoso sentado numa cadeira de rodas. Seus olhares se cruzaram, o homem o reconhecera. Ele lhe pediu um autógrafo e Jean concordou, pegando um jornal que estava sobre uma mesa ao lado. Era um número "especial câncer de cólon" com essa menção: *ética, a empatia do bloco operatório*. Ele se apressou em achar uma caneta, sentia horror dos corredores de hospitais, queria acabar logo com aquilo, mas o homem o retinha: "É fácil. Eu me chamo Jean,

---

[7] Sem adotar um ar lastimável/Mas partir sem fazer barulho/É preciso saber esconder sua dor/Sob a máscara de todos os dias/E reter os gritos de ódio/Que são as últimas palavras de amor/É preciso ficar impassível/E calar um coração que já morre/É preciso manter as aparências.

como você, nascemos no mesmo ano, somos um pouco gêmeos." Jean se recompôs, desdenhoso: ele ainda era jovem, alerta, davam-lhe *quinze anos a menos*, não tinha nenhum ponto em comum com *aquele velho*. Entregou-lhe o jornal autografado e depois se virou para escrever uma mensagem para Quitterie: "Acho que estou me apaixonando." Ele releu a mensagem e hesitou — *os homens só são sentimentais quando querem trepar*, o repreendera Françoise certa vez. Ele achou que ela não estava totalmente equivocada. Erguendo a cabeça, viu que o homem ainda o observava, as mãos sobre as rodas da cadeira, pronto a fazê-la avançar. Jean olhou para a tela de seu telefone e apertou a tecla "Enviar".

2

Alexandre Farel acordou suando no apartamento deserto da família. Seu pai passara a noite em outro lugar, no seu escritório, sem dúvida. Ele se sentia terrivelmente mal, uma dor de cabeça tenaz torturava seu cérebro. Tivera pesadelos toda a noite; na véspera, bebera e fumara demais. Depois de sair do domicílio de sua mãe e de seu novo companheiro, ele foi com Mila Wizman para uma festa organizada por um estudante em um *loft* no 18º *arrondissement*. Tinha chegado bem tarde. Lá, reencontrara amigos e eles tinham bebido, fumado, dançado, conversado sobre o futuro deles. Engenheiros, funcionários, banqueiros, criadores de *startup*, o destino desses jovens parecia já estar traçado: mais tarde, seriam contratados pelos gigantes do Vale do Silício — Google, Apple ou Facebook —, pelos grandes bancos de investimento e firmas de consultoria — McKinsey ou Goldman Sachs — ou melhor, por um *hedge fund*, um desses fundos de investimentos com vocação especulativa. Procedentes das grandes escolas de engenharia, eles tinham se conhecido nas aulas superlotadas dos liceus parisienses mais seletivos ou em escolas preparatórias públicas ou particulares e criaram laços de amizade que, mais tarde, se transformariam em redes profissionais — a sinceridade não excluía o interesse. Tinham passado uma parte da noite bebendo e fumando e alguns exigiram um pouco de "ação". Quem teve essa ideia primeiro? Rémi Vidal. Moreno, baixa estatura, corpo musculoso, era só um pouco mais velho que Alexandre, fora ele o criador, assim que ingressou na faculdade de engenharia, de um site destinado a dar notas às meninas — as mais lindas recebiam melhor classificação — e a revelar *quem estava indo para a cama com quem*. O princípio do jogo, que se assemelhava a um trote, era simples: cada um deles devia seduzir uma das jovens ali presentes e voltar antes das 2 horas da madrugada com uma peça íntima da garota. Caso contrário, o perdedor teria um castigo: postar em sua conta Facebook ou Instagram uma foto de si mesmo de cueca que permaneceria disponível durante 30 minutos. Era de excitação que precisavam. Adrenalina. Ação. Uma manifestação viril. Medo. Desafios morais.

Nos Estados Unidos, Alexandre frequentara as fraternidades, esses grêmios estudantis que funcionam sigilosamente. Por duas ou três vezes, ele compareceu ao subsolo reformado onde estudantes que mal atingiram a maioridade atraíam moças menores de idade, escolhidas pelo físico, e lhes ofereciam bebidas na esperança de que elas aceitassem ir para a cama com eles, considerando que elas estavam ali *para isso*. Nessa noite, em Paris, a jovem escolhida por Rémi era uma estudante que ingressara numa escola de comércio *correta*, uma ruivinha com ar matreiro. No ano precedente, ela fora nomeada "maria batalhão". Tradução: "a metade dos rapazes do campus havia passado por lá". Para Alexandre, a designada foi Mila; ele não tinha ousado dizer que ela era a filha do companheiro de sua mãe, ninguém notara que eles haviam chegado juntos. Nesse viveiro de engenheiros no qual o valor das pessoas era correspondente ao seu CV, sua cotação estava baixa. Ela parecia tímida, mantendo-se afastada, sentada num dos sofás com um copo d'água na mão, o tipo de alienígena que não se sentia à vontade em lugar algum e era simplesmente incapaz de disfarçar isso. Alexandre conversara com ela — uma garota gentil e pragmática sem ser particularmente brilhante, que dizia gostar de cinema e de séries —, eles haviam bebido champanhe, sob insistência de Alex, porque, no início, ela admitira que não consumia álcool "não kosher". Rapidamente, ela começou a se sentir mal e quis "tomar um ar". Ele a acompanhara — ainda lembrava das palavras de Adam: "Cuide bem dela." Próximo à saída da estação do metrô de Anvers, ele comprara haxixe e cocaína e, como Mila se recusava a fumar no parque (tinha medo, frio, e ele a tratou como a alguém de "constituição frágil"), Alex lhe propôs irem até uma parte discreta do edifício que o traficante sugerira, bem perto dali. Eles logo seguiram até o local, onde fumaram. Ele a beijara, depois lhe pediu uma felação e, como já havia cheirado um pouco de cocaína, a relação foi bem rápida, *nada de extraordinário*. Alex apanhara sua calcinha e, ao saírem para a rua, ele confessou que se tratava de uma espécie de trote, o que a fez chorar, e foi nesse momento que Alexandre sentiu medo, as lágrimas o deixavam fragilizado, provocando um início de pânico. Depois de deixá-la sozinha na rua, ele voltou para a festa com a calcinha no bolso. Já no apartamento, ele bebera mais um bocado e dançara um pouco, até desabar num sofá com seus amigos, quando uma conversa desencadeou um conflito: Alexandre afirmara que a *"posição ideal"* era a de programador no Google, mas Rémi discordara: No Airbnb pagavam cento e oitenta mil dólares anuais, portanto ele não tinha a intenção "de definhar no Google" onde haviam lhe proposto "apenas cento e trinta mil". Quanto ao Uber, ele quase "batera o telefone na cara" quando ouviu o salário proposto: cento e dez mil por ano. Não estava a fim de pedir "esmola". Por fim, Rémi concluíra que o problema não fazia sentido, porque ele trabalharia num *hedge fund*, em Nova York, por duzentos e cinquenta mil dólares que poderiam duplicar com os bônus. "Tanto estudo para isso?" disse Alexandre num estado de insuportável tensão e, no meio da noite, ele voltou de táxi para casa. Agora, sentia-se à beira do abismo, não se recordava muito bem do modo como as coisas aconteceram com Mila, talvez tivesse sido direto e brutal *por causa da droga e do álcool,* não estava em seu estado *normal,* mas não passara disso, tentava se convencer, sem sucesso. Por que não conseguia tirá-la da cabeça? Por que ainda via a imagem dessa garota *aos prantos*? Teria ido *longe demais*? Não deveria tê-la levado para aquele local, era isso o que repetia a si mesmo, tentando esquecer o que acontecera lá: *aquilo não deveria ter acontecido*. Era uma sensação nojenta, ele engoliu um comprimido de Xanax e relaxou rapidamente.

Ao se levantar, tomou uma ducha, esfregando cada parte de seu corpo com um gel natural para peles sensíveis, hipoalergênicas, sem parabeno. Dez minutos mais tarde, ele ligou seu computador: antecipou seu retorno para San Francisco, nada mais havia a fazer na França. Seus pais não se preocupavam com ele, Yasmina o evitava, Alexandre sentia-se tomado de um desejo irreprimível de voltar o mais rapidamente possível. Reservou um bilhete para o dia seguinte e pagou com seu cartão. Enviou um SMS a seus pais para avisá-los: abreviava sua viagem, tinha sido convocado para "uma entrevista importante no Google". Nenhum dos dois reagiu à mensagem. Com o tempo e a experiência, ele aprendera a controlar o peso da tristeza que sofria quando os revia, o fardo da ausência deles e de sua própria solidão. Conectou-se ao Instagram e fez desfilar as fotos das contas que seguia. As pessoas pareciam estar vivendo uma existência *tão excitante*. Frequentavam os *melhores* restaurantes, tinham feito *grandes* amizades recentemente, saíam com as *mais lindas garotas* e estavam *loucamente apaixonados*. Isso o deprimia. Ele vestiu sua calça de esporte, deixou o tronco nu e se dirigiu à sala que seu pai tinha montado nos fundos do apartamento. Colocando-se à frente de um dos diversos aparelhos, ele tirou uma dúzia de fotos de si mesmo. Escolheu uma delas, percorreu os tipos de filtros, experimentando um após outros — "radioso" parecia uma boa aposta para frustrar a angústia. Regulou a luminosidade e por fim selecionou uma imagem que enviou com as menções seguintes: #disciplina #nuncadesista #motivação #bem-estar #vidafeliz #amominhavida #estudantesdeStanford #sigame. Imediatamente, corações vermelhos surgiram na tela. Os comentários não tardaram: "Uau!", "Magnífico", "Gato". Novas pessoas passaram a segui-lo, majoritariamente meninas, em trajes de ioga, ginástica ou em roupas de banho. Ele verificou as contas e só aceitou seguir aquelas cujos perfis lhe agradavam, as modelos com menos de vinte e cinco anos tinham sua preferência. Havia uma centena delas no Instagram que posavam seminuas, como se essas jovens passassem o ano todo de biquíni. Ele evitava as blogueiras de moda e todas aquelas que viviam agarradas a grandes marcas, fazendo publicidade de produtos — extremamente vulgares. Ele clicou nos links de duas modelos, duas americanas cuja principal atividade consistia em postar fotos de suas bundas modeladas por centenas de agachamentos cotidianos, posavam com a boca entreaberta, nunca sorriam, isso o excitava. Ele colocou um comentário: "Gostei." Depois procurou saber se Mila tinha uma conta: sim, tinha uma, mas com apenas vinte seguidores e continha somente fotos de paisagens — Brooklyn, Jerusalém, Paris — ou pratos de refeição. Era o que comumente chamavam de *uma pobre coitada*. Num ímpeto de culpa, ele passou a seguir sua conta.

3

Uma luz amarelada irradiava sobre o rio Sena, tingindo ligeiramente um céu após a tempestade: tudo parecia incerto, instável, depois que Claire, ao acordar, ligara seu telefone. Seu filho lhe informava que antecipara sua partida, e ela não teve coragem para retornar a ligação e tentar dissuadi-lo. Profissionalmente, estava atravessando uma zona de turbulência e, nesses momentos de conflito, precisava mobilizar todas as suas forças morais, intelectuais. Então, ela não sabia mais ser uma mulher e uma mãe. Era tão jovem quando tivera seu filho; ela atravessara fases de dúvidas e abatimento. Podia ver a si mesma, um dia após o parto, apertando o pequeno ser nos seus braços e repetindo a si mesma com pavor que seria agora responsável por ele *por toda a vida*. Sentira-se impotente e covarde, como sentira-se sua mãe quando ela própria nasceu, chorando pelos cantos por receio do julgamento social. Existia de fato essa ligação muito forte, esse amor insano, esse desejo constante de proteger seu filho, mas só com o tempo ela foi capaz de se livrar — parcialmente — de suas angústias. Desde o nascimento de Alexandre, Claire sentia-se pontualmente sobrepujada pela amplidão de exigências que a maternidade implicava e, em especial, a mais difícil a satisfazer para uma mulher que elevara ao máximo sua liberdade: a disponibilidade.

No táxi que a levou até o estúdio da rádio onde ia ser entrevistada sobre os efeitos de sua matéria publicada naquela mesma manhã na imprensa, ela relia com rigor quase masoquista as dezenas de mensagens insultuosas que recebera. Acusavam-na de islamofobia, criticavam seu "feminismo branco e burguês". Seu sentimento era de mal-estar e de imenso desperdício, de deslealdade intelectual, como se seu pensamento tivesse sido transformado, reduzido, aniquilado sob a força de um novo tirano — as redes sociais e seu processo devastador: a indignação generalizada. Ela apreciava a discussão, a contradição, o questionamento, não a simplificação, não a agressividade, razão pela qual aceitara esse convite a fim de debater com a responsável de uma associação feminista num programa matutino. Não buscava qualquer tipo de publicidade, aceitara com um único objetivo: "denunciar a cultura do estupro e esclarecer os mal-entendidos que seu texto provocara". Sua interlocutora, com os cabelos curtos, calça jeans preta e blusa vermelha, interrogou-a severamente assim que entraram no ar:

— Você protesta agora porque são migrantes, ao passo que, de fato, o verdadeiro problema é a violência sexual em geral! Você aponta os migrantes como únicos responsáveis e isso é inaceitável!

— Claro que denuncio a violência sexual em geral, mas neste caso, tratava-se essencialmente de jovens vindos da Síria ou do Magrebe, lugares onde as relações entre homens e mulheres não são as mesmas que na França, lugares onde o corpo da mulher é frequentemente controlado pelo homem.

— O verdadeiro problema não é a origem étnica, social ou religiosa, o problema é a dominação, é o patriarcado. Não é preciso ser sírio ou magrebino para a impor. A violência sexual sempre existiu, ela não foi importada pelos migrantes!

— Eu nunca disse que havia sido.

A jornalista interveio:

— Claire Farel, pensa, como algumas pessoas afirmaram na Alemanha, que poderia se tratar de uma nova forma de terrorismo, de uma ação planificada? Alguns falam até de um jihad sexual...

— Não, não acredito nem um pouco. Na minha opinião, são atos sem qualquer fundo político, não acredito que estejam ligados ao fundamentalismo islâmico. Simplesmente, esses jovens provenientes de países muçulmanos foram criados num ambiente patriarcal bem forte, no seio de sociedades regidas pela ordem religiosa. Esses homens frequentemente ignoram totalmente os desejos femininos, acontece mesmo, entre os mais jovens, uma verdadeira miséria sexual, pois existe, em certas famílias, muitas proibições, assistimos assim a uma coisificação da mulher que leva às violências cometidas contra seu corpo, como a que se produziu em Colônia.

— E daí? Isso não os torna estupradores potenciais! — replicou a responsável associativa.

— Mas a miséria sexual pode levar à agressão...

— É a dominação masculina que leva à agressão...

— Você está num estado de negação. É isso que eu desaprovo no neofeminismo: ter traído o combate feminista, dando prioridade ao antirracismo em detrimento do antissexismo.

— Nós não traímos nada. É você que trai nossos valores, estigmatizando claramente os muçulmanos, designando-os como agressores!

— Não estigmatizo ninguém, mas, a meu ver, não há interesse superior à verdade e à transparência.

— A única verdade é que são registrados cerca de quatorze mil casos de estupros declarados por ano na França e pouco mais de sete mil na Alemanha, e nem falo das milhares de vítimas que não ousam dar queixa à polícia! E esses estupros são cometidos por quem, você acha? Pelos homens! Todos os tipos de homens: do psicopata ao bom pai de família! Vá ao Palácio da Justiça, senhora Farel, e verá que o agressor pode ser qualquer um... Portanto, pare de estigmatizar os migrantes porque, fazendo esse jogo, você terá a extrema-direita no poder no ano que vem! É isso o que você quer?

— Não tenho lições a receber de sua parte. Meu compromisso, minhas tomadas de posição, meus livros falam por mim. Não é possível um debate com alguém como você, que é insultuosa, que já tem um julgamento definitivo. De uma certa maneira, você é o produto de nossa época.

— Na sua opinião — perguntou a jornalista — esses atos de violência cometidos em Colônia põem novamente em questão a política migratória de abertura defendida por Angela Merkel?

— Não — respondeu Claire. Mas é preciso pensar em uma nova forma de acolhimento, fazer um trabalho de informação, de educação.

— Você vai distribuir folhetos informativos para lhes explicar como abordar uma mulher? Esse discurso paternalista e neocolonialista me enoja...

— É um discurso feminista, mas você, infelizmente, preferiu abandonar as mulheres Todos os agressores sexuais devem ser rigorosamente condenados. Quando se trata de estrangeiros, nossa vontade não pode enfraquecer.

O programa chegou ao final. A jornalista anunciou as últimas notícias do dia. Claire se levantou, estendeu a mão para a responsável associativa, mas a mulher se esquivou, colocou os fones nos ouvidos e saiu.

4

Jean deambulava pelos corredores do hospital, mas dessa vez seus passos não tinham a mesma fluidez. Mal passara pela porta do elevador que levava aos serviços psiquiátricos e foi interpelado por um médico: as visitas não eram autorizadas na parte da manhã. "Só preciso de alguns minutos." "Não, senhor." Tratava-se visivelmente de um homem que não gostava de seus programas, supôs Farel. O quarto no qual se encontrava hospitalizada Françoise ficava a poucos metros dali. O médico lembrou a ele que o regulamento do hospital se aplicava a todos. Farel detestava esses chefinhos que só servem para criar obstáculos, repetia em sociedade que a virilidade nunca foi tão interessante como quando desmoronou, enquanto mostrava um machismo primário na menor oportunidade; esses, era preciso deixar acreditarem que nos dominam para melhor os corromper quando chegasse a hora. Farel fingiu se dirigir ao banheiro público e depois, de repente, disparou até o quarto, movido por uma nova energia, começou a correr, recuperou seu vigor, tinha vinte, trinta anos, esbarrando numa mesa com rodinhas, ignorando as vociferações distantes do médico que pedia reforços ao serviço de segurança e, quando, enfim, abriu a porta do quarto, não conseguiu reter um grito de pavor: Françoise estava estendida de bruços no chão, sua camisola havia subido ao nível das coxas, na mesma posição em que ele encontrara sua mãe numa tarde de outubro de 1995. Mas desta vez não era sangue que escorria do corpo caído, era urina. Ele recuou, dois homens o agarraram e o levaram até a sala de segurança. Jean aguardou até que o chefe de serviço se dignasse a recebê-lo. Ele tremia. Depois de esperar por uma hora, foi autorizado a entrar na sala. Era um cômodo pequeno, sem graça, que não continha nenhum objeto pessoal, uma maneira de lembrar que ali era só um local de passagem. Jean lhe disse que ele era o companheiro de Françoise, ela não tinha filhos, nem família, ele era "tudo" para ela. Exigia que lhe dissessem a "verdade sobre seu estado de saúde". O médico retrucou que estava comprometido com o sigilo médico. "Você me fez esperar esse tempo todo para me dizer isso? Mas ela estava estendida no chão, inconsciente, ninguém para cuidar dela, isso é inadmissível. Você sabe quem é essa mulher? É uma grande jornalista." "Nós tratamos todos os nossos pacientes com a mesma dedicação." Jean admitiu que pensava em transferi-la para o Hospital Americano. O médico exibiu nos lábios um esgar tenso: "Se o hospital público não é de seu gosto, pode partir quando quiser. Mas eu o aconselho a antes falar com sua companheira para saber o que ela quer, *ela*." Jean perguntou se podia ficar um pouco com ela e o médico aceitou desta vez, "excepcionalmente".

Quando Jean entrou no quarto, encontrou Françoise deitada sobre a cama. Ela chorava baixinho, num estado de imensa vulnerabilidade. Ele sentou-se à beira da cama e segurou sua mão.

— Estou aqui, meu amor.

Ela não respondeu, enxugou as lágrimas, evitando o seu olhar. Ele começou a beijar sua mão e a pressionou contra o rosto.

— O que aconteceu?

— Nada. Não aconteceu nada, eu senti mal-estar, só isso, caí e me mijei toda, são coisas que acontecem.

Ele não a reconhecia mais.

— Falo da tentativa de fazer mal a você mesma... Foi por minha causa? Daquilo que eu disse a você?

— Pare de se achar o centro do mundo, Jean. Não foi por sua causa que tentei me suicidar.

Desde a tentativa de seu filho, ele era incapaz de pronunciar a palavra "suicídio" sem estremecer.

— Foi por que, então? Fale, querida.

Ela desviou o olhar. Ele sentiu que ela continha as lágrimas.

— Estou doente, Jean.

Ainda era cedo demais para evocar o Alzheimer, mas ela apresentava todos os sintomas: perda de memória, linguagem confusa. Jean sabia o que essas palavras significavam, o que provocavam.

— Fui ver um médico porque estava com distúrbios de memória.
— E o que dizem os médicos?
— Fiz uns exames e os resultados são categóricos. Além do exame de ressonância magnética, os médicos fizeram um punção lombar, os resultados confirmaram o diagnóstico, estou acabada, Jean.

Ela não queria perder a cabeça, suas recordações, não queria ser reduzida à degradação física e intelectual. Ela ia imediatamente organizar seu suicídio assistido na Suíça, e ele devia ajudá-la.

— Você não pode me pedir algo assim.

Ele enunciara essas palavras com brutalidade, era sem apelo. Ela olhou para baixo. Ele amenizou o tom:

— Por que você não me disse nada?
— Você não suporta a doença.
— Como está se sentindo?
— A maior parte do tempo, eu me sinto bem, interajo socialmente e então, de repente, não funciona mais. Seu perfil no jornal, por exemplo, eu não lhe disse nada porque me esqueci.

Ela começou a chorar baixinho.

— Você vai sair daqui e eu vou cuidar de você. Vai morar comigo.
— É impossível, você é casado, eu preciso ainda te lembrar?
— Vou deixar Claire.
— Agora? Você quer o quê? Uma santificação? Por que você faria isso depois de tantos anos?
— Porque te amo.
— E vai acabar me estrangulando como Althusser[8] porque não me suportará mais.
— Não faz sentido o que está dizendo.

Ele não estava muito seguro de ser capaz de realizar o que acabara de dizer, as palavras saíram sozinhas, era preciso se controlar.

— Vou cuidar de tudo, deixe comigo.

Ela o olhou com ternura. Parecia agora uma garotinha dócil, ela que havia sido uma jornalista corajosa, combativa, guiada unicamente pelo amor à sua profissão. Estivera na maior parte das zonas de

---

[8] Louis Althusser, filósofo francês que assassinou a própria esposa num surto psicótico.

guerra, mas era ali, naquele quarto de hospital, que experimentara seus mais intensos terrores.

— Você avisou o jornal? — ele quis saber.

— Não.

— Vamos organizar sua partida.

— Todos os dias, eu tenho medo de cometer algum erro, eu verifico tudo, vinte vezes, trinta vezes. Assim que ouço a expressão *fake news*, meu coração dispara.

— Vou chamar meu advogado, ele saberá muito bem como agir. Você vai partir devidamente.

— Não existe maneira correta de sair de um jornal que tanto amei.

— Digamos que eu farei de modo que você saia por cima. Uma partida majestosa.

— E você vai me ajudar a ir para a Suíça. Claude ficará aos seus cuidados.

— Ainda não estamos nesse ponto.

— Isso é organizado com anos de antecedência. Se me ama, você deve me ajudar a morrer. Aqui, pegue os documentos que estão dentro da gaveta.

— Não.

— Pegue-os, por favor.

Ele se contraiu e, depois, abriu lentamente a gaveta. Era um folheto proveniente de uma organização que propunha suicídios assistidos na Suíça. Ele pegou o documento e enfiou no bolso.

— Não sei se estou preparado para isso...

— Sabe o que um editor parisiense me disse um dia? *Com a experiência da velhice, as mulheres morrem vivas.* Eu o chamei de misógino. Era cruel, mas verdadeiro.

Jean ficou tenso. Não lhe agradavam essas conversas sobre idade e declínio. Estava convencido de que era preciso lutar, continuamente, e de que, nessa luta, homens e mulheres eram iguais. Ele se aproximou do rosto de Françoise e lhe beijou a testa.

— Eu te amo, Françoise. Amo do jeito que você é. Você é a maior jornalista do mundo e você é a mulher da minha vida.

— Eu também te amo.

Ela amara apaixonadamente um homem que encarnava tudo aquilo que, humanamente, detestava. Era *um mistério*.

— Até logo, meu amor — disse ela e, depois, com ironia, acrescentou: — No dia em que te chamar de *Papai*, pode me excluir.

Jean saiu do quarto cambaleando, tinha um sentimento de extrema solidão. Mecanicamente, consultou seu Twitter: tinha atingido quinhentos e quarenta e três compartilhamentos, algo inesperado. Na volta, dentro do táxi, tentou se concentrar, começou a fazer anotações para sua entrevista do dia seguinte, seu convidado era um dos mais importantes magistrados do antiterrorismo, Jean lhe perguntaria se a França estava em guerra, sim ou não. Ele chegou atrasado ao seu escritório, Jacqueline já lhe enviara dez mensagens. Assim que entrou no estúdio do canal de televisão, constatou que Quitterie Valois não estava lá. Habitualmente, ela se encontrava na recepção, sentada atrás de uma mesa improvisada sobre a qual colocava seus pertences: uma vela com odor de figo, um bloco de anotações multicolorido e cadernos vermelhos. Ele perguntou a Jacqueline onde se achava a "mocinha estagiária", e ela respondeu que a jovem pedira demissão naquela manhã mesmo. Ela telefonara "num estado de grande confusão", dizendo que estava com "graves problemas pessoais". "Ela não te disse mais nada?" "Não." Ele sentiu remorso repentinamente, a moça estava sem dúvida envergonhada de ter tido um caso com ele, enviou-lhe então outra mensagem: "Perdoe-me pelo que aconteceu; talvez eu não devesse ter agido assim." Ela não respondeu. Imediatamente, ele se arrependeu de ter lhe enviado essa última mensagem, que dava margem a um equívoco. Nesse tipo de história não convinha jamais deixar indícios. E se ela fosse louca? Uma manipuladora? Desde o caso de DSK[9], ele era bastante prudente, tinha ficado traumatizado pelas imagens do homem político, candidato presidencial, saindo da delegacia de polícia, algemado como um meliante qualquer, ele que sempre o considerara como um espírito brilhante. Na época, ele lhe telefonara, dando seu apoio. Após entrar em seu escritório, ligou para Léo: "Venha imediatamente." Léo chegou quinze minutos depois. Vestia um jeans preto e uma camisa cuja maioria dos botões esque-

---

[9] Dominique Strauss-Kahn, que desistiu de sua candidatura à eleição presidencial francesa por conta de um escândalo sexual, em 2011.

cera-se de fechar, como se tivesse saído de casa de modo precipitado. "Acho que fiz uma bobagem", disse Jean friamente. Em seguida, contou que na véspera fora para a cama com uma jovem estagiária: "uma moça que não parava de me rodear". Ele lhe enviara uma mensagem que dava a entender que a havia assediado ou abusado dela.

— Você tem algo a se repreender? — perguntou Léo, acendendo um cigarro.

— Não, claro que não, você me conhece, nunca forcei ninguém a nada... Cheguei mesmo a pedir seu consentimento, você acredita? Não fume no meu escritório, por favor. E ajeita essa camisa.

— Então qual é o problema? — perguntou Léo, apagando o cigarro.

— Não sei. Ela pediu demissão hoje de manhã. Segundo Jacqueline, ela não estava bem.

— Você está ficando paranoico.

— Sim, você tem razão.

— Você tomou cuidado?

— Sim, evidentemente.

— Não há risco nenhum.

— Ok, você me tranquiliza.

Jean parecia extremamente tenso.

— Você quer que eu fale com ela?

— Não, de modo algum.

— Você não tem realmente nada a temer. Assim mesmo, vou me informar sobre essa moça.

Léo partiu logo em seguida. Jean pegou seu telefone: Claire lhe deixara cinco mensagens na sua ausência. Ele a chamou. Não, ele não tivera tempo para ouvir a rádio. Ela falava num tom febril e enfático, mal dissimulando sua angústia. Seu artigo engendrara uma onda de reações indignadas, sendo insultada e tratada mesmo como racista! Ele se vangloriou: o que podia fazer seu novo companheiro diante de tal situação? Ele desconhecia a aspereza desse ambiente, os golpes baixos, os ataques, a retórica política, o impacto das mídias e das redes sociais — essas máquinas trituradoras. Ele tirou um tempo para escutar Claire, depois a aconselhou a assumir sua posição. "Não, eu me arrependo dessa entrevista. Eu me expressei com demasiada rapidez, cedi à facilidade da época: essa injunção de dar sua opinião sobre tudo, no calor do momento, sem distanciamento crítico, sem debate contraditório e, no fundo, sem reflexão. Meu pensamento foi deturpado, isso me deixa doente." "Você está enganada, isso atrai a atenção. Bem ou mal, é preciso que falem de você." "Você sabe muito bem que não procuro exposição midiática." "No entanto, dando entrevistas e escrevendo você se expõe." "É verdade, mas eu vivo muito mal essa agressividade nas redes sociais... todos esses anônimos que se soltam... esse linchamento público, acho que não consigo mais suportar toda essa violência." Ele soltou um riso irônico: "Então não devia ter escolhido essa profissão."

Jean desligou o telefone e afrouxou a gravata: sentia-se sufocado. Sua impressão era a de que seu coração batia rápido demais, sua pressão devia estar elevada. Ele sentia uma leve pressão à altura do tórax. Consultou seu relógio conectado que lhe permitia identificar o menor distúrbio do ritmo cardíaco. Seu pulso estava normal. Ele retirou do bolso uma pequena placa metálica. Ligada a seu telefone, ela gravava os registros de seu eletrocardiograma. Ele colocou os dedos sobre a placa. Em poucos segundos apareceu o resultado: tudo estava normal. Contudo, de modo confuso, ele sentia que nada estava normal.

5

Jean Farel reconstituía a sequência dos eventos desde o momento em que recebera o SMS de Quitterie Valois até aquele em que ela entrou pela porta de seu apartamento: não se recordava de lhe ter imposto coisa alguma. Ele temia a denúncia caluniosa — tudo que pudesse sujar sua reputação profissional e comprometer seu futuro na televisão. Acima de tudo, receava o rumor que tudo conspurca. Essa moça podia ter sido enviada por Ballard, por um concorrente, ou mesmo um político rancoroso a fim de o derrubar, tudo era possível. No parque, situado na proximidade do museu do Grand Palais, Claude o puxando pela trela, ele cumprimentava pessoas que o reconheciam, disfarçando sua preocupação. Dirigia-se ao trabalho, quando recebeu um chamado da senhora que cuidava da portaria de sua residência principal, avenida Georges-Mandel: a polícia entrara em seu apartamento. Ele escutava em silêncio, imobilizado por aquelas palavras que ela repetia sem cessar, enquanto ao mesmo tempo Claude começava a latir com um vigor suspeito na direção de um grupo de indivíduos. O animal parecia furioso. "O que foram fazer lá dentro?" "Disseram apenas que tinham ordem de busca, entraram e pronto." Jean desligou e telefonou para Léo, explicando-lhe a situação. Seu irmão o tranquilizou: "Ouça, nada de pânico, talvez não seja nada." "Não, isso não pode ser nada. Eles estão vasculhando meu apartamento. O que eu faço?" "Espere. Venha até aqui, isso nos permitirá ganhar tempo". Jean deixou Claude em seu escritório, verificou que não tinha deixado nada de comprometedor e seguiu para a casa de Léo, no 17º *arrondissement* de Paris. A sobriedade da decoração — paredes brancas, móveis de madeira — traíam um desejo de neutralidade quase suspeito. Léo morava sozinho, Jean não conhecera nenhuma companheira dele. Quando mencionava o assunto, seu irmão se contentava em sorrir ou dava a entender que era um espião *free-lance* da DGSI[10]. A realidade era mais patética: exceto seu irmão, não havia mais ninguém na sua vida. A relação entre os dois era fusional, mas desequilibrada. Léo dava a impressão de ser dependente de Jean: era-lhe sempre subserviente. Alguns o apelidavam Léo "faz isso", como se fosse um cachorro. Jean sentou-se numa das cadeiras de madeira, Léo lhe serviu um copo d'água:

— Você não tem nada com que se inquietar. Mesmo que a garota venha a dar queixa, o testemunho dela não valerá coisa alguma. Olhe o que achei na sua mesa.

Ele apanhou uma pasta e a abriu. No interior, havia fotos de Jean, artigos da imprensa recortados com um cuidado maníaco:

— A menos que ela seja sua assessora de comunicação, estamos diante de um admiradora.

— Ela é muito jovem para ser minha fã. Em geral, eu seduzo a dona de casa com mais de cinquenta anos.

— Você é irresistível.

— Isso não tem graça. Quais são os riscos, se ela der queixa?

— Você sabe que eu não gosto de pensar no pior enquanto ele não acontece.

Léo telefona para Alexandre, o rapaz devia se encontrar no apartamento, talvez pudesse dar outras informações, mas seu sobrinho não atendeu. Jean permaneceu prostrado, a cabeça entre as mãos, incapaz de reagir às solicitações que se multiplicavam no seu telefone. Léo tinha contatos na polícia. Ele fez algumas ligações, enquanto Jean fazia desfilar nervosamente seu Twitter. Léo colocou a mão sobre o celular de seu irmão: "Agora, a gente se acalma e espera." Jean não o ouviu, concentrado no aparelho, ele precisava a qualquer preço demonstrar que não tinha feito nada de repreensível. Postou no Instagram uma foto dele lendo um livro, ao sol, recordação de suas últimas férias em Bali.

Alguns minutos depois, o telefone de Léo tocou. Jean viu a expressão de seu irmão se decompor enquanto escutava. Léo desligou bruscamente.

---

[10] Serviço de informação e inteligência francês.

— Foi registrada uma queixa por estupro na delegacia policial de Goutte-d'Or esta noite.

Jean passou as mãos sobre seu rosto e deslizou lentamente.

— Eu sabia, deveria ter desconfiado, fui imprudente. Que otário! Em quarenta anos, jamais dei um passo em falso, foi um erro de principiante.

Léo continuava calado.

— Diga alguma coisa! Tenho uma queixa de estupro nas costas, porra!

— Sim, há uma queixa, mas não contra você, é contra seu filho.

6

Alexandre corria sobre a esteira há quarenta e cinco minutos, quando três agentes da polícia judiciária surgiram no apartamento de seu pai. Ele mesmo lhes abriu a porta, estava sozinho, seu pai não dormira em casa. Ele tentou manter-se calmo, conter sua angústia. Ele os recebeu com calça de ginástica, o torso nu, ofegante e suado. Os policiais lhe perguntaram se seu nome era Alexandre Farel e ele aquiescera. Após apresentarem suas identificações oficiais, eles entraram no amplo apartamento decorado com móveis antigos, observando-o com um ar suspeito, como se ele pudesse a qualquer instante sacar uma arma da cintura do seu moletom e os matar com uma bala na cabeça.

— Estamos aqui porque uma jovem deu queixa contra você. Ela o acusa de estupro.

— Não sei do que estão falando, é um engano.

— Temos ordem para proceder a uma busca.

— Mas aqui é a casa do meu pai, o jornalista Jean Farel, eu moro na Califórnia. Vocês não têm o direito.

— O caso ocorreu em território francês.

— Trata-se de um engano, esperem, vou chamar alguém e...

O policial o interrompeu, dizendo que obedeciam a ordens e fez sinal a seus homens para que agissem. Eles colocaram luvas, depois vasculharam seu quarto primeiramente, jogando no chão o conteúdo de cada armário, esvaziando gavetas, revirarando colchão e travesseiros.

— Mas o que é isso? — perguntou um deles ao se deparar com uma mala cheia.

— Eu estou me preparando para voltar para casa, nos Estados Unidos.

— Não está mais. É melhor cancelar sua passagem se não quiser perdê-la.

— Não fale assim comigo.

Alexandre ficou prostrado num canto de seu quarto. Eles levaram seu computador. Ele suplicou para que não o deixassem sem computador, ele não poderia trabalhar, ainda não tinha salvado nada e teria provas em breve, todos os seus dados estavam ali, mas os policiais começaram a rir: *a gente vai ver o que você está escondendo, o disco rígido vai nos contar*. Eles esvaziaram todos os bolsos, apalparam o interior dos casacos e de suéteres, desmontaram a mala e, de repente, no bolso de um casaco, encontraram uma calcinha amarela.

— De quem é isso?
— Da minha namorada.
— Como ela se chama?
— Não sou obrigado a responder.

Um deles avançou na sua direção e o algemou:
— A partir de agora, você está detido. Pode durar até quarenta e oito horas. Seu direitos serão lidos na delegacia. Você tem direito a um médico e a um advogado. Se não tiver uma advogado, chamaremos um defensor público.

Alexandre repetia que não estava entendendo o que acontecia, que era um engano. Os policiais o conduziram até a saída do prédio e o fizeram entrar em um furgão, sob o olhar da senhora da portaria e dos vizinhos que assistiram à cena.

— Aonde estamos indo? — perguntou Alexandre.
— Ao primeiro distrito da polícia judiciária. Vamos te colocar em um lugar quentinho.

Assim que chegou, Alexandre foi trancado numa pequena cela em que as paredes exalavam eflúvios fétidos de urina e suor. Ao lado do banco onde estava sentado, ele notou um vaso sanitário ao estilo turco, manchado de excrementos e restos de alimentos. Sentiu vontade de vomitar e a cabeça girava. Seu medo era tanto que tremia. Disseram-lhe que um defensor público estava a caminho e que poderia se reunir com ele por trinta minutos, no início de sua detenção preventiva. Se ao fim de vinte e quatro horas, a prisão fosse prolongada, teria o direito a trinta minutos suplementares. Ele se sentou em um banco com a cabeça entre as mãos. Tinham-no confiscado tudo:

seu computador, sua carteira de dinheiro com documentos de identidade, seu telefone. Ao seu lado, um homem de seus quarenta anos lhe perguntou por que estava ali. Ele respondeu que não sabia, era inocente. O homem começou a rir: "Eu também sou inocente, rapaz. Sabe de uma coisa? Aqui todo mundo é inocente." Alexandre se concentrou: era preciso ser forte, adaptar-se àquela nova configuração se quisesse sobreviver. Lembrava-se do discurso que pronunciara um de seus professores no dia em que entrou em Stanford: "Vocês todos são alunos brilhantes, intelectualmente curiosos, ambiciosos, mas o que os distinguirá é sua flexibilidade." E aquele grande especialista da topologia algébrica tinha citado Darwin: "As espécies que sobrevivem não são as mais fortes, nem as mais inteligentes, mas aquelas que melhor se adaptam às mudanças."

7

O ponto de ruptura foi a notícia relatada pela mulher de Adam no final da manhã, a voz enraivecida, imprecatória, as críticas agressivas, enquanto Claire tentava se manter calma, permanecer digna, resistir à injunção de sua própria loucura quando tudo nela se fraturava, tudo nela esquivava-se do ataque, esperando que seu filho oferecesse uma outra versão, uma história moralmente aceitável que pudesse se opor àquela de Mila. Mas Alexandre tinha desligado seu telefone, o que depunha contra ele, dizia Adam, e ela não encontrara outra solução senão ligar para Jean a fim de que ele a confortasse e a convencesse que aquilo era só um pesadelo, que ia resolver tudo, mas tudo o que ele achou para lhe dizer foi: *tudo isso é culpa sua*. Ele estava a par, tinha tentado entrar em contato com ela, Léo obtivera a informação, uma queixa havia sido registrada, não sabia mais nada. Adam repetia o desenvolvimento dos fatos tal como sua mulher o descrevera pelo telefone: "Ele a estuprou várias vezes! Ele a ameaçou com uma faca!" e Claire replicava que isso era impossível, como se as palavras pudessem deportá-la para um mundo paralelo que inocentaria seu filho. Não conseguia acreditar na possibilidade do estupro, seu filho estava bem, sentia-se feliz nos Estados Unidos, não tinha razão alguma para ceder à violência. Quando ele desligou, Adam olhou para Claire fixamente sem conseguir falar. Apanhando sua jaqueta, dirigiu-se à porta de saída.

— Aonde você vai? — perguntou Claire.

— No serviço de urgência médico-judiciário do hospital, quero estar com minha filha e sua mãe.

— Sua ex-mulher deu queixa sem sequer falar com você. Não acha que ela está usando essa história para nos prejudicar?

— Não, jamais ela se serviria de nossa filha para isso. Ela estava com medo, entende, medo de que eu a dissuadisse de procurar a polícia por causa da tua pressão.

— Você vai lhe dizer que ela retire a queixa, não vai? — perguntou Claire, trêmula. — Deve haver uma explicação para tudo isso.

— Que explicação? Teu filho estuprou minha filha. Você entende o que significa isso?

— Ainda não sabemos de nada.

Ele parou bruscamente.

— Você acha que minha filha está mentindo? Que inventou essa história? E com que objetivo?

— Eu não disse isso, mas realmente não acredito que meu filho seja capaz de fazer algo semelhante.

— A violência nem sempre tem uma explicação racional, falo por experiência.

— É preciso que nossos filhos nos deem sua versão.

— Você quer dizer retirar a queixa?

— Ouça, você não pode fazer isso comigo, se uma queixa for registrada, Alex não poderá mais estudar em Stanford, ele perderá tudo. É um rapaz frágil, eu te imploro, não destrua tudo o que ele construiu depois de sua tentativa de suicídio.

— Então é apenas isso que te interessa? O sucesso de seu filho? Será que você pensou por dois muitos no sofrimento da minha filha? No horror pelo qual ele a fez passar? Você percebe bem o que está dizendo?

— Eu lamento, posso acreditar que alguma coisa grave aconteceu, mas eu te imploro, não aja de maneira impulsiva, não corra o risco de tudo destruir por causa de um mero telefonema de sua ex-mulher.

— Estou falando da minha filha... Falei com ela pelo telefone, ela estava num estado de angústia total, não conseguia sequer articular três palavras, ele a arruinou! Será que você consegue entender isso?

Houve um extenso silêncio. Depois Claire disse:

— Ela ficou em choque por algum motivo, isso é certo, mas a mãe dela pode talvez ter exagerado a gravidade dos fatos e a obrigou a dar queixa para me machucar.

— Nunca a mãe de Mila daria queixa se não tivesse certeza sobre a realidade dos fatos. Mas você não entende? No meio judeu ultrareligioso, quando uma moça é estuprada, ninguém mais quer ficar com ela. Para ser sincero, estou mesmo espantado que ela a tenha acompanhado até a delegacia policial para dar queixa. Imagina como é preciso coragem para isso...

Ele soltara essa frase com a voz embargada, à beira de um precipício interior. Claire se aproximou dele. Ele estava frio, distante, e a repeliu. Ela se justificava, não era responsável pelo que acontecera, não havia razão para que ele se afastasse dela.

— Passo para pegar todas as minhas coisas quando você não estiver em casa.

— Não vamos mais viver juntos?

— Há uma investigação em curso, prefiro que não nos vejamos mais.

Era o pior momento de suas vidas, eles o sabiam. Não poderiam cair mais, chegavam ao fundo do poço. Depois disso, só lhes restaria voltar à superfície, talvez não navegar às cegas, nadar, mas somente se deixar carregar por um movimento cíclico de submersão-asfixia-reanimação, para acabar flutuando como corpos inertes, afogados, azuis. Descobririam a diferença entre a prova e o drama: a primeira era suportável; o segundo se produzia como um estrondo interior sem resolução possível — uma dor duradoura, definitiva. Adam pegou seu capacete, sua mochila. Claire o observou se afastando, ciente de que a acusação que visava seu filho havia engendrado sua própria desgraça.

8

O defensor público — Doutor Arthur Célérier — chegou poucas horas mais tarde. Retiraram Alexandre de sua cela para o encontrar. Ele era um antigo secretário da Conferência dos Advogados Penais, instituição que reunia anualmente doze jovens advogados eleitos pelos seus pares a fim de garantir a defesa penal de urgência. Com cerca de trinta anos, moreno de olhos castanhos esverdeados, estatura mediana, ele trabalhava num importante gabinete parisiense especializado em direito penal. Sua abundante cabeleira cacheada lhe dava um aspecto incrivelmente juvenil, mas havia em seu olhar um brilho vivo e decidido que sugeria discernimento e tenacidade. Seu advogado apertou-lhe a mão e se apresentou, Doutor Célérier, entregando-lhe seu cartão profissional. Ele parecia alerta, sereno, pedagógico, enquanto Alexandre só podia oferecer tensão e agressividade:

— Não posso ficar aqui, não fiz nada, quero ir para casa.

— Podemos nos tratar mais informalmente?

Alexandre concordou. O advogado, sentado à sua frente, retirou uma pasta cheia de papel e começou a fazer anotações. Alexandre logo se sentiu à vontade com esse homem que tinha poucos anos a mais do que ele, mas demonstrava uma confiança e uma calma que o impressionavam. Ele dependia desse advogado sobre o qual nada sabia, esse desconhecido encarnava agora sua única possibilidade de sair dali, seu único elo com o mundo exterior. Alexandre desabou em lágrimas.

— Você está estressado, isso é normal — disse o advogado, pondo amistosamente a mão sobre seu ombro. — Não se preocupe. Vou fazer tudo para você sair daqui, tudo vai dar certo.

— É um pesadelo, não entendo o que está acontecendo!

— Vai dar certo. Primeiro, eu preciso que me fale rapidamente sobre você.

— Estudo em Stanford, tenho vinte e um anos, preciso absolutamente voltar aos Estados Unidos, não posso faltar às aulas!

— Cada coisa em seu tempo... Você sabe do que está sendo acusado?

— Disseram-me que eu estuprei uma garota.

Pronunciando essas palavras, ele enxugou as lágrimas com a manga do seu suéter. Doutor Célérier lhe deu um lenço de papel.

— E isso é verdade? Essa garota, você a estuprou?

— Não, claro que não.

— Explique o que aconteceu.

— Nada, não aconteceu nada, eu não sei do que eles estão falando.

— Escute, vou explicar o procedimento. Uma garota dá queixa, ela depõe várias vezes, depois é enviada às unidades médico-legais para exames. Eles verificam se houve de fato uma relação, procuram vestígios de esperma, fazem uma pesquisa de DNA e, quando têm provas materiais, uma dúvida, uma suspeita, determinam a prisão preventiva. Você não veio parar aqui por acaso, a parte denunciante deve ter sido convincente, então me diga se você fez sexo com alguma garota recentemente, assim iremos mais rápido.

— Ontem à noite fui a uma festa com a filha do companheiro da minha mãe, ela tem dezoito anos. Nossos pais insistiram para que fôssemos juntos. A festa foi tranquila. Certa hora, ela me propôs sair para respirar um ar fresco. Na rua, eu comprei haxixe e fomos fumar escondidos porque ela estava com medo da polícia. Nós nos beijamos, nos acariciamos, ela me chupou e pronto, mais nada.

— Você não fez sexo com ela?

— Não.

Ao dizer isso, Alexandre cobriu o rosto com as mãos.

— Eu quero sair daqui, estou ficando louco. Meu pai pode pagar a fiança. Preciso embarcar no voo de amanhã à noite.

— Você tem assistido a muitas séries americanas, nós não estamos nos Estados Unidos. É preciso que você se controle porque isso pode durar quarenta e oito horas. Eles vão fazer tudo para você ceder. No estágio atual, não tenho acesso a seu dossiê, eu não sei nada, avanço às cegas, portanto tudo o que me disser é importante. Estarei com você em todos os interrogatórios. O primeiro é um interrogatório de importante identidade, farão perguntas sobre seu estado civil. Em seguida serão interrogatórios sobre os fatos. A polícia sempre utiliza a técnica do funil, ou seja, farão perguntas gerais, você se sentirá bem à vontade e será mais suscetível a mentir, depois as perguntas serão cada vez mais precisas sobre os fatos. O objetivo evidente para eles será o de te encurralar nas inexatidões que você poderá ter dito no começo. Resumindo, é um jogo de pôquer do mentiroso: nós só conheceremos as cartas dos policiais ao final da prisão preventiva. Entendeu? Está claro para você?

Alexandre assentiu e o advogado prosseguiu:

— O primeiro interrogatório deve durar entre trinta minutos e uma hora, não mais. Você poderá ficar em silêncio, mas essa não me parece uma boa estratégia, podem vir a te criticar mais tarde. Você só responde às perguntas que te fizerem, nada mais, mostre-se preciso, conciso, não entre em pânico. O objetivo, nesse estágio, é fazer com que você saia daqui o mais rapidamente possível. Você já teve problemas com a justiça?

— Não, nunca.

— Vamos agir com tranquilidade.

Ambos se levantaram e Célérier deu-lhe um tapinha cordial nas costas.

— Tudo vai dar certo.

— Espere. Preciso dizer uma coisa para você.

O advogado ficou imóvel.

— Este caso deve ficar em sigilo, eu sou filho de Jean Farel.

— O apresentador da televisão?

— Ele mesmo. E minha mãe é uma ensaísta, Claire Farel.

— Não conheço.

— O que eu quero dizer é que, se a mídia descobrir, isso vai causar problemas para meus pais.

— Pense em você, ok? Você é maior de idade. É você que vai ser julgado, nãos seus pais. Você quer que eu os avise?

— Não, por enquanto não.

— Escute bem, por ora não tenho acesso ao dossiê, não sei o que a garota contou, então fique calmo, seja coerente, não mude de versão durante o interrogatório, entendeu?

Alexandre esboçou um breve sorriso.

— Acho que sei fazer isso

Eles entraram numa sala equipada com uma câmera. Teve início o primeiro interrogatório. A autoridade responsável pela investigação, uma mulher com pouco menos de quarenta anos, informou a Alexandre que o depoimento seria gravado. Ele sentou-se ereto na cadeira, parecia paralisado. Ela lhe mostrou a foto da moça que dera a queixa: era bem a filha de Adam. Sim, ele a conhecia. Não, ele não fizera sexo com ela. Interrogado sobre a presença de esperma sobre as roupas da denunciante, Alexandre reconheceu ter ejaculado após a felação que ela lhe fizera "por sua própria vontade".

Coletaram material para os exames genéticos, foi fotografado de todos os ângulos, depois levado de volta à cela, onde permaneceu até o retorno de seu advogado, quatro horas mais tarde, para o segundo interrogatório.

9

O apartamento de Jean Farel havia sido inteiramente revirado. As roupas, os pertences pessoais estavam espalhados pelo chão. Jean e seu irmão descobriam a dimensão do vandalismo. Vinte minutos depois, Claire chegou, pálida e trêmula.

— O que aconteceu exatamente? — perguntou Jean.

Claire relatou os fatos e descreveu sucintamente Mila Wizman. Jean se irritou:

— E eles prendem Alexandre dessa maneira, com pressa, sem investigação?

Léo se envolveu na conversa.

— Ela deve ter dito que ele morava nos Estados Unidos e a polícia ficou com medo de que Alex tomasse o primeiro avião. Nesses casos, eles agem com rapidez.

— Certo, mas eles acreditaram nela assim? Talvez se trate de uma mitômana!

— É o que a investigação vai determinar...

— Podemos vê-lo? — perguntou Claire.

— Não, ele está em prisão preventiva. Liguei para um amigo advogado, ele disse que, não havendo provas, eles seriam obrigados a soltá-lo.

— O mais importante é que isso não apareça na imprensa. Como ele estava ontem?

— Não sei... normal...

— E nós temos outras informações?

— Por enquanto, não.

— Você tem uma foto da moça? — perguntou Jean.

— Não vejo qual é a relação.

— Lembre-se, no caso DSK, quando as pessoas viram a foto da mulher, muitos acharam que a história não era plausível. Nesse momento, uma boa parte da opinião pública passou a defendê-lo.

Claire apanhou seu telefone, procurou as fotos e lhe mostrou uma delas.

— Não é nenhuma beldade... Isso pode pesar a nosso favor.

Depois de um longo silêncio, Léo perguntou a Claire se, conhecendo um pouco Mila Wizman, ela a considerava digna de confiança. Ela respondeu que não sabia:

— É uma garota sem problemas aparentemente, reservada, não sei direito...

— Pessoalmente, acho que ela está mentindo, e você deveria achar a mesma coisa — reagiu Jean imediatamente. — E o que diz Wizman?

— Ele se recusa a falar comigo por ora.

— É preciso que essa moça retire a queixa, de uma maneira ou de outra, mas sem violência, assim, por vontade própria. É preciso interromper isso antes que a máquina midiática e judiciária se empolgue.

— O que você pretende fazer?

— Primeiramente, ver meu advogado, Bruno Lancel.

Em seguida, dirigindo-se a Léo, ele acrescentou:

— É preciso fazer rapidamente um acordo com a família dela, antes que a imprensa seja informada.

— Como? — indagou Claire.

— Não sei. São pessoas que passam por dificuldades? Seu companheiro foi demitido, não foi?

— O que você está insinuando?

— Que talvez eles precisem de dinheiro...

— Você me dá nojo. Está querendo lhes propor dinheiro?

— Você tem outra solução? Prefere deixar seu filho na cadeia até o julgamento, digamos, daqui a quatro anos?

Claire não respondeu. A visão de seu filho encarcerado a congelou.

— A primeira coisa a fazer é impor que seja Lancel a cuidar do caso. Alexandre teve direito a um defensor público, e isso não é possível, temos que resolver isso rapidamente.

— A polícia vai convocar vocês para um interrogatório. — disse Léo. — Mantenham-se calmos. Falem bem de seu filho, só isso.

— O que faremos se a acusação for mantida? Você acha que ele não poderá voltar para Stanford? — inquiriu Claire.

— Não, acabou! Os americanos não brincam com casos de assédio sexual!
— Vou buscar outras informações — Léo os tranquilizou.
— Como?
— Deixe comigo.

10

Alexandre se encontrava numa sala da polícia judiciária para o segundo interrogatório. Doutor Célérier estava sentado ao seu lado, atento.
— Quando foi a última vez que você teve uma relação sexual?
— Faz seis meses.
— Com quem?
— Com a mulher que estava comigo na época. Seu nome é Yasmina Vasseur, trabalha na política.
— Uma jovem está acusando você de a ter agredido sexualmente na noite de 11 a 12 de janeiro num depósito de latas de lixo, ao lado da estação de metrô Anvers. O que você tem a dizer sobre isso?
— Não é verdade. Eu estava de fato com uma garota, mas só nos beijamos, e não era um depósito de latas de lixo, mas uma área de manutenção.
— Qual é sua orientação sexual?
— Sou heterossexual.
— Você tem uma namorada nesse momento?
— Não.
— Quais são suas práticas sexuais?
Alexandre hesitou por um instante.
— O que vocês querem saber?
— O que você faz com suas namoradas?
— Não sei.
— Nós é que não podemos saber.
— Não sei, tudo.
— Você gosta das preliminares?
— Não vejo nenhuma relação.
— Responda. Você aprecia as preliminares ou vai direto ao ponto?
— Depende.

— Depende de quê?
— Do contexto, da garota, sei lá!
— Acalme-se.
— Estou calmo, mas essas perguntas são indiscretas.
— Você pratica a penetração vaginal?
— Sim.
— A penetração anal?
Ele se virou para seu advogado:
— Sou realmente obrigado a responder isso?
O policial se exaltou:
— É melhor que você responda.
Doutor Célérier lhe fez sinal para colaborar.
— Acontece, mas a sodomia não é meu lance, já que vocês querem saber de tudo.
— Nem felação, cunilíngua, carícias vaginais?
— Que tipo de perguntas são essas?
— Você é acusado de estupro, não esqueça, vamos passar o pente fino na sua vida sexual.
— Vocês não podem fazer isso.
— Eu fiz uma pergunta, responda.
— De vez em quando.
— De vez em quando o quê?
— De vez em quando eu chupo uma boceta ou me chupam o pau, está bem assim?
Ele disse essas palavras com agressividade. Seu advogado lhe lançou um olhar desaprovador. Alexandre logo se arrependeu por ter se exaltado. Tarde demais, estava registrado.
— Você pode ter atitudes brutais?
— Não.
— Você se masturba?
— Como todo mundo.
— Quer dizer? Com que frequência?
— É uma armadilha? Se eu disser duas vezes por dia, vão me tomar por um pervertido, é isso?
— Não estamos aqui para julgar você.
— Tudo bem. Anotem aí, uma vez por dia.
— Você assiste a filmes, lê revistas ou visita sites de teor pornográfico?

— Não.

— O disco rígido de seu computador nos dirá...

— Ok. Assisto clássicos do pornô, quero dizer, vocês não vão encontrar coisas bizarras, tipo um homem com uma cadela.

Em seguida, ele confirmou que não havia cometido estupro.

— No entanto, o relatório médico informa que houve de fato uma penetração.

— Não fui eu.

— Tem certeza de que você não manteve relação sexual com essa garota?

— Tenho. Ela me chupou, quero dizer, por vontade própria, eu a acariciei e mais nada.

— O que você quer dizer com "acariciei"?

— Eu enfiei meu dedo nela, está bem assim?

Doutor Célérier lhe dirigiu um breve gesto com a mão, um modo de lhe dizer para se acalmar.

— A denunciante afirma que você a estuprou.

— Não é verdade. Ela disse a vocês que nessa noite ela me propôs sair com ela para respirar ar fresco? Foi ela quem quis ir até àquele local para fumar e depois a gente se beijou e pronto...

— Por que ela afirma o contrário?

— Eu sei lá. Não sei o que se passa na cabeça dela! Para se vingar, certamente. Quando saímos, eu lhe disse que aquilo havia sido um trote, a gente devia trazer a peça íntima de uma garota para a festa. Eu tinha sua calcinha no meu bolso, é estúpido, eu admito. Depois, ela chorou, eu a deixei sozinha na rua e voltei para a festa... Vocês acham que eu voltaria para encontrar meus amigos se tivesse estuprado essa garota? Além disso, ela é a filha do companheiro da minha mãe, eu não sou idiota. Ok, eu a humilhei e me arrependo. Mas foi meu único erro... É uma vingança, tenho certeza.

— Você quer acrescentar mais alguma coisa?

— Eu não fiz nada, sou inocente. Ok? Posso ir para casa agora?

— Não, você está em prisão preventiva por vinte e quatro horas, prolongáveis uma vez. Estamos aguardando os resultados do teste de DNA.

À tarde, a polícia convocou os amigos presentes na festa. Eles contaram que Alexandre estava totalmente normal no começo da festa, mas que parecia um pouco distante ao voltar: "Estava um pouco estranho, tinha com certeza consumido alguma coisa, só isso, depois, ele dançou uma boa parte da noite." Rémi Vidal pareceu extremamente chocado, foi o único a não questionar a versão da vítima: "Eu me sinto responsável pelo que aconteceu. Fui eu quem deu a ideia do trote. Sei que fui ridículo, me arrependo cruelmente." O policial lhe perguntara se ele achava que Alexandre poderia ter cometido tal ato, se tinha a reputação de ser violento, e Rémi disse que não: "Alex é um cara super simpático, não há nada mais a dizer." A outro amigo presente na festa, eles perguntaram se ele se recordava de Mila Wizman. Sim, se recordava: "Ela não se mostrou muito social, do tipo meio travada, mas isso não quer dizer nada porque, nas festas, aquelas que fecham a cara são frequentemente aquelas que acabam na cama com você." Ele releu e assinou seu depoimento. Os policiais não tinham mais perguntas a fazer.

11

Doutor Bruno Lancel era um dos tenores dos tribunais que podiam se gabar de ter obtido tantas absolvições quanto aparições na imprensa. Seu gabinete ficava situado na praça Vendôme. Imensas obras de arte e bibliotecas em madeira antiga repletas de livros de Direito ornamentavam as paredes pintadas de um branco calcário. Diante da mesa do advogado, Claire e Jean aguardavam febrilmente que ele concluísse sua conversa pelo telefone, num estado de nervos impossível de controlar. Doutor Lancel desligou e lhes pediu para narrar os fatos "com o máximo de detalhes". Eles contaram o que sabiam.

— O filho de vocês tem antecedentes de violência? Problemas particulares?
— Não.
— Ele tem uma namorada?
— Não até onde sabemos.
— Usa drogas?
— Não.
— Essa história não passa de uma armação — exclamou brutalmente Farel.
— Ele diz que é inocente e não vejo por que mentiria — acrescentou Claire.
— Um homem pode mentir porque ele sente vergonha ou medo. Porque a realidade de seus atos lhe é insuportável. É o que dizia o grande advogado criminal Albert Naud. Mas que importância tem isso? Todos os seres, o que quer que tenham feito, têm o direito à defesa. Quanto à denunciante, não é ela que está sendo acusada e ela não é nossa inimiga. Tudo o que nós queremos é evitar a prisão de seu filho.

O celular de Farel vibrou, e ele o pegou. Quitterie lhe dizia por SMS que estava com saudade dele. Tivera que partir precipitadamente por conta de problemas familiares. Ela *lamentava*, não parava de pensar nele, desejava estar com ele *imediatamente*. Jean guardou seu telefone.

— Quais são os riscos que ele corre? — perguntou Claire.

— Teoricamente, entre quinze e vinte anos se houver circunstâncias agravantes, mas sejamos claros: pouquíssimos casos de estupro chegam aos tribunais. Não quero parecer demasiadamente otimista, mas o risco é mínimo. No pior dos casos, o fato será requalificado como agressão sexual em correcional. Falaremos disso mais tarde, eu preciso vê-lo primeiro.

Ele se levantou, apertou a mão de Claire.

— Entrarei em contato se houver novidade.

— Conto com você para que nada disso saia desta sala — acrescentou Farel.

Depois de um longo silêncio, Doutor Lancel respondeu que estava submetido ao sigilo profissional.

Logo que saíram, Jean apagou a mensagem de Quitterie. Por um instante, ficou observando o pequeno ícone de uma lata de lixo.

Claire e Jean foram interrogados no gabinete da polícia judiciária. Eles relataram o que sabiam, citando os aspectos mais luminosos da personalidade do seu filho. Jean repetiu diversas vezes que o caso não deveria chegar à mídia. Chegou até a oferecer a hipótese de um "complô".

— O que vai acontecer com meu filho? — perguntou Jean à responsável pela investigação.

— Tudo vai depender do que ele fez.

— Ele não fez nada, evidentemente. Ele estuda em Stanford, a senhora acha realmente que um rapaz como ele faria algo parecido? Foi nos Estados Unidos que ele foi educado sobre essas questões, lá o assédio sexual é levado a sério.

— Você deve saber, senhor, que nós vemos de tudo por aqui.

— Mas ele não fez nada, posso garantir. Tudo que lhe peço é que mantenha esse caso em sigilo.

— É o que vai acontecer.

Mas algumas horas depois, como ele temia, o caso foi midiatizado. A informação fora divulgada pela AFP: SUSPEITO DE ESTUPRO, FILHO DE JEAN FAREL ENCONTRA-SE EM PRISÃO PREVENTIVA. Quem comunicara a informação à imprensa? "O vazamento pode ter vindo de qualquer lugar", explicou Doutor Lancel a Jean Farel pelo telefone. "Da própria denunciante, da promotoria ou dos investigadores, mas acho que a suposta vítima tem o interesse de que isso seja divulgado. No caso de negociação é um modo suplementar de fazer pressão." Doutor Célérier reagiu ao anúncio da AFP: "Meu cliente contesta o conjunto dos fatos que lhe são atribuídos. O que se passou naquela noite é o que acontece habitualmente entre duas pessoas de forma consensual."

Uma enxurrada de mensagens chegava aos celulares de Claire e Jean Farel — essencialmente jornalistas que desejavam conferir a informação e ouvir o que tinham a dizer. Ao longo de toda a sua vida, Jean conduzira suas relações sob o registro da discrição. Havia sido por vezes até mesmo excessivamente desconfiado, jamais atendendo às solicitações dos fãs mais insistentes. A acusação que visava Alexandre também o contaminava, indiretamente. Sujava seu nome, sua reputação. A queixa de estupro era algo que temera lhe acontecer — jamais ao seu filho. Ele era um personagem público, um homem exposto, ao passo que seu filho era só um estudante sem histórias, que tivera relações estáveis com mulheres.

Na sua conta do Twitter, Claire recebeu dezenas de mensagens de insulto. Sua entrevista sobre as agressões de Colônia ganhou eco com a prisão preventiva de seu filho por estupro.

Quando são estrangeiros, você berra, mas quando é seu filho você se cala! Olha só! Essa piranha nem se incomoda! Como ela ousa ainda existir?
E seu filho estuprador, que você defende a qualquer preço, o que quer que pensemos? Você é uma safada de merda!
Isso é indignação à geometria variável. Quando são os árabes, a coisa é gravíssima, mas quando é seu filho, não diz nada. Onde foi parar a feminista?

Jean lhe recomendou não ler os comentários, não ceder à tirania da emoção.

— O que esperam de nós? Que demos uma entrevista coletiva para afundar ainda mais nosso filho, assim, sem provas, sem ter escutado a versão dele?

— Isso vai se dissipar bem rápido, creia-me. Acho que eles não têm nada contra ele. Ela talvez o tenha convencido de que era consensual, ela o seduziu e, depois, se arrependeu, ainda mais por ela ser uma judia praticante, ou então é uma vingança e ela vai acabar confessando, nada mais banal.

— Não sei o que aconteceu realmente, mas ele não a estuprou, tenho certeza disso. Ele possui recursos pessoais suficientes para seduzir uma garota sem ter que usar a violência.

Jean concordou.

— E se ele confessar alguma coisa sob ameaça? Não temos meio algum de falar com ele, saber o que ele disse.

— Ele não dirá nada, ele nada fez de mal, Claire.

Jean pressionou algumas teclas do seu telefone. Isso durou alguns minutos.

— E se ele realmente a estuprou? — perguntou Claire.

— Você se dá conta do que está dizendo?

Sem lhe dar tempo de concluir, ele prosseguiu:

— Isso é impossível.

— Mas imaginemos por dois segundos que seja verdade...

— Se ele cometeu o crime, se ele confessar, vai para a cadeia, Claire. Não existe meia medida, isso está fora de questão... Você não sabe o que é a prisão. Eu sei, pois meu pai passou três anos detido e eu frequentava o parlatório na idade em que as crianças brincam num parque. Se ele passar mesmo um único dia da sua vida lá dentro, estará destruído para sempre.

Foi uma das primeiras vezes que ele evocava esse pai delinquente, reincidente, ausente, do qual não sabia muita coisa. Claire só podia imaginar o que era a prisão, tinha lido Foucault, os grandes textos de referência sobre a repressão penal, mas agora era real: seu filho corria o risco de ser encarcerado. Pensando em seu filho preso, ela se debulhou em lágrimas, apoiando a cabeça contra o peito de Jean.

— Faça tudo que for possível para tirá-lo de lá.

Ele tocou afetuosamente na sua nuca. Ela podia contar com ele. Seria uma batalha. Ele queria salvar seu filho — mais nada —, permitir que retomasse seus estudos na Califórnia. Evitar-lhe a prisão e a desonra, tudo aquilo que tinha constituído seu maior pavor: a desqualificação social.

12

Alexandre Farel passou uma primeira noite na cela, não dormiu, assustado com o desdobrar dos fatos. Tinha o sentimento de ter sido abandonado, de ter perdido todas as certezas e, no dia seguinte, despertou totalmente abatido, o olhar alucinado, a barba por fazer, estava exausto, não tinha mais nenhum ponto de referência. Derrubou no chão a refeição que lhe trouxeram, gritou que preferia se matar a acabar na cadeia: ele não se *adaptava*. Avisaram-no que seria confrontado com Mila Wizman. Era a primeira vez que a reveria desde a festa. Seu advogado o prevenira: vai ser difícil, mas ele não devia se mostrar permeável à posição da moça. Ele entrou na sala, Mila usava uma saia preta bem comprida e um suéter de gola rolê cinza-escuro. Seus cabelos negros enquadravam um rosto lívido. Cada um se instalou em uma extremidade da sala, diante dos policiais que os interrogavam.

— Mila Wizman, você reconhece a pessoa aqui presente como sendo seu agressor?

Mila lançou um olhar furtivo para Alexandre e aquiesceu.

— Pode nos dizer de que está acusando esse indivíduo?

— Ele me estuprou dentro de um depósito de latas de lixo.

Desta vez, ela respondeu sem olhar para ele, os olhos fixando as próprias pernas, curvada, as mãos ocultas dentro das mangas do suéter.

— Foi a primeira vez que se encontraram?

Ela levantou ligeiramente a cabeça.

— Não, eu já o tinha encontrado uma vez, é o filho da companheira de meu pai.

— Você tomou conhecimento das declarações do acusado. Deseja fazer alguma observação?

— As coisas não aconteceram como ele falou. É verdade, eu aceitei acompanhá-lo ao depósito para fumar, mas todo o resto é mentira. Ele me obrigou a fazer coisas que eu não queria!

Mila Wizman começou a tremer, tinha grandes dificuldades para falar, os olhos estavam cheios de lágrimas.

— Que tipo de coisas? Uma felação?

Sua perna direita se agitava sob efeito de espasmos musculares.

— Foi. Ele me forçou, segurando meus cabelos e, depois, enfiou seus dedos dentro de mim, eu não queria, foi horrível, e ele continuou.

— Você gritou? Tentou afastá-lo?

— Eu estava aterrorizada... Estava com medo de que me matasse, ele me disse que tinha uma faca no bolso.

Alexandre Farel parecia impassível. Seu corpo estava rígido, quase inerte.

— Alexandre Farel, você ouviu as declarações de Mila Wizman, tem algo a dizer?

— Não foi assim que aconteceu.

— Quer dizer...

— Eu não a forcei. Aliás, ela mesma disse, a gente se conhecia, saímos juntos, ela me chupou no lugar onde ela queria ir porque tinha medo de fumar lá fora, a gente se deitou juntos muito rapidamente. Quando saímos, eu lhe disse que era um trote, ela levou a mal e agora quer se vingar, mais nada.

Virando-se para ela, acrescentou:

— Porra! Não me cause problema! Não diz bobagem, isso é grave!

— Por favor! — gritou ela, cobrindo os olhos com a mão. — Digam a ele para não me olhar! Não quero que ele olhe para mim!

Ela choramingava agora. O policial pediu a Alexandre para olhar na sua direção.

— Ela estava de acordo, não é meu estilo estuprar ninguém.

Ela continuava olhando para as próprias pernas, os cabelos caídos sobre seu rosto, escondendo sua expressão atormentada.

— Ele me estuprou, ele estava com uma faca, eu juro que é verdade! Por que eu mentiria?

— Eu lhe disse que tinha uma faca porque ela estava temendo pela sua segurança naquele bairro um pouco violento de Paris. Tenho sempre uma faca comigo, desde os atentados terroristas.

— O que é um estupro para você? — perguntou o policial, dirigindo-se a Alexandre.

— Um estupro é quando um homem obriga uma mulher a ter uma relação com ele sem que ela tenha vontade. Não foi absolutamente esse o caso!

— Você sentiu uma pulsão?

— Não sou um animal, se é isso que querem dizer. Sei me controlar.

— Alexandre Farel, por que Mila Wizman mentiria? Por que estaria ela assim tão perturbada? O que ela teria a ganhar com essa história?

Alexandre olhou para Mila.

— Não sei.

— Por que ela iria à delegacia dar queixa e aceitaria todos esses interrogatórios?

— Ela quer se mostrar interessante, isso acontece com frequência quando se tem uma vida banal... Vocês se lembram, alguns anos atrás, da garota que disse ter sido agredida na linha D do trem RER? Ela usava os cabelos curtos e tinha uma suástica desenhada na barriga... Ela inventou tudo para se encontrar no centro da atenção midiática. No momento dos atentados do Bataclan, também teve gente dizendo que era vítima e não era verdade...

— Não é verdade! Eu não menti! Estou dizendo a verdade. Por que não acreditam em mim? Por que eu faria algo assim? Ele me estuprou, eu juro que me estuprou.

As lágrimas escorriam pelas bochechas de Mila. Um dos policiais lhe entregou um lenço de papel. Depois, ele se dirigiu a Alexandre.

— Por que ela inventaria uma história dessas?

— Há várias razões! A vingança, eu já disse, porque eu a desprezei, não foi muito inteligente, admito, e se for por isso, eu peço a ela que me desculpe.

Virando-se para ela, olhando os seus olhos, ele acrescentou:

— Pronto, lamento muito se a magoei, peço sinceramente que me desculpe, mas não arruíne minha vida por causa de uma brincadeira idiota, eu imploro. Não destrua minha vida! Você sabe que não fiz nada de mal. Afinal, você sabia muito bem o que aconteceria, senão não teria ido para aquele lugar! Você também estava a fim!

Mila Wizman se retraiu:

— Não, eu nunca quis isso. Eu não minto! Estou dizendo a verdade!

Ele me estuprou atrás de uma caçamba de lixo, eu só queria tomar um pouco de ar porque ele me fez beber, algo que eu nunca faço!

Ela chorou cobrindo o rosto com as mãos, como as crianças que acreditam que, se taparem os olhos, os outros não as verão porque elas mesmas não enxergam mais. Depois, ela declarou que não queria que ele olhasse para ela.

— Alexandre Farel, por que mentiu no seu primeiro e segundo interrogatórios? Você disse que não houve relação sexual, apenas uma felação e carícias?

— Eu esqueci... eu tinha fumado, mas eu disse depois, quando estava com o espírito mais claro.

— O que mais você gostaria de acrescentar.

— Tudo o que posso dizer é que sou inocente. Se eu quero fazer sexo com uma garota, sei como agir. Francamente por que eu iria estuprar uma garota e destruir minha vida, quando posso sair com uma garota sem problema? Eu não a estuprei, não a forcei. A gente bebeu, é verdade, mas vocês vão destruir minha vida por causa de um simples porre? Eu não fui muito legal, reconheço perfeitamente, me faltou delicadeza, mas isso não faz de mim um criminoso.

A prisão preventiva foi prolongada.

13

— Eu me chamo MILA WIZMAN. —
— Nasci em 3 de janeiro de 1998, em Toulouse. —
— Filha de Valérie Berdah e Adam Wizman. —
— Sou de nacionalidade francesa. —
— Estou no último ano do ensino médio. —
— Moro com a minha mãe ou com meu pai. Meus pais são separados. —
— Minha mãe é protética dentária. —
— Meu pai está desempregado. —
— Tenho uma página no Facebook. —
— Meu endereço eletrônico é superstar20@hotmail.fr. —
— Sou solteira, não tenho namorado. —
— Estou aqui porque fui estuprada ontem. [**A depoente chora**]. Aconteceu durante a noite... Aquele que me fez isso é o filho da companheira de meu pai, Alexandre Farel.

Léo conseguiu o depoimento de Mila Wizman com um dos policiais que tinha treinado boxe com ele. Ele sugerira a Jean e a Claire que o lessem, eles ainda não tinham conseguido falar com o filho. Léo esclarecera que ninguém devia saber que eles tinham visto esse documento, nem mesmo o advogado deles, senão seriam acusados de violar o sigilo do processo de instrução. Esse documento, ele especificou, era ultraconfidencial: "Nem mesmo a autora de acusação o tem." Claire estava na casa de Léo, fechada na cozinha, tinha dificuldades para controlar sua angústia. Toda sua vida havia mergulhado no caos.

A primeira parte do boletim de ocorrência continha a descrição da festa, Claire a leu rapidamente. Ela demorou-se na passagem relativa à descrição da agressão.

— Resposta: Eu ficava me repetindo: não se preocupe, mas no fundo nunca senti tanto medo na vida, porque ele disse que tinha uma faca. Depois, ele se levantou, abriu sua calça, colocou para fora seu... **[A depoente chora e se sente mal.]**

— Pergunta: O que ele colocou para fora? Pode falar com segurança...

— Resposta: seu sexo... ele o segurou e pegou minha cabeça por aqui **[Ela designa sua nuca]**, ele pôs o sexo dele na minha boca... foi horrível... Depois ele agarrou meus cabelos com força e disse... **[A depoente tem muita dificuldade para se expressar.]**

— Pergunta: Você quer fazer uma pausa? Senão, não tenha medo, estamos aqui pra te ajudar. Ele disse o quê?

— Resposta: Eu não sei se sou capaz de repetir.

— Pergunta: Você prefere escrever?

— Resposta: Ele disse: Me chupa, safada. **[A depoente chora muito. Interrompemos a sessão por alguns minutos.]**

Claire colocou o documento sobre a mesa. Aquilo lhe era insuportável. Respirando profundamente, ela prosseguiu.

— Pergunta: Você está dizendo que ele te obrigou a fazer uma felação?

— Resposta: Sim, é isso, eu estava com medo então obedeci, eu queria acabar rapidamente com aquilo e voltar para a casa da minha mãe, eu me dizia que, se fizesse aquilo, ele ia me deixar partir, mas eu estava tremendo. Num momento, eu me afastei dizendo algo como que eu estava sufocando e aí ele gritou: Shhh! Cale! Cale a boca, safada. Continue. Eu continuei...

— Pergunta: E depois?

— Resposta: Ele me soltou e disse: Você não gosta disso? Eu disse que estava cansada, queria voltar para casa, então, ele me empurrou para trás e começou a se acariciar sozinho, eu disse que era tarde e precisava ir embora, mas ele agarrou meu braço, ainda está dolorido onde ele me segurou. Ele disse: Espere, não tenha pressa. Ele mandou eu abaixar meu jeans. Eu estava com medo e o fiz. Estava aterrorizada, não conseguia sequer falar. **[A depoente ficou em silêncio por um bom tempo.]**

— Pergunta: O que aconteceu em seguida?

— Resposta: Depois, ele levantou meu suéter, despejou um pó branco na minha barriga e o cheirou. Perguntou se eu queria e eu disse não. Tentei me levantar, mas ele me empurrou para trás, minha cabeça bateu no chão, ele tocou nos meus seios e depois deitou sobre mim e enfiou os dedos dentro de mim **[A depoente conta esses fatos chorando, num estado de extremo nervosismo.]**, ele enfiava os dedos e os retirava, doía muito. Ele disse coisas horríveis que tenho vergonha de repetir.

— Pergunta: Por favor, pode nos dizer, mesmo que seja doloroso?

— Resposta: Ele disse: Sei que você está molhadinha, vou fazer você gozar.

— Pergunta: Você gozou?

— Resposta: Não! Eu me segurava para não chorar, sentia dores...

— Pergunta: Ele gozou?

— Resposta: Ele retirou os dedos e logo em seguida se deitou sobre mim; foi então que ele me penetrou, dizendo... **[A depoente chora ainda mais.]**

— Pergunta: Não tem pressa. Ele disse o quê?

— Resposta: Não posso.

— Pergunta: Fique calma. O que ele disse? Não tenha medo.

— Resposta: Ele disse que ia me comer e também que ia me machucar. **[A depoente chora copiosamente.]** Que eu ia gostar.

— Pergunta: Você estava com vontade de fazer sexo?

— Resposta: Não!

— Pergunta: Isso durou quanto tempo?

— Resposta: Eu tinha perdido a noção do tempo... Foi horrível! Num momento, ele pôs a mão sobre a minha boca, como se quisesse me impedir de gritar.

— Pergunta: Ele ejaculou dentro de você?

— Resposta: Não sei, ele me virou e estava me penetrando por trás.

— Pergunta: Ele ejaculou em suas nádegas, é isso?

— Resposta: É.

— Pergunta: Ele colocou um preservativo?

— Resposta: Não sei, mas acho que não. Eu estava em pânico! Ele disse que tinha uma faca! **[A depoente chora.]**

— Pergunta: Você disse que ele falou de uma faca, você pode ser mais precisa?

— Resposta: Foi o que ele disse quando estávamos na rua: Tenho sempre uma faca comigo depois dos atentados, caso seja necessário;

depois eu só pensava nisso: ele vai apanhar a faca e me matar! Ele vai me matar! Foi isso que eu pensei!

— Pergunta: Você está contando a verdade? Você viu uma faca? Ele ameaçou usá-la contra você? Ele a forçou a ficar com ele no local?

— Resposta: Eu não vi a faca, mas ele me forçou a fazer todo o resto e me estuprou, juro que ele me estuprou. [**A depoente chora.**]

Claire ficou imóvel por um bom momento, aturdida pela amplidão do desastre. Ela leu novamente o boletim de ocorrência, inteiramente dessa vez. Quando Jean e Léo entraram, eles a encontraram num estado de prostração, os olhos arregalados. Léo logo apanhou o documento e o queimou dentro da pia.

"Sua vida está arruinada", disse Claire sem especificar se falava da vida de seu filho ou da de Mila Wizman.

14

Durante o último interrogatório, os policiais perguntaram a Alexandre se ele mantinha suas declarações e se ele havia forçado Mila Wizman a fazer sexo com ele. Ele respondeu que ela tinha dado seu consentimento e que ele não a estuprara. À tarde, ele encontrou um perito psiquiatra.

A prisão preventiva chegava ao seu fim. O promotor da República resolveu encaminhar Alexandre para o juiz de instrução tendo em vista indiciá-lo. Alexandre foi levado até o Palácio de Justiça num veículo da polícia composto de vários cubículos onde eram instalados os acusados em deslocamento. Seu advogado começava a se organizar: tivera finalmente acesso ao dossiê. Dispunha de menos de duas horas para preparar a defesa de seu cliente. Leu todos os interrogatórios da denunciante, confrontou-os com os de Alexandre, tentou identificar incoerências. Doutor Célérier não retirara seu sobretudo, pois estava inteiramente concentrado na sua intervenção: "Você vai dar explicações ao juiz, fique calmo... Não seja impulsivo ou arrogante, não se entusiasme. Ele vai provavelmente te indiciar porque há elementos no dossiê que pesam contra você, mas não se preocupe. O melhor é você fazer uma declaração espontânea." De repente, Doutor Bruno Lancel surgiu, vestido com sua longa toga preta e uma pasta com suas iniciais gravadas. Ele explicou que acabara de ser designado pelo pai de Alexandre e agora cuidaria do caso. Houve uma breve hesitação, depois Alexandre disse que lhe agradecia mas já dispunha de um advogado. Doutor Lancel ficou perplexo, era a primeira vez que alguém recusava seus serviços.

— Fique à vontade, você não tem obrigação alguma em relação a mim, você precisa pensar nos seus interesses — especificou o Doutor Célérier, olhando fixamente para Alexandre.

— Vou continuar com meu advogado. Ele está comigo desde o começo. Confio nele — concluiu Alexandre.

Doutor Lancel se virou para o jovem advogado:

— Como vamos resolver isso?

— Meu cliente é maior de idade, ele é quem decide.

— Entendo. Mas fique sabendo que a família recusou um acordo.

— Você entrou em contato com minha família sem me avisar?

— Seu cliente confirmou sua designação, você sabe onde pode me encontrar.

Doutor Lancel se afastou.

— Você está seguro da sua escolha? — perguntou o Doutor Célérier, antes de acrescentar: — Lancel é a nata dos tribunais.

— Não quero mais que meu pai controle minha vida. Até hoje, ele só fez isso. Ele pensa que escolhendo um advogado famoso eu sairei melhor desta situação, mas quero tomar minhas próprias decisões desta vez, e meu instinto me diz para continuar com você.

Doutor Célérier esboçou um ligeiro sorriso.

— Eu não sou louco — acrescentou Alexandre. — Acho que você é um ótimo advogado.

Eles foram convocados ao gabinete do juiz, o interrogatório estava sendo filmado. O juiz era um homem com uns cinquenta anos, bem alto, magro, com traços faciais proeminentes.

"Alexandre Farel", disse o juiz, — "Você esteve detido em prisão preventiva pois é acusado de estupro. Sou o responsável por este caso. No estágio atual, penso em indiciá-lo. Você tem algo a declarar?" Alexandre assentiu com a cabeça: "A prisão preventiva foi difícil. Eu confirmo o que já disse durante meus interrogatórios: eu nunca estuprei ninguém. Estou exausto, não aguento mais, não fiz nada de errado, minha vida se tornou infernal, sou inocente, não quero ir para a prisão, eu suplico." O juiz se dirigiu então ao advogado de Alexandre: "Doutor, alguma observação?" Doutor Célérier tomou a palavra: "Este é um caso em que, até agora, não existe nenhuma certeza. Cabe aos serviços de investigação determinar os fatos mas, por ora, o que temos aqui é um rapaz diplomado pela maior escola de engenharia, sem histórias, extremamente sociável, nenhum antecedente criminal. Por sinal, sabemos todos de que família vem Alexandre Farel, seus pais são personalidades conhecidas e respeitadas. Podemos questionar as motivações dessa jovem. A acusação de estupro não se sustenta, nós a contestamos." O juiz folheou o dossiê e, depois, encarando Alexandre, informou-lhe que decidira indiciá-lo por estupro: "Você pode ter acesso ao dossiê. A previsão de duração da instrução é de cerca de um ano meio. Contudo, levando em conta suas garantias, eu não ordeno sua detenção mas você ficará sujeito a controle judiciário."

Alexandre Farel estava livre.

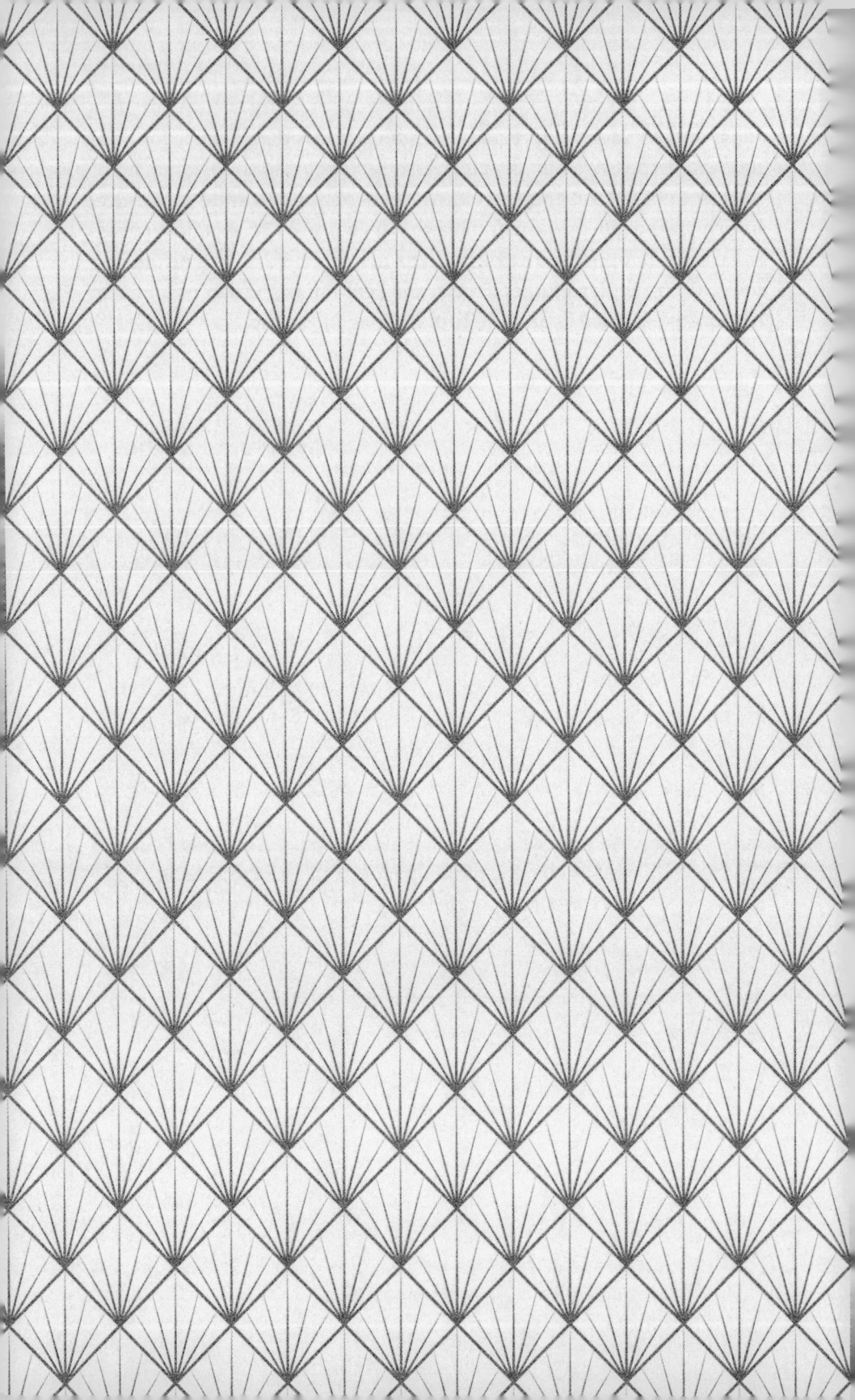

RELAÇÕES HUMANAS

"Primeiramente, convém dar nome aos fatos.
Havendo penetração, há estupro. Depois,
obviamente, há uma variação das penas:
um dedo, três anos; uma penetração sexual,
seis, podendo chegar a quinze, mas é raro.
Se o suspeito não tiver antecedentes criminais,
isso é uma garantia moral, se tiver um bom nível
social e for pessoa discreta, pode-se baixar para
dois anos, em liberdade condicional. Se ele for
negro, árabe, estrangeiro, sem documento,
a pena é maior. Em seguida, vem a questão do
consentimento. É preciso observar isso. O estupro
se torna rapidamente um caso social. Vocês estão
chocados? Eu sempre digo a meus clientes:
a parte adversa vai vasculhar cada detalhe de sua
vida. Bebeu? Jantou, dançou com seu agressor?
Você o encontrou pela Internet? Eles acabarão
concluindo: "Ela bem que provocou isso."

DOUTOR X, *advogado*

1

Uma revoada de pássaros pretos cruzou o branco leitoso do céu sobre o rio Sena e, bem em frente, o imponente Palácio de Justiça. Dezenas de jornalistas e simples curiosos — público heteróclito, estudantes de Direito em sua maioria — faziam fila desde às oito horas da manhã, na esperança de assistir ao processo Farel. Havia um primeiro controle de segurança a passar e um segundo na entrada da sala de audiência. Diante das grades da entrada principal, umas sessenta mulheres empunhavam cartazes nos quais haviam escrito: "CHEGA DE IMPUNIDADE." "#MeToo, QUEBREM O SILÊNCIO!". Na proximidade do acesso reservado aos profissionais, adolescentes paradas diante de uma banca de jornais agitavam fotos imensas de porcos nos quais haviam imprimido as palavras "Farel" e "*BalanceTonPorc*[11]". As jovens do Femen também estavam presentes, gritando as palavras: "Farel, estuprador! Vergonha para os agressores!" Os jornalistas de TV captavam a cena. Diversos jornais haviam estampado na primeira página a manchete *O caso Fàrel*.

Seis meses antes, o *caso Weinstein* tinha explodido. Atrizes de fama internacional acusavam o produtor americano de ter abusado sexualmente delas — todo um sistema de ameaças e intimidações instaurado durante anos, obedecendo uma mecânica perfeitamente codificada, foi descoberto e denunciado numa grande investigação lançada pelo *New York Times*. A cada vez que uma mulher ousava dizer o que tinha sofrido, outras a seguiam, encorajadas a romper com a lei do silên-

---

[11] *Balance Ton Porc,* ou "denuncie o porco que te agrediu", é a versão francesa do movimento Me Too.

cio. Rapidamente, assistiu-se a uma liberação da palavra, em especial nas redes sociais. Milhares de mulheres contavam em poucas linhas as agressões, estupros e assédio dos quais haviam sido vítimas. Nesse contexto, o caso Farel acabara sendo midiatizado e o Doutor Célérier temia uma contaminação no processo: "Não é justo, a opinião pública já condenou meu cliente", afirmou ele em inúmeras entrevistas que dera. Claire não ousou se manifestar, recusara participar de todos os debates que foram publicados, ela ficara afastada, seu silêncio era seu fracasso pessoal, sua íntima traição. Havia sempre um momento na vida em que se pisoteava seus ideais com uma suspeita veleidade.

Claire passou pelo gradeado, acompanhada do Doutor Célérier. Ela vestia uma calça de cor escura, uma camisa branca abotoada até o pescoço e um longo casaco azul-marinho com corte masculino. Assim que entrou no salão Victor-Hugo, após passar por todos os controles de segurança, ela percebeu o compartimento dos acusados (uma jaula de vidro, pensou) dentro do qual seu filho seria exibido como um bicho no jardim zoológico. Era uma das mais belas salas de audiência do Palácio. Os muros cobertos de fina carpintaria e pinturas em tom azul-celeste. Grandes lustres de néon diamantino pairavam sobre a sala. Presa a uma das paredes, uma tela de televisão havia sido instalada para mostrar fotos ou intervenções em videoconferência. Mila Wizman já estava na sala, cercada de seus advogados, Doutor Denis Rozenberg, um homem corpulento com uns sessenta anos, e sua jovem associada, Doutora Juliette Ferré, uma linda mulher de seus trinta anos, cabelos compridos e castanhos que mantinha presos com uma presilha preta. Prostrada, curvada, com o olhar apagado, Mila Wizman usava um jeans cinza-escuro, uma camiseta branca disforme que descia até suas coxas e um colete preto grande demais que abotoara de qualquer maneira. Ela engordara bastante em dois anos. Adam Wizman estava presente, sentado na primeira fileira, à extrema direita, o que lhe oferecia uma visão abrangente da sala. Cabelos escuros, barba bem aparada, ele trajava um paletó e um jeans pretos, assim como uma camisa branca dentro da qual seu corpo magro parecia flutuar. Era a primeira vez que Claire o via desde os fatos. Depois de sua partida precipitada, em resposta às inúmeras mensagens que ela deixara no seu telefone na esperança de retomar o curso da história deles, ele lhe enviara uma longa carta na qual escrevia que estava desesperado e dilacerado — ele a amava, mas não podia voltar. Ela parou de tentar contactá-lo. Rapidamente, Claire deixara o apartamento e alugara outro de dois quartos no 15º *arrondissement* de Paris. Durante os dois anos seguintes, ela vivera com seu filho, isolada, recusando todas as intervenções públicas: conferências, mídias, sessão de autógrafos. Foi um período sombrio ao longo do qual ela teve o aprendizado da solidão, da traição e da decepção. Sempre estivera do lado das mulheres na luta contra as violências, do lado das vítimas, mas, agora, ela buscava sobretudo proteger seu filho. Havia descoberto a distorção entre os discursos engajados, humanistas e as realidades da existência, a impossível aplicação das mais nobres ideias quando os interesses pessoais em jogo aniquilam toda a clarividência e comprometem tudo aquilo que constitui sua vida. Ela manteve relações cordiais com Jean. O divórcio havia sido realizado e eles logo chegaram a um acordo financeiro. Em jantares na cidade, Jean gostava de dizer que ela agira de modo "correto", não o deixara "na lona nem criara problemas", quando ele lhe anunciou que iria se casar com Quitterie Valois. Jean ainda apresentava *A Grande Prova Oral*, além do programa matinal na rádio, os níveis de audiência eram bons, particularmente depois de se oferecer uma nova juventude com Quitterie, que ocupava agora o cargo de Jacqueline Faux, recém-aposentada. Ele caíra na armadilha que sempre temera: um relacionamento entre um homem poderoso e envelhecido e uma jovem mulher trinta ou quarenta anos mais nova. Cedera à tentação de recomeçar sua vida. Estava feliz. Tinham acabado de ter um bebê — uma menina chamada Anita, como a mãe dele. Ele podia ser visto, no Instagram, na companhia de sua esposa com um corpo esplêndido e seu adorável bebê. Françoise jamais aparecia nas fotos, no entanto ele continuava visitando-a, levando essa vida dupla por lealdade a uma mulher que ele tinha amado tanto.

A sala estava lotada. Vários policiais garantiam o bom andamento da audiência. Todos se sentaram. O procurador — um homem com seus sessenta anos, magistrado criticado pelas suas ligações com um antigo presidente da República, autor de um livro sobre o funcionamento da justiça — relia suas anotações. Jean chegou dez minutos depois, sozinho. Quitterie o prevenira que não compareceria ao julgamento, não tinha a menor vontade de manifestar qualquer apoio a Alexandre, de quem dizia, privadamente, que era certamente culpado e que, em consequência disso, não era desejável que ele se aproximasse demais dela e de sua filhinha. A hora avançava: um policial explicou que o transporte do acusado havia sido mais longo do que o previsto. O veículo, que vinha da penitenciária de Fresnes, ficara retido perto do rio Sena por causa dos engarrafamentos. Vinte minutos mais tarde, informaram que Alexandre acabara de chegar ao Palácio.

2

Alexandre esperava para ser revistado e levado à sala de audiência. Não dormira a noite toda, estava em pé desde as 4 horas da manhã: entre revistas repetidas, formalidades administrativas para sair do presídio e o transporte, tinha passado várias horas nesse estado apático, ao mesmo tempo paciente e desesperado. Seu julgamento ainda não começara e já se sentia exausto. Finalmente, ele foi conduzido até a sala, algemado e escoltado por três policiais militares. O banco dos réus não ficava aberto, mas atrás de um vidro e, obviamente, isso mudava tudo, a justiça também tinha sua própria geografia, ele estava do lado errado. Ele entrou no recinto ainda algemado, não queria cruzar o olhar dos advogados de acusação nem encarar os jornalistas que estavam presentes, e não estavam ali para o ver mas, sobretudo, para escrutar as reações de seu pai. O policial que o acompanhava e ao qual estava preso por uma corda plastificada o soltou e lhe fez sinal para se sentar. Havia dezenas de pessoas instaladas nos bancos de madeira, todos com os olhos voltados para ele. Mantendo a cabeça baixa, o queixo e os ombros encolhidos, em uma postura de prostração, que não se sabia se era natural ou se havia sido aconselhada pelo seu advogado.

Ele deveria ter comparecido ao julgamento em liberdade: sua ficha era limpa, nenhum dado de violência registrado em seus antecedentes, possuía garantias, era um estudante brilhante, seus pais podiam o acolher, já recebera algumas propostas de emprego e, assim sendo, após sua prisão preventiva, o juiz de instrução o colocara sob controle judiciário — uma espécie de liberdade vigiada. Estava livre, mas não podia se aproximar da denunciante, nem sair do território nacional, tendo sido obrigado a renunciar a seus estudos em Stanford e a uma carreira nos Estados Unidos. Durante os dois anos de instrução do processo, sua vida foi pontuada por convocações repentinas, as coisas retomavam seu curso como se nada tivesse acontecido e depois, de repente, ele recebia uma ligação de seu advogado, uma carta do juiz, uma solicitação de informações dos serviços de polícia, uma ordem de consulta com um psiquiatra, um perito, um psicólogo, um novo interrogatório, outra confrontação com Mila Wizman, agora no gabinete do juiz. Por vezes, vários meses se passavam entre esses eventos, seu sentimento então era de irrealidade. Os fatos haviam *realmente* acontecido? Voltava a pairar sobre ele a possibilidade de encarceramento. Nos dias que se seguiam a essas obrigações, ele não dormia mais e tomava ansiolíticos. Doutor Célérier tentara fazer com que requalificassem os fatos como agressão sexual a fim de corrigir o caso, isso havia se tornado cada vez mais frequente nos casos de estupros, mas o advogado de acusação recusara, o caso sendo finalmente enviado ao tribunal penal. Tentaram um acordo financeiro para pôr fim às ações judiciais solicitadas pela denunciante. Mas foi em vão. Adam Wizman ameaçara dar queixa em caso de tentativa de intimidação. Um dia, enfim, Alexandre recebeu uma convocação: o julgamento seria realizado cinco meses mais tarde. Mas, ao longo desse período, ele encontrara por acaso Mila Wizman em Paris, à margem do canal de Saint-Martin e, num impulso incontrolável, ele se aproximou dela e a assustou, ela gritara, ele se tornou agressivo, ela tentara fugir dando gritos aterrorizados, ele a alcançara, segurara seus ombros e a sacudira para acalmá-la; os transeuntes tinham chamado a polícia. Ele foi detido, seu controle judiciário anulado, e ele foi encarcerado na penitenciária de Fresnes. A partir desse momento, ele começou a desabar — na prisão, os "tarados", como chamavam os autores de agressões sexuais, eram os prisioneiros mais maltratados: surrados, intimidados, eles logo se tornavam os bodes expiatórios.

Doutor Célérier aproximou-se dele e tocou amistosamente em seu ombro. *Tudo vai dar certo. Mantenha a naturalidade, seja breve e conciso.* Havia alguma coisa surpreendentemente comedida nesse advogado de físico juvenil, uma espécie de segurança tranquila que excluía a arrogância; sua presença transmitia confiança. Na véspera, quando tinha preparado seu cliente para todas as eventualidades possíveis —

testemunhos de acusação, perguntas indelicadas, intrusivas —, ele o prevenira: "não vão deixar passar nada."

Os advogados se levantaram e se dirigiram até o procurador, cumprimentando-o antes de voltar a seus lugares. Há quanto tempo estavam lá? Uma hora, talvez muito mais para os advogados que acordaram de madrugada a fim de preparar a audiência. Alexandre Farel esperava que o advogado de acusação exigisse um julgamento a portas fechadas e que toda aquela gente que ele não conhecia saísse da sala antes do início do julgamento. Na sua opinião, havia algo de obsceno em tornar público o relato de vidas devastadas, mas talvez estivesse errado: o que havia de mais obsceno ali era ele mesmo. Ele tinha mudado muito, o rosto ficara afundado, seu corpo mais magro. Nada restava do maratonista vigoroso que, dois anos antes, chegara em quarto lugar na trilha de Stinson Beach Park, cinquenta quilômetros percorridos em três horas, cinquenta e oito minutos e trinta e quatro segundos, nada do jovem resplandecente e um pouco pretencioso que, desde os dez anos, recebera anualmente elogios, nada daquele que obtivera o primeiro prêmio no concurso geral de filosofia com o tema — que ironia — *Os homens são violentos por natureza ou por causa da violência social?* O julgamento duraria cinco dias.

3

Às dez horas da manhã, uma campainha soou e uma voz anunciou a entrada do júri. Todos se levantaram. A presidente do júri, Anne Collet, entrou na sala acompanhada de seus assessores, dois homens de seus trinta anos de idade, vestidos com as tradicionais togas pretas. Anne Collet era uma mulher alta e loura, sessenta e poucos anos, trajando uma longa toga vermelha. Ela declarou a abertura da audiência. O público voltou a se sentar. A presidente pediu ao réu que se apresentasse. Ele se levantou, disse chamar-se Alexandre Farel. "Sou filho de Claire e Jean Farel. Moro com minha mãe no número 60 da rua Falguière, em Paris, no 15º *arrondissement*. Sou engenheiro, tenho vinte e três anos." Depois, retomou seu lugar. A presidente explicou que ele podia fazer declarações, mas também se manter em silêncio ou responder às perguntas que lhe seriam feitas. Em seguida, ela chamou os vinte e quatro jurados titulares. A oficial do tribunal citou os nomes, enquanto a presidente depositava uma bilha dentro de uma caixa a cada vez que a palavra "presente" era pronunciada. Um dos jurados estava doente, havia telefonado na mesma manhã, enviaria seu atestado médico. A presidente iniciou o sorteio. Ela se dirigiu gentilmente a Alexandre Farel: era seu direito recusar até quatro deles, ele mesmo ou por intermédio de seu advogado. O advogado de acusação poderia recusar três. Essas recusas não precisavam ser motivadas. Ele não reagira, não queria selecionar aqueles que decidiriam seu destino. Só queria que aquilo tudo *terminasse*.

Doutor Célérier não recusou ninguém. Estava convencido, ele explicara a Alexandre antes da audiência, que não deviam tentar controlar o que quer que fosse. Não intervir na escolha dos jurados era uma maneira de demonstrar sua serenidade e sua confiança. Os nomes foram enunciados para o público. Doutor Célérier pedira a um jovem estagiário para anotá-los a fim de procurar informações nas redes sociais, agora era possível saber o que os jurados pensavam, quais eram suas opiniões políticas e, em alguns casos, obter detalhes de suas vidas privadas. Era necessário os convencer e, para isso, equipar-se com todas as armas possíveis. Os jurados fizeram o juramento, erguendo a mão e dizendo: "Eu juro." A presidente lhes lembrou que tinham direito de fazer anotações durante os debates e fazer perguntas diretamente, desde que essas não deixassem transparecer suas opiniões. Ela declarou aberta a sessão. As testemunhas se aproximaram do banco que iriam ocupar. A oficial de justiça lhes informou a ordem de passagem. Algumas deveriam esperar numa sala especial, talvez várias horas, de modo a não serem influenciadas pelo que seria dito antes que elas tomassem a palavra. Somente a presidente decidia sobre a organização do julgamento. Por fim, ela leu a ordem judicial de acusação, um relatório redigido por um juiz de instrução que apresentava os fatos imputados ao réu com uma exposição dos elementos de acusação e de defesa. Os jurados e o público descobririam o caso em seus menores detalhes. Sendo um processo oral, ninguém, exceto as duas partes, tivera acesso ao dossiê.

O julgamento começou com um primeiro incidente: ao enunciar a ordem judicial de acusação, no momento em que a presidente descrevia a felação imposta e os atos de penetração, Mila Wizman começou a chorar, explicando que era difícil demais para ela, que não sentia-se capaz de *suportar aquilo*. Ao seu lado, com extrema delicadeza, Doutora Ferré tentava acalmá-la, apaziguá-la. Mila respondeu que não aguentaria, queria voltar para casa. A sala ficou em silêncio. Mila pôs as mãos sobre os olhos e se encolheu. Seu pai a observava, a expressão marcada pela emoção, sem ousar se levantar para a consolar. A mãe dela não viera, casara-se novamente em Nova York e tivera um bebê. Mãe e filha não se viam há meses, exatamente desde o dia em que ela dissera a Mila essa frase pela qual não a perdoaria jamais: "Ao se instalar com ele e sua nova companheira em Paris, em vez de ficar comigo em Crown Heights, você deixou que seu pai fizesse de você uma jovem que pode ser estuprada."

A presidente retomou sua leitura. Ao final, ela pediu a Alexandre Farel que se levantasse.
— Você entendeu o resumo que acabo de fazer?
— Entendi.
— Qual é sua posição? Você reconhece os fatos de que está sendo acusado?
— Não. Foi uma relação consensual.
Ao escutar essas palavras, Mila Wizman se encolheu em sua cadeira.

A presidente se dirigiu a Alexandre. Ela disse que uma investigadora de personalidades ia testemunhar na parte da tarde. Mas desejou que ele esclarecesse naquele momento alguns elementos relacionados à sua vida. Alexandre estava em pé, apertando nervosamente o microfone. Ele respondeu a várias questões sobre sua identidade e a de seus pais, o ambiente social em que crescera. A utilização do microfone travava seus gestos e a espontaneidade. Ele relatou que nunca lhe faltara nada na infância, mas seus pais não eram muito presentes, por conta de suas vidas profissionais "muito absorventes" e da "vida dupla" do pai.
— Todo mundo sabia que ele vivia com uma jornalista de sua idade. Meus pais estavam separados há alguns meses, no momento dos fatos, minha mãe conhecera alguém e se instalara com ele, mas meu pai esperava que ela voltasse. Dizia que ela mudaria de ideia.
— E essa vida dupla de seu pai durou muito tempo?
— Acho que sim.
— E como você vivia isso?
— Isso me incomodava, mas não havia o que fazer.
— Que idade tinha você quando descobriu que seu pai levava uma vida dupla?
— Nove anos.
— Como foi que descobriu?
— Um dia, ele me levou ao seu escritório. A mulher estava lá. Ele colocou um desenho animado na televisão, mas eu os ouvi fazendo amor.
— Você não disse nada?
— Não. Aconteceu outras vezes, eu os ouvia e depois ele me dizia para não contar nada à minha mãe. Faço questão de especificar que a

mulher não sabia que eu estava ao lado, meu pai me pedia para ficar no cômodo ao lado e em silêncio.
— E sua mãe?
— Minha mãe, não, acho que ela não tinha outra pessoa, até conhecer Adam Wizman, o pai de Mila.
— Você sofreu com isso?
— Não sei. Meu pai sempre teve aventuras, eu já sabia, ele não as escondia.
— E sua mãe estava ciente disso?
— Acho que era um acordo entre eles. Não havia julgamento moral.
— Sua mãe sofria com isso?
— Ela não me dizia nada.
— Seus pais eram pessoas violentas?
— Minha mãe não. Com meu pai, isso podia acontecer, sim, ele tinha bruscos acessos de cólera. Nessas horas, ficava incontrolável. Depois, se arrependia.
— Já aconteceu de ele o humilhar?
— Digamos que ele me pressionava. Como não havia estudado, um imenso complexo dele, acho que acabou transferindo seus sonhos para mim. Ele exigia muito, sem dúvida demasiadamente, eu devia ser o melhor o tempo todo, não o decepcionar. Quando eu tinha 17 anos, ele me perguntava por que eu não tinha 19, nunca estava satisfeito. Ele me tiranizava com as notas e com o desempenho físico também, no esporte, por exemplo, era preciso que eu fosse excelente, mas eu gostava de esporte, foi o que me salvou quando não estava bem.
— Você foi uma criança difícil?
— Não sei, é preciso perguntar a eles.
— Seus pais eram presentes?
— Não. Eu pouco os via, o trabalho os devorava, principalmente meu pai. Quando estavam presentes, eles só falavam de política, era assim, mas isso não me fazia sofrer. Eu estava quase sempre sozinho e me acomodava a situação.

A presidente quis saber se não havia problemas particulares na sua família e ele disse que não.
— Você mora em que tipo de apartamento?

— Um apartamento grande. Duzentos metros quadrados a dois passos da praça do Trocadéro.

— Seu pai é bem de vida?

— Sim, muito bem, mas ele mantinha uma relação, digamos, conflituosa com o dinheiro, pois era o que faltava na sua infância. Quando a gente ia a algum lugar, era sempre necessário anotar as despesas, comparar os preços. Mas, no final, na maior parte do tempo, ele era convidado. Sabe, quando se chega a um certo nível, não é preciso pagar mais nada.

— E sua mãe?

— Era diferente, ela não ligava para o dinheiro. Ele a desaprovava por isso. Ele chegou a chamá-la de "idiota" na minha frente. Às vezes, ele podia se mostrar realmente cruel.

Jean Farel se contraiu.

— Como era a relação com seus pais?

— Com minha mãe até que era boa, mesmo ela sendo uma pessoa fria, pouco afetuosa. A mãe dela saíra de casa quando ela ainda era criança, e eu sei que isso a marcou profundamente. Ela não mostra seus sentimentos, é certamente seu modo de se proteger. Com meu pai era diferente, a relação podia ser calorosa, mas ele estava sempre ausente. Sua vida se resumia a seu trabalho.

— E atualmente?

— Antes de ser preso, eu morava com minha mãe.

— E no que diz respeito à sua escolaridade?

— Eu era um bom aluno, completei o ensino médio com 16 anos. Passei no exame de ingresso à Escola Politécnica de olhos fechados.

— O que quer dizer isso? Especifique...

— Que passei na primeira tentativa... Depois fui admitido na Universidade de Stanford. Parece fácil, dizendo assim, mas na verdade tive algumas dificuldades. Dos dez aos treze anos, tive problemas de anorexia, era acompanhado por um psiquiatra. No segundo ano da escola preparatória, tive um episódio depressivo por causa da pressão. Logo após o exame de ingresso, no primeiro ano na Politécnica, tentei suicídio, mas sem gravidade, quero dizer, sem risco mortal.

— Por que tentou pôr um fim à sua vida, se tudo ia tão bem para você?

— Não é possível expor todos os obstáculos desses exames assim, em alguns minutos. Passar nesses exames significa suprimir sua vida

pessoal durante dois anos. Eu pirei. Era pressão demais, frustrações demais. Eu não quis morrer, era só uma maneira de chamar atenção para mim
— Seus pais não cuidavam o bastante de você?
— Não sei... Não quero os criticar. Eles faziam o que podiam.

A presidente o interrogou sobre a interrupção de seus estudos devido às acusações que pesavam sobre ele.

— Como não podia continuar estudando em Stanford, resolvi prosseguir meus estudos e obter o diploma de engenheiro em Paris, mas eu era atormentado, linchado. Não me beneficiei de nenhuma presunção de inocência. Associações feministas se uniram contra mim, não podia assistir às aulas, eu era ameaçado. Parei de ir à escola, não podia mais carregar o fardo dessas acusações. Nas redes sociais era ainda pior, tive que fechar todas as minhas contas. Alguns queriam me assassinar.

Vaias foram ouvidas. Na sala, algumas mulheres disseram em voz alta que Farel era indecente, não era ele a vítima. A presidente exigiu silêncio.

— Você consome drogas, álcool?
— De vez em quando, sim. Mas não depois dos fatos.
— Que tipo?
— Antes da minha tentativa de suicídio, eu fumava maconha e bebia nas festas. Depois, tomei muitos antidepressivos. Depois passei à cocaína.
— Quando?
— Durante meu segundo ano na Politécnica. Não era o único, vários alunos consumiam também.

Ela lhe pediu para falar de sua vida sentimental. Ele disse que era solteiro, que tivera uma história importante com uma mulher mais velha que ele e outra, pouco antes, bem breve, com uma garota de sua idade. Teve sua primeira relação sexual com dezoito anos, com uma prostituta. A presidente quis saber se ele tinha fantasias sexuais.
— Como todo mundo.
— Quer dizer... Penetrações vaginais, felações, etc.?
— Tudo isso.

— No plano sexual, não existem dificuldades particulares?

Ele se calou um instante, observou a sala. Dezenas de pessoas olhavam para ele. Fixando o olhar nos jurados, teve uma sensação de vertigem.

— E então? No plano sexual?

— Às vezes eu era rápido demais.

— Você considera que sua vida sexual com a mulher por quem estava apaixonado era satisfatória?

— Sim, claro. Eu a amava, era intenso. Sofri muito quando ela me deixou.

— Você tem algum tipo de atração particular?

— Não.

— Você não tem fantasias?

— Não.

— No entanto, você visitou regularmente sites pornográficos...

— Sim, como todo mundo.

— Encontramos no seu computador certas expressões que você digitava na Internet, como "mulher submissa", "cachorra" e "safada a castigar". A humilhação o excita?

— Não, foi assim, à toa. Quando a gente digita alguma coisa na ferramenta de busca, sinceramente, a gente não imagina que um dia alguém vai lê-las e que um ato tão banal vai se virar contra você.

— Você está detido em Fresnes há dois meses, devido a uma violação do seu controle judiciário. Como está se passando sua detenção?

— Muito mal! É muito difícil. Não suporto o enclausuramento, a violência, a promiscuidade com os detentos. É sujo, gritam o tempo todo, eu não vou aguentar.

— Você pratica alguma atividade?

— Eu leio, só isso. Minha mãe vem duas vezes por semana. Meu pai, mais raramente, mas acho que é por causa dos jornalistas.

Ele se recordou do modo como ficou sabendo dos fatos dos quais o acusavam:

— Foi em 12 de janeiro de 2016, poucos dias depois da revelação das agressões sexuais em Colônia. Meus pais estavam atormentados porque minha mãe se expressara numa entrevista de maneira considerada islamofóbica, enquanto ela estava defendendo as alemãs agredidas. Fui preso. Durante vários dias tivemos que lidar com uma pressão midiática fortíssima e um desconhecimento quase total dos fatos de que me acusavam. Recebíamos mensagens insultuosas e ameaças de morte. Foi horrível.

Ouviram-se sussurros de protesto na sala. Mila Wizman estava toda encolhida, as mãos sobre a boca como se ela se impedisse fisicamente de gritar. Sua advogada lhe murmurou alguma coisa no ouvido. A presidente pediu silêncio.

— Vamos prosseguir mais tarde — disse a presidente. — Escutaremos a gravação do pedido de socorro de Mila Wizman aos serviços de polícia e o interrogatório da agente responsável pela investigação que estava de plantão naquela noite. Retomaremos a sessão às 14 horas.

4

— Polícia, à sua disposição... Alô? Alô?...
   (Ouve-se um choro.)
   — Onde você está?
   (Ouve-se uma respiração.)
   — Alô?
   — Estou com a minha mãe.
   (O choro aumenta de intensidade.)
   — Nós não sabemos o que fazer...
   — O que aconteceu? Fale, senhora.
   — Fui estuprada...
   — Quantos eram os agressores?
   — Ele estava sozinho.
   (Ouve-se um choro abafado.)
   — Onde foi que isso aconteceu?
   — Em Paris.
   (O choro se intensifica ainda mais.)
   — Você conhece o agressor?
   — Conheço.
   — Ele lhe bateu, ameaçou?
   — Ele estava com uma faca...
   —Você pode vir até a delegacia imediatamente para dar queixa? Você tem o endereço?
   — ...
   — Alô! Alô!

O choro, a voz aterrorizada de Mila Wizman podiam ser ouvidos dentro do recinto. Nos olhos dos jurados, liam-se o pavor e o embaraço. Alexandre mantinha-se cabisbaixo. Claire tinha dificuldades para esconder seu sofrimento, sua expressão assustada, era a primeira vez que ouvia essa gravação na qual tudo soava *verdadeiro*. A presidente do júri chamou ao banco de testemunhas a policial que fora encarregada da investigação. Seu corpo era musculoso, tinha uma expressão seca e um aspecto esportivo.

Os fatos parecem simples, mas não o são, afirmou a policial, que estava de plantão naquela noite e realizara o primeiro interrogatório da vítima. "Mila Wizman se apresentou às 8h32 da manhã, acompanhada de sua mãe, à delegacia do 18º *arrondissement*. A moça estava aos prantos quando chegou. Ela declarou que o filho da companheira de seu pai a havia estuprado atrás de um contêiner de lixo, num depósito de entulhos. Ela parecia extremamente horrorizada." Tomando por base as declarações da moça, ela recomendou à vítima que se dirigisse ao hospital para proceder a uma perícia ginecológica. "Assim que o agressor foi identificado, enviamos uma equipe ao local, o apartamento de seus pais. Lá, efetuamos uma busca. Encontramos a calcinha amarela descrita pela vítima. O homem foi preso e posto em prisão preventiva. Em seguida, realizamos uma identificação atrás de um vidro espelhado. A senhorita Wizman imediatamente reconheceu o Sr. Farel como sendo seu agressor. No início, ele negou ter-se relacionado sexualmente com a vítima. Alguns dias mais tarde, as análises de DNA confirmaram que houve de fato uma relação sexual. Os peritos estavam divididos sobre a natureza forçada ou não dessa relação. As análises toxicológicas revelaram que a vítima havia bebido e fumado. O réu também. Ele também tinha consumido cocaína.

Após um longo interrogatório sobre o desenvolvimento da investigação, a presidente perguntou à policial como se passara a prisão preventiva de Farel. Ela explicou que ele, às vezes, parecia alheio a tudo e, às vezes, agressivo:

— Acho que ele não estava nos levando a sério. Ele pensava que não era grave, dava para ver pela sua maneira de responder às perguntas. E, por sinal, no primeiro interrogatório ele negou tudo.

— O que, na sua opinião, o fez mudar de atitude?

— Quando lhe dissemos que tínhamos encontrado seu DNA no corpo e na roupa íntima da denunciante. Aí, seu comportamento mudou.

Os jurados não tinham perguntas a fazer. Doutor Rozenberg, advo-

gado de Mila, se levantou e perguntou à policial.
— Senhora Vallet, quando viu a senhorita Wizman, sua impressão foi a de ter à sua frente uma pessoa amedrontada?
— Sim, aterrorizada mesmo. Ela chorava, estava em estado de choque.
— A senhora está habituada a casos de estupro?
— Estou. Infelizmente, isso é frequente. Já vi dezenas deles.
— A atitude da senhorita Wizman era a de uma vítima de estupro?
— Sim. Ela estava extremamente assustada e emocionada, chorava sem parar.
— Na sua opinião, ela mentia ou falava a verdade?
— Nada nos permitia duvidar da sinceridade da senhorita Wizman.

Chegou a vez do advogado de defesa, Doutor Célérier, interrogar a policial. Ele retomou diferentes elementos para enfraquecer o alcance da acusação, em especial, as incoerências em torno da presença ou não de uma faca. Ele foi claro, conciso, eficaz. O interrogatório durou uns dez minutos. Em seguida, o médico que tinha examinado Mila confirmou o estado de pânico e as lesões vaginais que podiam indicar uma relação forçada.

A presidente pediu a Alexandre Farel que se levantasse. Disse-lhe que, agora, iriam se concentrar nele a fim de o conhecer por todos os ângulos e evocar sua vida familiar, professional, íntima, para julgá-lo *da forma mais justa possível*.

5

Pessoas desconhecidas haviam recebido a missão de reconstituir a história da vida familiar dos Farel e a revelar diante de dezenas de outras pessoas desconhecidas. A investigadora que analisava as personalidades era uma mulher de uns quarenta anos, loira, usava um vestido florido e tinha vindo acompanhada por uma amiga que permanecera na sala. Jean escutava essa mulher que só tinha estado com seu filho duas vezes na vida (durante consultas que não haviam durado mais de trinta minutos cada uma) falar dele com a mesma segurança de alguém que fosse sua mais próxima confidente. Era *grotesco*. "Alexandre Farel falou sem dissimulação" ela disse, "mas se trata de um rapaz reservado, que expressa seu medo do julgamento. Toda a sua vida, ele teve a impressão de estar sendo avaliado e, comigo, se mostrou com frequência de um modo defensivo." Ela prosseguiu: "Ele é filho único. Sua mãe é franco-americana, seu pai, francês, nascido na França. O pai tinha, no momento dos fatos, setenta anos e é um jornalista célebre. A mãe, com quarenta e três anos, é ensaísta. O pai é pouquíssimo presente, totalmente envolvido pelo seu trabalho e, quando está presente, é severo com seu filho, exigente." Ouvir uma desconhecida falar com autoridade de sua vida, do que ele era, sem nada poder fazer para corrigi-la era insuportável, mas Jean não interveio. Ela continuava no mesmo tom enfático: "Alexandre Farel diz que seu pai lhe bate quando suas notas baixam; de um modo geral, ele é bem rigoroso. Aos nove anos de idade, Alexandre descobre que seu pai tem outra mulher, foi ele quem lhe contou. A partir daí, o pai começa a tratá-lo mal. Faz-lhe reprimendas bem violentas, humilhantes. Um dia, seu pai o obriga a ficar nu e o põe do lado de fora, na varanda." Jean se levantou, gritando que era mentira. A presidente lhe pediu para não se manifestar, ameaçando expulsá-lo da sala. Ele se sentou novamente. A perita em personalidade retomou a palavra: "Alexandre Farel se fecha em si mesmo. Ele se perde em seu trabalho. É um aluno excelente que não suporta o fracasso. Quando recebe uma nota inferior ao que esperava, ele pode chegar a se machucar propositadamente. Certa vez, diante de seus colegas da escola preparatória, ele bateu a cabeça contra a parede até sangrar, porque tirara nove em matemática." Jean estava tremendo. Lembrava-se desse incidente, ele sabia que repercutiria amplamente na imprensa. "Alexandre Farel tem ideias suicidas, por sinal, ele passará ao ato ao ingressar na Politécnica. Ele fuma cannabis, consome ocasionalmente cocaína. Sobre sua vida afetiva e suas relações com as mulheres, ele se descreve como um homem que aprecia as mulheres mas não ousa abordá-las facilmente: 'Prefiro que elas venham a mim, ou então preciso beber para relaxar.' Ele teve sua primeira relação sexual aos dezoito anos 'com uma prostituta. Foi ideia de um amigo meu, eu quis fazer igual'. Em 2015, ele se apaixona por uma conselheira política mais velha que ele, seu pai não aceita essa situação. Ela engravida, aborta e o abandona. Alexandre Farel sofre muito nesse período: 'Ela me deixou de um dia para o outro. Eu estava num estado de angústia total.' Ele se sentiu completamente abandonado e explica que 'perdeu a cabeça'. Ele tem arrependimentos autocentrados: arrepende-se das consequências de seus atos sobre sua própria vida. Nessa incompletude, nessa angústia, a passagem ao ato demonstra um sentimento de onipotência."

A presidente anunciou que a audiência seria suspensa. A maioria dos presentes ficou na sala. Outros saíram para fumar ou tomar café. Jean se isolou num canto, não queria falar com ninguém. O restante do dia foi dedicado ao depoimento do psiquiatra e do psicólogo. O primeiro não identificou nenhum antecedente patológico importante. Doutamente, ele explicou que a consulta revelara um indivíduo calmo, com discurso coerente. Um pensamento lógico. Não encontrara nenhum sinal de dissociação intrapsíquica, nenhuma ideia delirante, nenhuma manifestação alucinatória de natureza a evocar um processo psicótico. O funcionamento intelectual era excelente. O humor do paciente era estável, não se descobriu nenhum antecedente pessoal do tipo ciclotímico. Por ora, Alexandre não sofria efeitos de um distúrbio psiquiátrico capaz de abolir seu discernimento ou o controle de seus atos. Dez minutos mais tarde, por videoconferência, uma psicóloga de seus cinquenta anos descreveu Alexandre Farel como um rapaz muito inteligente, educado, cordial. Ele se mostrara cooperativo ao longo de toda a consulta. "Sua linguagem é bem rica, ele se expressa bem e com facilidade." Quanto aos fatos que lhe pesavam, ela explicou à corte que Alexandre poderia ter sentido necessidade de se assegurar de sua virilidade se persuadindo de que era capaz de dar prazer sexual a uma moça. "A ruptura com sua namorada provocou nele um choque afetivo e narcísico evidente, colocando em questão sua virilidade e desencadeando uma angústia relativa ao abandono. Aliás, ele reconhece ter 'perdido a cabeça' e se isolado socialmente após essa ruptura." Ela ponderou que os pais estavam frequentemente ausentes. "O interessado descreveu seu pai como autoritário e egocêntrico. Admitiu não se sentir próximo dele na medida em que costumavam se ver muito pouco: *somente seu trabalho o interessava*." Ao ouvir essas palavras, Jean se levantou e saiu da sala alguns minutos antes da presidente anunciar o fim da audiência. Ele não aguentava mais essas análises psicológicas *desprezíveis*. Assim que chegou lá fora, desligou seu celular e caminhou longamente até o domicílio de Françoise. Antes de subir ao seu apartamento, passou numa *delicatéssen* a fim de comprar o que ela apreciava: presunto de Parma, tomates-cerejas, damasco e chocolate amargo. Quando entrou, surpreendeu-o o odor de água de colônia que pairava no ar — a pessoa que ele contratara, com seus próprios recursos para cuidar dela, não parava de borrifar em Françoise, apesar das repreensões de Jean, que não suportava esses eflúvios adocicados: "Isso me lembra minha avó", ele lhe dissera um dia, mas, em resposta, ela dera com os ombros.

Françoise estava sentada em sua poltrona de veludo púrpura recoberta de um tecido furta-cor que comprara em Cabul, Claude a seus pés, diante de um televisor que transmitia um documentário sobre animais. "Ah, é você, seu canalha!" ela exclamou. Jean havia se acostumado a essa obscenidade que contaminara sua linguagem por conta de sua doença. Ele respondeu prontamente: "Oi, minha querida." O estado de saúde de Françoise se degradara de modo brutal em seis meses. Agora ela só o reconhecia uma vez a cada três e ele ainda não tinha certeza. Depois de sua tentativa de suicídio e sua hospitalização, ela fora demitida do jornal, passando a fazer freelances em revistas sem grande prestígio, em seguida criou seu próprio blog — que ninguém lia — e cuja redação cotidiana lhe dera o sentimento de existir, antes de renunciar a tudo, quando a doença começou a se manifestar com maior violência. Desde que deixara suas funções, Françoise não recebia visitas nem telefonemas. Seu nome não significava mais nada para ninguém. Aqueles com quem trabalhara durante anos lhe endereçavam nas datas festivas um e-mail (uma mensagem de grupo, sem referência personalizada) ou um SMS adornado de um *smiley*. Mais nada. Naquela mesma manhã, o jornal no qual ela passara a maior parte de sua carreira publicara um necrológio de uma atriz que fora escrito por Françoise alguns anos antes, quando ela entrara em coma, após um acidente doméstico. Jean entregou um exemplar do jornal para Françoise: "Tem um artigo seu." Sua reação foi simplesmente jogar o jornal no chão. Ele o lera e teve a impressão, percorrendo o texto a fim de identificar a escrita fina e alerta da mulher que amava, de que ela falava de si mesma. Ao longo de todos os estágios de sua doença, ele se mantivera a seu lado e continuava a visitando e cuidando dela. Françoise não ficara sabendo que ele refizera a própria vida, pois não saía mais de casa e não lia mais.

Françoise parecia absorvida pelo documentário sobre animais. Jean se dirigiu à cozinha, Claude em seus calcanhares. Colocando as compras que fizera sobre uma bandeja, ele voltou à sala e pôs tudo sobre a mesa da sala de jantar. "Vem jantar, minha querida, comprei tudo o que você gosta." Ele a ajudou a se levantar, se instalar à mesa, enquanto Claude não saía de perto, na esperança de conseguir um pedaço de presunto. Françoise mordeu um tomate, a seiva escorreu nos seus lábios e sobre seu queixo, manchando sua blusa rosa. Jean enxugou delicadamente sua boca com um guardanapo. Quando ela terminou, ele a auxiliou a sentar-se em sua poltrona e se deitou num sofá, a um metro dela. Claude se aninhou a seus pés. Na cômoda da sala, ele apanhara o catálogo do organismo que propunha um suicídio assistido, assim como os documentos que Françoise assinara quando a doença se agravou brutalmente.

Muita gente teme se encontrar um dia no hospital, inconsciente ou num estado desesperador, e ser então conectado por um período prolongado aos aparelhos que mantêm artificialmente a vida. Para não se encontrar à mercê dessa medicina desumanizada, só há uma solução que deu provas de eficácia: uma declaração exigindo o direito de morrer com dignidade.

Quem sofre de uma doença incurável ou de uma deficiência insuportável e, por essa razão, deseja pôr um fim aos seus dias, pode, enquanto membro de DIGNITÉ, solicitar ajuda à associação para ajudá-lo a encerrar a própria vida. DIGNITÉ dispõe do medicamento letal necessário, um barbitúrico dissolvido na água, que age rapidamente e não provoca absolutamente dor alguma. Após a absorção, o paciente adormece em poucos minutos e passa tranquilamente e sem qualquer sofrimento do sono à morte.

Jean releu várias vezes essas palavras; "tranquilamente, sem qualquer sofrimento". Em seguida, retomou sua leitura:

(...) Num suicídio assistido, há sempre pelo menos duas pessoas presentes para testemunhar a evolução do procedimento. DIGNITÉ faz absoluta questão de que as pessoas que "desejam partir" possam comunicar a seus próximos essa decisão com suficiente antecedência: uma "grande viagem" exige preparativos minuciosos e despedidas correspondentes.

Jean observou Françoise, que adormecera diante do televisor, o rosto inclinado para o lado. "Uma grande viagem" — um plumitivo devia ter recebido trezentos euros para achar essa expressão ridícula. Todos iam *morrer um dia e acabar decompostos dentro de um caixão de três mil euros*. A grande viagem, eles já haviam realizado: foram cinco dias no Camboja no inverno de 2000, não haveria outra. Ele se levantou, pôs um disco: a *Sinfonia nº 8* de Dvorák. "Até breve, meu amor", murmurou ele, saindo da sala. Depois deixou um bilhete para a cuidadora que se ocupava de Françoise em que lhe pedia para avisá-lo quando ela retornasse. Excepcionalmente, ele desceu pelo elevador, sentia-se cansado demais para usar as escadas. No espelho mal iluminado, viu seu rosto exausto, as olheiras roxas sob seus olhos, a pele flácida — envelhecer o revoltava. Ligando seu celular, viu que recebera uma nova mensagem: era Quitterie lhe pedindo para comprar pão e fraldas antes de voltar.

6

Na manhã seguinte, a presidente anunciou que daria início ao interrogatório de Mila Wizman. A jovem tremia ao se aproximar do banco das testemunhas:
— Eu não vou conseguir.
— O que você espera deste processo?
— Que seja reconhecido o mal que ele me fez.
— Você tem um namorado?
— Não.
— Em janeiro de 2016, o que você fazia?
— Eu cursava o último ano do ensino médio.
— Em que circunstâncias você conheceu Alexandre Farel?
— Na noite de 11 a 12 de janeiro de 2016, eu o acompanhei a uma festa. Ele foi educado e gentil, confiei nele e nós conversamos. Ele me ofereceu uma bebida, eu disse não, ele insistiu muito, dizendo que era um champanhe de marca importante, tomei uma taça porque não queria que pensassem que eu estava com medo, então bebi. Comecei a ficar tonta, com vontade de vomitar, eu lhe disse que ia tomar um pouco de ar fresco e ele me seguiu porque, supostamente, era perigoso uma garota sozinha em Paris. Na rua, andamos e conversamos e, depois, ele me pediu para o esperar por cinco minutos. Vi ele falando com um homem e trocando alguma coisa. Quando voltou, ele me disse que tinha maconha e me pressionou a fumar. Disse que não havia risco num local ali perto e eu o segui porque não sabia o que fazer para não passar por uma idiota e também porque não podia voltar para a festa sem ele. Eu estava alcoolizada também.
— Você faz uma ideia de que horas eram quando Alexandre Farel propôs que você o seguisse?
— Por volta das 23 horas ou meia-noite, não me lembro mais.

— Quanto tempo se passou?
— Não sei, quarenta minutos, talvez mais, talvez menos.
— A polícia informou que certas coisas não estavam claras. Você afirmou não ter consumido droga, mas as análises toxicológicas provaram o contrário.
— Tive medo de que dissessem que tinha fumado, que estava confusa, eu não queria nenhum problema, tive medo de que me dissessem que eu não estava num estado normal, ou algo assim.
— E quanto à droga?
— Eu não queria problema com a polícia.
— Você já teve algum?
— Não, nunca.
— Ninguém fuma na sua família?
— Não. Minha mãe é... como dizer? Ela é muito severa quanto a isso.
— Sua família bebe?
— Não.
— Durante o trajeto, Alexandre Farel tentou beijá-la ou abraçá-la?
— Tentou. Ele pôs a mão no meu ombro.
— E o que ele disse para você?
— Disse que eu era bonita, esse tipo de coisa.
— Ele colocou a mão no seu pescoço?
— Sim.
— Você deixou que o fizesse?
— Não exatamente.
— O que quer dizer?
— Eu retirei sua mão, mas ele insistiu.
— E você não disse nada?
— Quando ia dizer, ele retirou a mão.
— Você o seguiu até o local?
— Segui. Para fumar, só para isso. Estava tonta por causa do álcool, eu nunca bebo, senhora.
— Não há aqui nenhum julgamento de valor, senhorita. É ele que está sendo julgado, não você. Então, você fumou?
— Foi, uns cinco minutos.
— Você sentou-se no chão?
— Sentei, em cima do papelão. Ao lado, havia uma lata de lixo.
— E depois?

Ela começou a chorar.

— Ele pediu que você lhe fizesse uma felação, foi isso?

— Ele agarrou meu pescoço e pressionou minha cabeça contra seu sexo.

Ela se contorceu no banco, esfregou as mãos no seu jeans num tique nervoso, à beira de um colapso.

— Você concordou ou não? Foi passiva ou ativa?

— Eu não concordei!

— Você expressou seu desacordo através da palavra, ou gesto?

— Antes, eu lhe disse que tinha um namorado, mas eu não podia fazer nada, ele pôs seu...

Ela soluçou.

— ... seu sexo na minha boca.

— Ele estava com uma ereção?

— Estava.

— Ele machucou você?

— Ele estava segurando meus cabelos assim, como se fossem a correia de um cão, e puxava.

Essas palavras foram pronunciadas junto aos gestos imitando a cena.

— Você cedeu?

— Eu estava aterrorizada! A expressão dele era a de um louco, eu tive muito medo.

— Você gritou?

— Não me lembro.

— Você sentiu vontade de beijá-lo?

— Não!

— Isso durou quanto tempo?

— Cinco minutos, talvez.

— Ele ejaculou?

— Sim, nas minhas nádegas.

— E depois, o que aconteceu?

— Depois, ele disse para eu me deitar e despejou o pó branco sobre minha barriga e cheirou.

— Você não contestou?

— Eu estava com medo. Depois disso, ele começou a tocar nos meus seios e embaixo também, eu vi que queria ir mais longe, ele insistia.

— Você disse não nesse momento?
— Estava com medo, não conseguia sequer falar! Foi como se estivesse dividida, eu via meu corpo mas eu não estava mais ali, estava com tanto medo...
— E depois? O que aconteceu?
— Ele pôs seu corpo sobre mim para me impedir de partir.
— Você manifestou o desejo de partir?
— Não sei mais, não me lembro, estava com medo.
— Você estava vestida?
— Sim, com jeans.
— O que aconteceu então?
— Ele disse: "retire seu jeans."
— Ele deu uma ordem e você obedeceu.
— Estava com medo, eu já disse.
— O que ele disse?
Ela recomeçou a soluçar.
— Ele disse: "retire seu jeans."
— Você não pôde fugir nesse momento?
— Não, estava com muito medo.
— De que você tinha medo?
— Quando a gente estava na rua, ele me disse que, por causa dos atentados terroristas, ele carregava sempre uma faca.
— E você a viu?
— Vi.
— Mas essa faca, você a viu? Você declarou, primeiramente, que ele a ameaçou com a faca, depois que não existia faca alguma.
— Eu não a vi, mas sabia que tinha uma com ele, pelo que ele falou.
Ela enxugou as lágrimas que escorriam pela sua face.
— São apenas perguntas, senhorita. Estou tentando entender.
— E o que eu devia fazer? Um cara diz para você que está com uma faca...
— Você temia que ele a agredisse?
— Sim. Eu não podia me levantar. Ele retirou minha calcinha.
— E o que você fez?
— Nada.
— E depois?
Ela não respondeu.

— Ele a penetrou?
— Ele enfiou seus dedos no interior.
— Você quer dizer que ele colocou os dedos dentro de seu sexo?
— Sim.
— Isso durou muito tempo?
— Não, mas doía, com o movimento.
— Você chorou?
— Não sei mais, eu não estava em meu estado normal.
— E ele disse alguma coisa?
— Ele me disse para não resistir, que eu gostava daquilo e que pararia depois de me fazer gozar.
— O que ele pediu depois?
— Depois, ele me empurrou para trás e me penetrou com seu sexo. Ela chorava.
— Ele colocou um preservativo?
— Acho que não.
— Como você estava se sentindo fisicamente no momento? Sentiu vertigens? Estava consciente?
— Senti vertigens.
— Você sentiu quando ele ejaculou?
Os soluços paralisaram a sala.
— Ele ejaculou?
— Sim, na parte inferior das minhas costas.
— E depois?
— Ele vestiu a calça e eu minhas roupas. Depois, ele disse que ia voltar para a festa. Eu disse que ia voltar para minha casa.
— Vocês saíram desse local e seguiram andando, juntos, no sentido inverso. Você caminhou com ele, você não saiu correndo?
— Não. Eu estava com muito medo... Eu já disse, pensei que ele carregava uma faca. Depois, ele me contou que era apenas um trote e que ficara com minha calcinha por isso. Comecei a chorar, acho que ele pediu desculpa. E depois, foi embora.
— Nesse momento, você disse que avistou o traficante.
— Foi. Ele me viu chorando. Eu chamei um táxi.
— Por que não seguiu diretamente para a delegacia?
— Eu estava aterrorizada, queria ver minha mãe.
— E ao chegar em casa, o que aconteceu?

— Minha mãe me ouviu chorando, ela se levantou e me perguntou o que havia acontecido, onde estava meu pai, se alguém tinha me machucado, e eu lhe contei tudo.
— Foi ela quem a aconselhou a dar queixa?
— Foi.
— E foi o que você fez?
— Não, fui me deitar, estava com sono.
— Vestida?
— Sim. Deitei na cama e dormi.
— Quando acordou, sua mãe estava lá?
— Sim. Ela me disse que era preciso chamar a polícia e foi o que fiz. Depois, a gente foi dar queixa na delegacia.
A presidente deixou instalar-se um breve silêncio e depois perguntou:
— Alguma pergunta a mais? Senhores jurados?
Ninguém se manifestou.
— Com a palavra, a advogada da vítima.

Doutora Ferré se levantou e se aproximou de sua cliente.
— Você disse ter informado a Alexandre Farel que tinha um namorado e lhe ter feito entender que você não queria ter relação sexual com ele...
— Sim.
— E o que ele respondeu?
— Nada, ele continuou.
— Você declarou que, antes da felação que ele lhe impôs, ele teria dito: "Shhh! Cale a boca, piranha!"
— Sim, foi o que ele disse.
Mila chorava.
— Quando você foi à delegacia e deu queixa, sua impressão era a de que estavam levando você a sério?
— Não.
— O que disseram a você?
— Perguntaram se eu tinha certeza, se não estava mentindo. Um dos policiais chegou mesmo a dizer, rindo: Nós registramos todas as queixas, mas para que isso dê em alguma coisa, é preciso realmente que haja sangue. Eles me perguntaram se eu tinha sido espancada, mas minha impressão era a de que o que eu dizia não tinha importância.

A palavra foi dada ao procurador.

— A senhorita acabou de dizer que tem a impressão de que sua palavra não valia nada. Mas sua palavra tem valor, eu lhe disse, a justiça acredita em você.

Mila enxugou o rosto. Alexandre baixou a cabeça sobre as pernas.

— Você está tentando esquecer, é isso?

— Sim.

— Isso explica porque você é, às vezes, imprecisa...

Mila assentiu com um gesto da cabeça.

— Você diz que ele pronunciou essas palavras: "Shhh! Cale a boca, piranha, faça o que eu digo e pronto!" É verdade isso?

— Sim, é.

— Eu acho que você precisa se expressar, se quiser sair daqui diferente da moça que era ao entrar. Você tem certeza de que ele entendeu direito que você não concordava com aquilo?

— Sim.

— Você se recorda de lhe ter dito que tinha um namorado?

— Sim, na festa.

— Isso não o dissuadiu?

— Não.

— Você teve a impressão de ser somente um objeto nas mãos dele...

— Sim, é isso. Uma coisa que não vale nada, um lixo que ele ia jogar fora depois.

— Você sentiu medo?

— Sim, muito. Eu tive muito medo, foi horrível.

Ela tremia.

— Você o obedeceu porque estava com medo?

— Sim.

— Você disse: "Ele me forçou".

— Sim.

— Ele segurou sua cabeça?

— Sim, ele puxou com força, doía.

Ela chorava.

— Peço desculpas, estou com vergonha.

— Todas as pessoas que passam por aqui se sentem sujas, elas têm vergonha e têm medo que não acreditem nelas. Não é você que deve sentir vergonha.

O promotor deixou se instalar um silêncio.

— Desde os fatos, há um antes e um depois, não é?

— Sim, eu não saio mais de casa. Mesmo se o dia está lindo, fico trancada em casa comendo qualquer coisa.

— O que você espera da justiça?

— Eu não sei... Mas o que ele fez comigo, isso me destruiu.

Era a vez do advogado de Alexandre fazer suas perguntas a Mila Wizman. Doutor Célérier se levantou, apalpando nervosamente a gola de sua toga.

— Senhorita, eu agradeço por ter se expressado, isso era necessário. Nós não estamos questionando seu sofrimento, mas nosso cliente não tem a mesma percepção das coisas. Vou precisar agora perguntar algumas coisas desagradáveis, pois o que nos interessa é saber *como* chegamos a esse ponto. Você concorda em reconhecer que, quando se está em estado alcoólico, pode se fazer coisas anormais?

— Não sei, não tenho o hábito de beber.

— Por que aceitou acompanhar Alexandre Farel até a rua e, depois, ao local onde ocorreram os fatos?

— Porque eu estava me sentindo mal. Ele disse que íamos lá só para fumar, eu acreditei nele.

— Alexandre Farel a abraçou na rua. Em seguida, vocês foram comprar maconha. Você achou que isso era algo normal?

— Não sei, foi assim que aconteceu, foi ele quem decidiu.

— No caminho, o que ele lhe disse?

— Disse que eu era bonita, essas coisas.

— Então, se o seguiu foi porque essas palavras a lisonjearam...

— Não sei, eu estava mal por causa do álcool, não estou acostumada, eu já disse.

— Ao chegar ao local, você não pensou que Alexandre Farel podia legitimamente achar que você estava interessada nele?

— Não sei.

— Ponha-se no lugar dele. Na sua opinião é algo aberrante, absurdo, impossível que ele pensasse assim?

— Talvez...

— Então, talvez, ele poderia pensar que você tivesse vontade de ir mais adiante com ele.

— Não, eu não queria!

— Mas, assim que chegaram, você aceitou que ele a beijasse.
— Não tive escolha.
— Você poderia ter ido embora, já que não estavam trancados em algum lugar...
— No início, eu não sabia e, depois, fiquei com medo por causa da faca.
— Mas essa faca você nunca a viu, não é?
— Não.
— Por que não havia faca alguma.

Ele se endireitou, calou-se um instante, antes de varrer com o olhar o conjunto dos jurados.

— Não havia faca alguma.
— Mas foi o que ele disse antes e eu acreditei.
— Você o acha bonito?
— Não sei.
— Estou perguntando apenas se o acha atraente.
— O que isso tem a ver? O que muda com isso?
— Você o achava bonito, ele então disse a si mesmo que talvez estivesse interessada nele...
— Não, eu não queria fazer aquilo.
— Por quê? Você tem um namorado?
— Tenho.
— Você declarou aos investigadores que era virgem mas, depois, os resultados ginecológicos mostraram que você já teve relações sexuais antes.

Ela chorava.

— Eu menti porque senti vergonha.
— Por quê?
— Tive medo de que minha mãe descobrisse, ela não sabia. É uma pessoa muito rigorosa, eu já disse.
— Para sua mãe é importante ser virgem?
— É, ela é judia e muito praticante.
— Você já teve relações sexuais antes?
— Já.
— Com quem?
— Com um único homem.
— Isso durou muito tempo?

— Algumas semanas.
— Por que durou apenas algumas semanas?
— Ele queria que parássemos.
— Que idade tinha ele?
— Trinta e dois anos.
— E você tinha?
— Dezessete anos.
— Esse homem era solteiro?
— Não.
— Era casado e tinha filhos?
— Sim. Três.
— E você sabia?
— Sabia.

— Portanto, antes de conhecer Alexandre Farel, você manteve uma relação com um pai de família quinze anos mais velho e você afirmou à polícia que era virgem...

— Sim, eu estava muito mal na época, ainda estava com sequelas psicológicas do ataque terrorista na minha escola, minha mãe se tornou cada vez mais religiosa, eu estava sufocando naquele ambiente, não passei no meu exame, tudo estava dando errado.

— E, nesse período, você também tomava antidepressivos?
— De vez em quando, alguma coisa para dormir.

Doutor Célérier deu alguns passos e depois retornou ao seu lugar:

— Senhorita Wizman, por que você rompeu esse relacionamento?
— Foi ele, porque não queria deixar sua esposa.
— É verdade que você o ameaçou de enviar à sua esposa todos os SMS trocados entre vocês dois?
— É. Mas eu estava muito mal.
— Senhorita Wizman, você tem ressentimento em relação aos homens?
— Não!

Doutor Célérier interrompeu suas perguntas por um instante.

— Recapitulemos os fatos... No local, Alexandre Farel começa a lhe fazer carícias, mas você não reage imediatamente.
— Eu estava chocada, foi por isso.
— Você se despiu. Portanto, não se sentia em perigo, já que retirou seu jeans.

— Eu estava com medo, ele me obrigou.
— Mas você não gritou.
— Não sei mais, acho que não. Num momento, ele pôs a mão sobre minha boca. Eu estava assustada!
— O réu diz que ele deslizou o dedo dentro da sua boca... Você descreve um gesto de violência e ele não, sugerindo o caráter erótico de seu gesto.
— Não, não foi assim... não é verdade.
— Ele agiu de forma violenta? Ameaçadora?
— Ele puxou meus cabelos no momento da felação que me obrigou a fazer e, depois, apertou meus punhos. Ele me olhou de maneira cruel e disse: "Retire seu jeans."
— Meu cliente diz que você não manifestou sua oposição de maneira clara...
— Não estou entendendo, era evidente que eu não estava a fim, ele sabia o que estava fazendo.
— Você gritou pedindo socorro?
— Não.
— Nada mais a acrescentar.

Mila se desmanchava em lágrimas. Doutor Rozenberg declarou à presidente que Doutor Célérier havia sido muito ofensivo. O promotor declarou que o advogado de defesa não devia tratar mal a vítima. Ele perdeu a calma: as questões tinham sido orientadas, brutais, ele jamais vira tal coisa. Doutor Célérier lhe respondeu que estava defendendo seu cliente: "É ele que corre o risco de passar vinte anos atrás das grades, é meu dever revelar a verdade, eu respeito a dor da denunciante, mas estamos diante de incoerências." A presidente pediu que a audiência fosse interrompida por quinze minutos.

Assim que os debates recomeçaram, Doutor Célérier se dirigiu a Mila Wizman. Explicou-lhe que não tinha a intenção de magoá-la, mas simplesmente trazer à tona a verdade.
— Senhorita Wizman, você já foi agredida sexualmente antes desse encontro com Alexandre Farel?
— Não.
Ele deixou transcorrer um silêncio.

— No entanto, em sua conta Twitter, no dia seguinte à divulgação do caso Weinstein e do lançamento da campanha #MeToo, na França, pode-se ler o seguinte tweet: *Eu estava com 13 anos e numa colônia de férias, adoentada, o monitor do grupo entrou no meu quarto para supostamente verificar minha temperatura e pôs a mão dentro da minha calcinha. #BalanceTonPorc* você se lembra desse tweet?

Ela recomeçou a chorar.

— Senhorita Wizman, você se recorda de ter escrito esse tweet?

— Não sei mais.

— Você não se lembra de ter sido agredida por esse monitor ou de ter postado esse tweet?

— De ter escrito isso.

— Mas você confirma a agressão?

— Sim.

— Em que ano você partiu de férias nessa colônia, senhorita Wizman?

— Não me lembro mais.

— No entanto, isso é importante, pois você afirma ter sido agredida sexualmente pelo monitor da colônia.

— Eu tinha treze anos.

— O problema é que a única vez que você saiu de férias sem seus pais foi numa colônia ecológica, quando você estava com dez anos.

— É a verdade, mas não aconteceu numa colônia de férias, foi na casa de uma amiga, foi o pai dela que fez isso.

— Por que você não deu queixa?

— Ele disse que eu não devia falar.

— Não tenho mais perguntas.

A presidente pediu a Alexandre Farel para se levantar. Desejava ele acrescentar alguma coisa? Não, nada tinha a dizer. A audiência foi encerrada para ser retomada às 14 horas.

7

A psicóloga que examinara Mila Wizman seis meses após os fatos, a pedido do juiz de instrução, foi chamada ao banco das testemunhas. Ela explicou que Mila Wizman apresentava um perfil clínico normal e isento de patologias médicas suscetíveis de alterar seu discernimento: "Trata-se de uma pessoa de natureza mais reservada e introvertida. Às vezes, tem dificuldades para expressar e exteriorizar seus sentimentos, o que explica o colapso psicológico reacional em relação aos fatos dos quais foi vítima. Durante o episódio, ela parecia ter apresentado um estado de perplexidade que não permitiu que se defendesse. Ela desenvolveu uma síndrome de depressão e ansiedade muito severa, pontuada de crises de angústia, e ela ganhou peso." A psicóloga contou que Mila Wizman teve uma infância feliz, até a chacina em Toulouse. "Mila é muito próxima de seu pai, mas não se sente bem desde que seus pais se divorciaram. Disse que gostava da nova companheira de seu pai, ainda que a desaprovasse por ter destruído sua família. Sua mãe, Valérie Berdah, com cerca de quarenta anos, vive no Brooklyn, onde refez sua vida com um homem oriundo do meio judeu ortodoxo. Juntos, eles tiveram um filho. A filha caçula mora com eles. Mila não tem praticamente mais contato com sua mãe: *Meus pais se desentenderam por causa da separação e minha mãe me criticou muito por ter vindo morar com meu pai na França*. Ela tem um forte sentimento de culpa pois sua mãe lhe repete o tempo todo que, se tivesse ficado nos Estados Unidos com ela, nada disso teria acontecido. Sua mãe estava de passagem por Paris para ver sua filha quando os fatos se sucederam.

Mila havia se adaptado bem à escola, até o ataque terrorista ao estabelecimento. A partir de então, ela teve problemas psicológicos e não passou nos exames finais do ensino médio. Na época dos fatos, ela tentava passar no exame pela segunda vez, estudando em casa. Seus antigos professores dizem que é uma moça inteligente, mas perturbada pelos acontecimentos que afetaram sua vida: a chacina em sua escola, para começar, seguida de uma partida precipitada para Israel que se revelou um fracasso. É nesse clima de instabilidade que Mila evoluiu, antes do drama. Fisicamente, Mila é uma moça bonita, mas que se descuidou depois do estupro, procurando esconder e maltratar seu próprio corpo. De início, ela estabelece um contato complicado, mostra resistência, mantém-se na oposição, depois se adapta aos poucos à relação ao longo das sessões. Ela descreve uma infância feliz até os treze anos, reconhecendo ao mesmo tempo que seu temperamento é difícil. Seus distúrbios de temperamento se acentuaram na adolescência, após o atentado e a transformação religiosa de sua mãe, e, sobretudo, depois da partida desta, o que a fez sentir-se abandonada. Mila foi acompanhada por vários psicólogos ou psiquiatras. Ela me revelou igualmente que, na adolescência, foi tocada pelo pai de uma amiga quando passou a noite na casa dela, mas que por muito tempo ela negara o acontecimento. Também me disse que, após o estupro do qual afirma ter sido vítima, ela contava aos rapazes que tentaram seduzi-la que tinha um câncer no útero — o que é falso — com o único objetivo de mantê-los afastados. Atualmente, apesar das dificuldades de temperamento correspondentes a um sofrimento agudo devido ao estupro, ela apresenta uma personalidade normal. Ela é sensível ao ambiente, capaz de se adaptar. Mas tem dificuldades para se concentrar e conservar as relações com suas amigas. Ela diz: *Elas não podem entender o que eu vivi*. Ela adora cinema, assiste a filmes na cinemateca, tira férias com seu pai, na montanha, na maior parte das vezes, pois ela adora a natureza. Seu humor é instável com repentinos acessos de choro. Nunca fez tentativa alguma de suicídio porque, segundo suas palavras, é proibido pela sua religião. Ela não consome álcool. Sobre sua vida pessoal, sua pubescência teve início aos doze anos. Foi instruída sobre a sexualidade por uma amiga, seus pais não falavam sobre o assunto. Ela teve um relacionamento com um homem casado, que durou alguns meses. No futuro, ela afirma que não pretende se casar nem ter filhos. Sobre a experiência dos fatos, é claro que ela se revolta com a ideia de precisar voltar a falar sobre isso. Ela diz: *A cada vez que falo disso, começo a chorar. Fui muito ingênua. Eu o segui sem ver mal algum nisso e, quando chegamos no local, quando ele abriu a calça, eu percebi que estava ferrada. Não ousava gritar porque achava que ele ia me matar se eu dissesse alguma coisa. Dava para ver que eu estava aterrorizada. Não havia escolha. Não adiantava nada gritar ou me debater porque ele era mais forte do que eu. Eu me disse que, se fingisse um pouco de gentileza, se fizesse o que ele pedia, tudo passaria mais rápido e eu poderia fugir. Ele sabia que eu não queria.* Mila descreve muito bem a manipulação de que foi vítima, em seguida, sua estratégia de defesa: essa aparente submissão para não incitar uma eventual violência de seu agressor. Ela expressou claramente seu desacordo quanto à relação sexual. Ela manifestou seu medo, sem que seu agressor mudasse de comportamento. O impacto é significativo e típico das sequelas que podemos observar nas vítimas de estupro. Mila apresenta sinais de angústia que se expressam por distúrbios do sono. Tem dificuldades para adormecer e desperta durante a noite. Tem pesadelos nos quais revê a cena do estupro. Durante o dia, ela tem flashes da cena que se abatem sobre ela quando está lendo para relaxar ou quando assiste à televisão. Pode-se notar um distúrbio da imagem do corpo com a impressão de estar suja. Ela tem rituais de banho. A sensação de estar suja a leva a provocar vômitos após comer. Encontramos também distúrbios de adaptação social: ela não confia em ninguém, tem medo dos homens. Sua imagem de si mesma está degradada, sente vergonha, critica a si mesma: *Sinto remorsos por ter ido lá*. Finalmente, ela apresenta uma inibição sexual: *Não voltarei a fazer amor até encontrar um homem em quem confiarei de verdade*. Depois, acrescenta: *Acho que isso nunca vai acontecer*.

O exame da personalidade de Mila não revela anomalias mentais ou psicológicas. Ela apresenta um grau de inteligência normal. Não é particularmente influenciável nem impressionável, mas ela se encontrava no momento dos fatos numa situação de consternação que enfraqueceu muito seu discernimento, posto que consumiu álcool e maconha. Seu nível de informação na questão sexual é normal. Mila Wizman é uma pessoa confiável. O impacto pós-traumático que apresenta corresponde ao que é observado habitualmente nas vítimas de estupro. Isso é importante, pois afeta sua personalidade."

8

Algumas semanas antes do início da audiência, Claire assistira a processos judiciais a fim de se preparar para o que a aguardava. Após acompanhar quatro ou cinco julgamentos, sua convicção era a de que se podia determinar o estado de uma sociedade pelo funcionamento de seus tribunais e pelos casos que eram julgados: a justiça revelava a fatalidade das trajetórias, as fraturas sociais, os fracassos políticos — tudo o que o Estado procurava ocultar em nome de uma certa coesão nacional, talvez também para não ser confrontado com suas deficiências. Os itinerários pessoais das vítimas, como os dos réus, eram em grande parte relatos plenos de horrores, matéria eruptiva e contagiosa, em que cada detalhe narrativo refletia a fragilidade das coisas. Existências tranquilas haviam bruscamente se transformado num pavor, e durante vários dias, jurados, auxiliares da justiça e juízes tentavam entender o que se produzira, numa dado momento, dentro da vida de um ser.

Toda visita ao Palácio de Justiça obedecia ao mesmo ritual: Claire entrava numa sala, assistia ao processo em andamento. Permanecia durante algumas horas, saía, ia para outra sala. Sua preferência era pelo tribunal criminal, pois era este que julgaria seu filho. Num espaço proibido ao público, papéis coloridos colados na parede anunciavam a ordem dos processos. Estupro grupal contra menor de idade cometido por ascendente, com ou sem armas, assassinato, terrorismo — uma certa representação da selvageria humana. Ela chegou cedo e se instalou na área reservada ao público. Ela havia lido *Souvenirs de la cour d'assises*[12], de André Gide; descobria o que se revelava nas

---

[12] *Recordações do tribunal penal.*

cortes de justiça, "a que ponto a justiça humana é uma coisa duvidosa e precária". Um dia, um egípcio de uns sessenta anos anos foi julgado por ter estuprado, por um período de três anos, umas vinte prostitutas chinesas sob a ameaça de uma faca. O homem, que suas vítimas chamavam de o *homem da faca*, vivia na França há vários anos e praticamente não falava francês; as vítimas tampouco, de tal forma que foi preciso convocar tradutores. O processo tinha uma clima kafkiano. A tradução tornava as falas niveladas e acadêmicas, quase administrativas, ao passo que os fatos relatados eram de uma violência inacreditável. As prostitutas eram originárias de uma das regiões mais pobres da China. Elas trabalhavam no bairro de Belleville, trinta euros por cliente, às vezes menos — a tarifa mais baixa que se pode achar, excetuando-se as moças viciadas em crack que estavam prontas a se entregar por dez euros nas saídas de Paris, quando a fissura era forte demais. Quadragenárias, as prostitutas chinesas constituíam uma mão-de-obra barata em comparação às jovens do leste ou da África, que eram muito jovens, mas valorizadas. O acusado havia sido um homem respeitado, no Cairo. Tivera um bom trabalho, uma família afetuosa — por que, como, na França, ele se tornou *O homem da faca*? Como havia se transformado? O que se expressava dentro da sala de audiência de um tribunal era o relato de existências devastadas, era a violência, as chagas de humilhação, a vergonha de se encontrar do lado errado, de ter cedido aos determinismos, ao desejo, ao orgulho; de ter cometido uma infração, um erro de discernimento; de ter sido leviano, ganancioso, manipulado, manipulável, impotente, inconstante, injusto, de ter amado demasiadamente o sexo, o dinheiro, as mulheres, o álcool, as drogas; de ter sofrido ou feito sofrer; de ter confiado, por cegueira/amor/fraqueza; a vergonha de ter sido violento, egoísta, de ter roubado/estuprado/matado/traído; de se encontrar no lugar errado, no momento errado, de ter pago pela sua infância, os erros dos seus pais, o abuso dos homens, a própria loucura deles; a vergonha de revelar sua vida, sua intimidade, entregue incondicionalmente a desconhecidos; de contar o medo que os intoxicava, como uma segunda pele urticante, uma perfusão venenosa; a vergonha de ter estragado cada uma de suas chances, com dedicação.

    Claire continuava afirmando publicamente que estava convencida da inocência de seu filho, mas depois de escutar o testemunho de Mila, ela duvidava. E se ele a tivesse *realmente* estuprado? Quando leu o conteúdo de seu primeiro interrogatório, já se abalara pelo relato preciso e cru dessa noite de horror. Mas se tratava de seu filho, de *seu* menino. Ela fracassara. Sua mãe lhe ensinara a se proteger contra as investidas dos homens, mas ela não soube ensinar a seu próprio filho que um desejo não podia ser imposto pela força. Ao sair da sua prisão preventiva, ela lhe perguntara sem rodeios: Ele havia estuprado Mila? E ele respondera que não acreditava que a tinha estuprado. Talvez tivesse sido "insistente sob efeito do álcool e da cocaína", ele talvez "tivesse ido um pouco longe demais", mas devia ela condená-lo perpetuamente por causa de "uma noite de excessos"? Ele não tinha desejado lhe fazer mal, e se ele tinha "escorregado", se havia sido "um pouco brutal" e se "enganara sobre as intenções da filha de Adam", ele *lamentava*. Claire o apertara em seus braços, repetindo-lhe que acreditava nele e que ele devia parar de "beber" — de *beber* e não de forçar uma moça, foram suas palavras. Ela se arrependia agora, havia sido cúmplice. A que momento ela se enganara? Quando encontrara seu marido e que compreendera, instintivamente, que com ele sua ascensão na escala social seria mais rápida? Quando teve seu filho e que o criara como um rei, fechando-o numa virilidade agressiva? Durante todo o período de instrução do processo, ela vivera isolada, permanecera trancada em casa para não ter que dar sua opinião, mas, no fundo, ela estava arrasada. Como muitas mulheres, ela sofrera sem ousar se revoltar ao assédio, aos comentários sexistas, ao machismo primário. Algumas semanas antes do começo do julgamento, ela havia lido um longo artigo dedicado a Monica Lewinsky na revista *Vanity Fair*. A ex-estagiária da Casa Branca aparecia numa foto sorridente, serena, o corpo moldado em um vestido sóbrio, de um azul bem claro. Pela primeira vez, ela se expressava sobre o movimento #MeToo: "Um dos aspectos mais inspiradores desse novo movimento", dizia ela, "é a grande quantidade de mulheres que se serviram de suas vozes para se apoiarem mutuamente." Ela prosseguia: "Historicamente, aquele que dá forma à história (e é quase sempre um "ele") cria "a verdade". Mas esse coletivo faz cada vez mais barulho e faz ressoar os relatos das mulheres." [...] "Se a Internet já era um tormento para mim em 1998, sua descendente, as redes sociais, foi uma salvação para milhões de mulheres hoje em dia (sem contar todo assédio *on-line*...)." Finalmente, abordava o "caso" com Bill Clinton e, frisando bem que ela concordara com o ato, levantava o problema de abuso do poder. "É complicado. Muito, muito complicado. Qual é a definição do consentimento? 'Dar permissão para que alguma coisa aconteça'. E, no entanto, o que queria dizer essa 'alguma coisa' nesse tipo de situação, tendo em vista as dinâmicas do poder, de sua posição, de minha idade? [...] Ele era meu patrão. O homem mais poderoso do planeta. Tinha vinte e sete anos a mais que eu, com suficiente experiência de vida para dar provas de sensatez". Com alguns dias de intervalo, após meses de ataques e de polêmicas políticas, Huma Abedin, a outra antiga estagiária da Casa Branca, ativa no mesmo período em que Claire, desfilava com sucesso nas roupas do estilista Prabal Gurung na Fashion Week de Nova York, ao lado daquela que havia sido a precursora do lançamento dessa palavra-chave difundida em todo o mundo: #MeToo. Quatro meses antes, Anthony Weiner, o marido de Huma Abedin, havia sido condenado a uma pena de vinte e um meses de cadeia por ter mantido uma relação com uma menor de idade e havia sido encarcerado numa penitenciária federal do Massachusetts. O casal finalmente desistira do divórcio. Agora, era Claire que estava exposta à violência do escândalo, que se encontrava na mira da mídia. Elas eram três mulheres de uma mesma geração, prometidas a um destino invejável, e as três haviam sido impedidas, enfraquecidas, em momentos diferentes de suas vidas, por conta da ação predatória de homens nos quais tinham confiado e, se, contrariamente a Monica Lewinsky, Claire Farel e Huma Abedin não haviam sido vítimas diretas, assim mesmo elas haviam enfrentado a vergonha e a humilhação.

    Claire se lembrava de uma coluna de opinião publicada por um jornal e assinada por algumas mulheres que reivindicavam o direito de ser importunadas. Pela primeira vez, teve vontade de reagir publicamente. Tantas vezes ela havia se encontrado em situações desagradáveis, até mesmo francamente ameaçadoras, que a obrigaram a achar dentro de si recursos para dizer não, para se esquivar e confrontar sem embaraçar aquele cujo comportamento a havia ofendido ou depreciado, sem saber se ele ia se vingar — e de que maneira. Como todas as mulheres, ela aprendera a ser astuta, formal, a se esquivar, a apreender o espaço público para menos temê-lo, ela teve que se adaptar e elaborar estratégias de prevenção. Bem cedo, ela havia desenvolvido mecanismos de defesa: vestia-se como um garoto, escondia os seios, não dormia na casa de suas amigas ("os pais das meninas", repetia sua mãe, "poderiam tocar nela"). Claire se recordava daquela excursão escolar com sua classe, estava com dez anos, durante a qual o monitor vinha toda noite verificar se as garotas tinham retirado a calcinha para dormir. O dia em que o professor de patins tentara acariciar seus seios — tinha treze anos. O dia em que um célebre apresentador de televisão a convocara no seu escritório para tentar seduzi-la; ela recusara. Ao longo dos anos seguintes, ele não mais a chamara para comparecer a seu programa. O dia em que foi convidada, por iniciativa de seu editor, a um jantar organizado por um político, assim que chegou foi submetida a comentários imundos, ela conseguira escapar e, no dia seguinte, seu editor escutou seu relato sobre o jantar e lhe disse com brutalidade: "Você está mentindo." O dia em que um jornalista enfiara discretamente o número de seu quarto de hotel dentro do seu bolso, e ela não foi encontrá-lo e ele não escreveu mais sobre seus livros. O dia em que, na plataforma de uma estação, voltando de um festival literário durante o qual ficou sabendo que seu último ensaio fora indicado como finalista de um prêmio importante, um escritor de seus sessenta anos lhe dissera que ela devia ir para cama com um monte de gente para alcançar o sucesso. O dia em que sua mãe lhe confessara que, ainda criança, seu vizinho havia abusado dela, um homem que considerava como um pai. As mulheres ousavam falar, elas começavam, juntas, a dizer aquilo que tinham suportado, ocultado durante tanto tempo. Para Claire, o dilema era viver uma verdadeira promessa de reorganização social — as mulheres, enfim, contavam o que tinham vivido, algo importante se produzia nessa reapropriação pública de seus valores, essa escuta atenta de suas palavras — e, ao mesmo tempo, analisar com a maior objetividade possível o que fora contado no julgamento, ao passo que, sob o prisma da emoção e do afeto, tudo lhe parecia corrompido, excessivo, pesado — seu filho corria o risco de passar quinze anos preso e ela devia arrasá-lo? Ao longo de toda sua vida, não fizera nada senão agir em contradição com os valores que ela pretendia defender publicamente. Era isso, a violência: a mentira — uma representação falsificada de sua existência. A negação: a forma como tinha substituído a realidade a fim de poder suportá-la.

9

"Pela primeira vez na sua vida, as pessoas vão falar publicamente bem de você durante horas", ironizara o Doutor Célérier, informando que a sessão seria dedicada aos testemunhos de moralidade — todos aqueles que conheciam e amavam Alexandre iam explicar aos jurados a que ponto ele era confiável, responsável e, assim, quem sabe, convencê-los que ele não podia ser o autor de um estupro. Claire Farel foi chamada ao banco de testemunhas. Jean avisara que não estaria disponível, pois devia preparar seu programa, ele daria seu depoimento futuramente. Claire evocou um filho inteligente, calmo e afetuoso. "Sua tentativa de suicídio o aniquilou completamente. Para nós, foi um evento horrível. Depois, estávamos sempre temendo que ele recomeçasse. Até então, seu comportamento era correto. Acho que alguma coisa se rompeu nesse momento, e nunca fomos capazes de consertar, era como essas porcelanas partidas que esperávamos reencontrar a integridade original colando os pedaços, mesmo sabendo que, ao primeiro movimento brusco, elas seriam pulverizadas. Ele descobria o contraste cruel entre os atributos do sucesso, sua exibição, reivindicação, e a realidade da felicidade íntima, mais rara, talvez mesmo inalcançável, em todo caso, foi o que pensei, meu filho não poderá nunca mais ser plenamente feliz. Antes disso, houve minha doença e esse duplo confronto com a morte que, sem dúvida, o fragilizou mais do que pensávamos.

Ela esclareceu que foi uma situação extremamente difícil para ela: "Meu filho nunca foi violento, nem brutal... Queria dizer também que aprendi de verdade a gostar de Mila Wizman, quando moramos com ela, é uma moça sensível e simpática. Vocês imaginam meu conflito: meu filho é acusado de ter agredido a filha do homem que eu amava, com quem acabara de me instalar." Fixando os olhos numa jovem jurada que a escutava atentamente, acrescentou: "Meu sentimento é o de um fracasso absoluto."

A presidente convocou as novas testemunhas, chamadas "de moralidade": duas antigas namoradas, o melhor amigo de Alexandre Farel, um professor de matemática e dois amigos que estavam presentes na festa. Todos pintaram o retrato de um jovem brilhante, estudioso e fiel na amizade. A primeira antiga namorada contou que eles não tinham ido além de algumas carícias, ao passo que a segunda evocou um relacionamento normal. Mas o que era normal e o que não o era? Perguntou a presidente. "Praticar a violência não é nem um pouco o perfil de Alexandre", concluiu categoricamente a moça.

A namorada que antecedera seu encontro com Yasmina Vasseur o descreveu como um rapaz prudente, atencioso, que tinha por vezes bruscos acessos de cólera: "Se encontrasse resistência, ele podia se tornar desagradável." A presidente quis saber se eles tinham mantido relações sexuais e a moça respondeu "não". "Ele logo quis ir mais longe, mas eu recusei porque eu me achava jovem demais. Ele havia sido violento? Coercivo? A garota enrubesceu. A presidente insistiu;

— Várias vezes ele me obrigou a acariciar seu sexo, o que eu não queria fazer. Ele segurava minha mão com força e a pressionava contra seu sexo, ele acariciava a si mesmo utilizando minha mão como se fosse uma marionete.

— E você não considera que isso é "praticar violência"?

— Não sei... São coisas que se fazem. Todas nós já encontramos caras que tentam, insistem e, às vezes, vão fundo.

Numa outra ocasião, no banco de trás do seu carro, ele lhe disse que estava muito a fim dela e tentara retirar seus jeans, mas ela o empurrara e ele não insistira mais. Outra vez, ele lhe propusera uma sodomia e ela recusara:

— Ele tentou, nós dois estávamos nus, ele propôs aquilo só porque eu tinha dito que queria preservar minha virgindade, não para fazer algo violento, quando eu disse não, ele concordou e me pediu só uma felação porque não seria legal deixá-lo naquele estado.

— E foi o que você fez?

— Foi.
— Você estava a fim?
— Não.

Um ligeiro alvoroço tomou conta da sala. Eram 13h15. A presidente anunciou que os debates recomeçariam à tarde, às 14h30.

10

Durante o intervalo proposto pela presidente, Claire se dirigiu a um pequeno restaurante afastado do Palácio e sentou-se à mesa. Pediu uma salada e ela folheava o jornal quando Adam surgiu à sua frente, uma mochila pendurada no ombro. Seu corpo e seu aspecto eram o de um adolescente. Ele ficou ali, em pé, um livro na mão, um pouco atrapalhado, como se esperasse que alguém o segurasse pelo braço e o posicionasse em alguma lugar. Havia algo de distante nele que traía uma timidez da qual tivera dificuldades para se livrar e que o exercício de sua profissão de professor atenuara parcialmente. Claire sugeriu que sentasse à sua mesa. Ele se sentou e colocou o livro sobre a mesa.

— Minha filha preferiu ficar com seus advogados e a psicóloga da associação de ajuda às vítimas.

— Lamento muito. Escutei seu testemunho e, realmente, eu lamento muito. O advogado de meu filho foi duro demais, eu me sinto muito mal por isso.

— Não se desculpe. Ele fez seu trabalho de defesa.

Claire lhe perguntou se queria pedir alguma coisa e ele respondeu que tomaria apenas um café. Em seguida, passou as duas mãos pelo rosto num movimento descendente que demonstrava tristeza e lassidão.

— Não imaginei que seria assim tão exaustivo, disse ele.

— Eu tampouco.

— Faz dois anos que me preparo, mas a violência da audiência... é preciso ter passado por isso para entender...

— Por que a mãe de Mila não veio?

— Ela refez sua vida, teve um bebê, era muito complicado para ela. Mas eu estou aqui...

— Mila está morando com você?

— Está.

— Você trabalha onde atualmente?

— Dou aulas de francês num colégio parisiense.

Ela observou a sala do restaurante. As pessoas riam e falavam alto, havia uma leveza que contrastava com a gravidade da situação deles.

— O que você está lendo?

Ao dizer isso, ela apanhou o livro que Adam colocara sobre a mesa. Era um texto do filósofo Martin Buber intitulado *O caminho do homem*.

— Fique com ele, eu já o li várias vezes.

Claire agradeceu e pôs o livro na sua bolsa.

— Em seus fragmentos autobiográficos, Buber conta que, quando tinha quatro anos, seus pais se separaram por razões que sempre permaneceram desconhecidas para ele. Sua mãe desapareceu de um dia para o outro, sem explicação. Ele foi então levado para viver com os avós paternos. Esperava desesperadamente a volta de sua mãe. Um dia, uma vizinha lhe disse que ela não retornaria nunca. Ele teve que esperar vinte anos para vê-la novamente. Mais tarde, ele inventou a palavra "malencontro" para designar o fracasso de um encontro autêntico entre dois seres. É o que nos aconteceu, um malencontro.

— Ainda não consegui superar o luto de nossa história — disse ela, mantendo os olhos baixos.

No momento, ele não respondeu nada, contentando-se em beber lentamente seu café, depois ergueu a cabeça.

— Você gostaria de saber se eu também sofri com nossa separação, se eu refiz minha vida, se sou feliz... O que você quer ouvir? Eu era feliz com você.

Após um longo silêncio, ele acrescentou:

— Penso com frequência como seria nossa vida, se nada houvesse acontecido. Quando vejo imagens de altas montanhas, penso sempre em você. Eu nos imagino naquele chalé com que sonhávamos, as trilhas que você prometeu me levar, é ridículo, eu sei. Agora, faço caminhadas sozinho, no Monte Jo, no estado de Nova York, é fantástico, você adoraria.

Eles não trocaram palavra alguma durante um momento, respeitando contra a própria vontade o ciclo esmagador da melancolia, a alternância entre resignação e revolta, o desejo de renovação logo transmutado em apatia, nada havia de fixo, tudo oscilava, o amor e o ódio, um fluxo que ia e vinha, oferecia e retomava, arrastando os escombros de uma amor que fora, durante um tempo, o pilar central de suas vidas. Isso havia sido muito difícil para ela, não podia esconder:

— Quando você partiu, tive uma sensação física de desequilíbrio, eu desmoronei. Sentia falta de tudo: do seu corpo, mas também do nosso relacionamento, nossa cumplicidade, tudo aquilo que você me dava e que me foi subitamente arrancado. Alguma coisa em mim havia sido destruída.

— Nós oferecemos o que pudemos em determinado momento. Quando aconteceu, eu não tinha outra escolha senão me afastar.

A conversa deles foi interrompida. Claire acabara de receber uma mensagem do advogado de seu filho: a audiência ia recomeçar. Adam deixou Claire partir primeiro, eles não deviam ser vistos juntos. Ela saiu. Apressando-se para voltar à sala Victor-Hugo, pensou naquela frase deste autor em *O homem que ri*: "A vida não passa de uma grande perda de tudo aquilo que amamos."

11

A presidente procedeu ao interrogatório de Alexandre. Ela lhe pediu para relatar as circunstâncias de seu encontro com Mila Wizman. Ele repetiu o que já dissera aos policiais e ao juiz de instrução. A presidente fez perguntas precisas.

— No local, você beijou Mila Wizman?

— Nós nos beijamos. Quando lhe pedi que me fizesse uma felação, ela fez...

— Ela disse que você pôs o sexo dentro da sua boca...

— Eu tirei meu sexo e ela o colocou na boca.

— Ela não manifestou desacordo?

— Não, mas logo senti que ela não levava jeito, seus dentes me machucavam, então lhe disse para parar e me acariciei sozinho.

— O que você quer dizer com *não levava jeito*?

— Ela não estava à vontade. Achei que ela não tinha experiência.

— Não ocorreu a você que talvez ela não quisesse? Que ela estivesse com medo de você?

— Não, porque que ela fez... Se não estivesse a fim, ela teria dito não...

— Ela disse que você a forçou a fazer uma felação.

— Não. Abri meu jeans e ela segurou meu sexo, foi assim que...

— Ela diz que você deu a ela uma ordem... que você lhe teria dito: "Me chupa, safada."

— No calor do momento, eu posso ter dito isso, são coisas que se dizem, não?

Algumas pessoas começaram a rir. A presidente ameaçou esvaziar a sala. Mila manuseava nervosamente o zíper de seu colete.

— E o que aconteceu depois?

— Tirei meu sexo da sua boca e me acariciei.

— Você ejaculou sobre ela?

— Sim.
— Por que em cima dela?
— Não sei, apenas o fiz. Depois, a gente se estendeu no chão, cheirei a cocaína que coloquei sobre sua barriga, ela deixou que eu o fizesse. Depois, me deitei sobre ela. Pedi-lhe que retirasse seus jeans porque o contato com os botões me machucava. Ela o retirou.
— E nesse momento, ela não disse nada?
— Não, ela o retirou, mais nada...
— E em seguida?
— Eu retirei sua calcinha e a enfiei no bolso da minha camisa, acariciei seu sexo, introduzi meus dedos nela para fazê-la gozar, abaixei minha calça e a penetrei, mas eu não tinha preservativo, então me retirei e ejaculei sobre ela.
— Nesse momento, você deve ter visto que ela estava aterrorizada.
— Não, senão eu teria parado. Ela não reagia, e eu até tive a impressão de que ela tinha prazer com aquilo.
— Ela não reagia talvez por que estava amedrontada, talvez? Foi o que ela disse.
— Não.
— Sobre quais elementos você se baseia para dizer isso?
— Fico um pouco embaraçado em dizer isso...
— Diga...
— O sexo dela estava molhado, ela gozou.
Houve gritos de protestos na sala. Mila Wizman escondeu o rosto inundado de lágrimas entre suas mãos. A presidente determinou uma suspensão da audiência.

12

Claire saiu para fumar um cigarro. Tinha parado de fumar depois de seu câncer no seio, mas recomeçara durante a instrução do processo. Ela recebeu insultos pelo Twitter e bloqueou os autores. Alguns jornalistas tinham transcrito toda a audiência nas redes sociais. Ela leu as frases de seu filho, fora do contexto, difundidas entre dois tweets, sem relação alguma entre elas, e sentiu vontade de sair do Palácio de Justiça. Havia detestado a última réplica de seu filho, sentira vergonha daquela virilidade pueril, insegura, do desconhecimento total do que podia se produzir na cabeça de uma moça *que não estava a fim,* mas Claire era incapaz de odiá-lo. A presidente também fora maltratada nas redes. Alguns a criticavam por ter oprimido a vítima, por ajudar Alexandre: "A presidente é subserviente a Farel, o amiguinho dos presidentes", "Nunca vi tamanha complacência para com um estuprador. Demissão para a presidente Collet!" A presidente estava acostumada a essas pressões, à exposição que engendravam os casos midiáticos, ela presidira um dos grandes processos de terrorismo dois anos antes e fabricara para si uma reputação de intransigência e rigor. Era a autora de um livro escrito naquela época, *A íntima convicção,* no qual evocava sua função. Nas páginas dessa obra, ela lembrava que quem estava sendo processado era o réu, era ele que devia estar no centro dos debates, ele que devia revelar a verdade.

Vinte minutos mais tarde, todos retomaram seus lugares. Alexandre agitava nervosamente os dedos.
— Depois do ato sexual, o que vocês fizeram?
— Nós nos vestimos e saímos de lá.
— Vocês não trocaram uma palavra?

— Sim, eu lhe disse que tinha ficado com sua calcinha por causa de um trote, ela começou a chorar e foi embora. Eu voltei para a festa e, mais tarde, fui para casa.

— A senhorita Wizman não relatou a mesma coisa que você. Esse encontro o deixou satisfeito.

— Sim.

— Por que, na sua opinião, ela ligou para a polícia ao voltar para a casa? Por que, algumas horas mais tarde, ela deu queixa contra você?

— Não sei. Eu não vivi as coisas da mesma maneira.

— Por que ela dá queixa e mantém sua versão há dois anos?

— Não sei... Não sei o que ela tem dentro da cabeça. Ela se vingou, só isso, depois que eu disse que aquilo era um trote.

— Alexandre Farel, você é um sedutor?

— Não.

— Acontece com frequência de você terminar assim tão rapidamente com as garotas?

— Sim. Estamos em 2018, senhora presidente, quando duas pessoas da minha idade se encontram e se interessam, ora, em geral elas fazem sexo.

— Você tem projetos para o futuro?

— Por causa dessas acusações, não pude trabalhar nos Estados Unidos, não pude terminar meus estudos e obter meu diploma. Estou na prisão, isso me destruiu. Mas tenho o projeto de criar uma *start-up* no campo da inteligência artificial com um antigo estudante de Stanford.

— Por que você enviou um SMS para seu melhor amigo na noite dos fatos com essas palavras: "Fiz merda"?

— Porque aceitei essa aposta estúpida e acabei magoando uma garota indefesa. Estava com vergonha por ter traído sua confiança. Eu me sentia culpado, então, minha primeira reação foi dizer: fiz merda.

— Você sentiu vergonha de a ter forçado a essa relação?

— Não! Eu senti vergonha de a ter humilhado, revelando que se tratava de um trote. Foi patético da minha parte, mas não creio que lhe tenha feito mal.

— E por que ela teria partido correndo?

— Ela se sentia muito humilhada, eu havia zombado dela, ela confiara em mim, eu estava com sua calcinha no meu bolso. Imagino que foi horrível para ela. Sou um crápula, um babaca, podem me chamar como quiserem, mas eu não sou um estuprador.

— Se a relação foi consensual, por que o negou? Durante algumas horas, você disse que não houve relação sexual. Será que isso tem a ver com o fato de os policiais lhe terem informado que corria o risco de pegar quinze anos de cadeia?

— Talvez... Não estou entendendo onde a senhora quer chegar.

— Você aguardou o resultado do DNA...

— Eu já disse, fiquei com medo.

— Você ficou com medo porque você a estuprou?

— Não, eu disse aquilo sem pensar. Às vezes, a gente não pensa bem...

— Foi encontrado seu DNA na calcinha e no corpo dela.

— Eu logo reconheci ter feito amor com ela.

— Por que ela teria feito amor com você assim tão rapidamente, poucos minutos depois de vocês se conhecerem?

— Eu já disse, na nossa idade, isso se faz. E, depois, ela fumou e bebeu, isso desinibe, com certeza.

— Ontem, o médico convocado pela assistente de acusação confirmou a existência de lesões, podendo indicar uma penetração forçada. Você a forçou?

— Não.

— Quando fizermos a confrontação, ela vai manter que você a estuprou, ela é uma mentirosa?

— Eu já disse, ela se sentiu humilhada, isso a deixou louca de raiva, ela devia estar desesperada.

— Talvez, você estivesse com muita vontade de ter essa relação sexual. Você se encontra num local isolado, ela está ali, ela fumou, os dois estão sozinhos, ela está vulnerável, você aproveita e usa a força.

Ele encolheu os ombros.

— Por acaso, você não disse a si mesmo: olhe, vou aproveitar? Ela se debate um pouco, mas eu estou a fim, então eu insisto e a forço?

— Não.

— Foram encontrados vestígios de esperma sobre ela.

— Depois da felação e após a penetração, quando me retirei, eu ejaculei sobre ela.

— Por que você se retirou?

Ele deixou passar um momento de silêncio e depois respondeu, quase gritando:

— Porque eu não queria que ela engravidasse! Quando não se tem preservativo, é assim que se faz!

Doutor Rozenberg levantou-se e inquiriu Alexandre:

— Um detalhe me surpreende. Você é descrito pelas testemunhas como um ser precavido, sensível. Como você pode ter levado a senhorita Wizman a um local assim tão sórdido, como um depósito de latas de lixo?

— Fomos até lá para fumar. Era uma espécie de depósito de manutenção. Ela não queria fumar no parque. E então, depois de fumar, nós nos beijamos.

— Você lhe impôs esse beijo?

— Não.

— Mas ela disse que não queria manter relações!

— Não é verdade! Acho que ela quis e depois se arrependeu, mais nada...

— Por que você mentiu durante a prisão preventiva?

— Estava com medo.

— Estava com medo porque a machucou?

— Não. Porque eu a humilhei, fiquei com medo de que ela se vingasse.

— Alexandre Farel, que livro estava lendo na época desses fatos?

— Não sei mais. Eu leio muito.

— Os policiais encontraram em sua mesa de cabeceira um romance de Georges Bataille intitulado *Minha mãe*. Vou ler o trecho na contracapa, se me permite: "Pierre conta como, depois de uma infância religiosa, ele foi, aos dezessete anos de idade, iniciado à perversão pela sua mãe."

— Não entendo qual é o problema.

— O problema é que se trata de um livro obsceno.

— Não existe obscenidade na literatura.

— Livro no qual você sublinhou algumas frases, que vou ler: página 62: "Quando me encontrou nua, ele me estuprou, mas deixei seu rosto com sangue; eu queria lhe arrancar os olhos, mas não consegui."

Alexandre olhava fixamente para suas pernas. O advogado prosseguiu:

— Ou ainda, página 123: "Tenha piedade! Peça-me o que há de pior. Não há nada mais sujo que eu possa fazer?" Este é o tipo de leitura de Alexandre Farel...

Alexandre levantou a cabeça.

— Mas... é apenas um romance...

Dito isso, ele olhou longamente para os jurados. Doutor Célérier interpelou o advogado de Mila:

— Caro colega, fico surpreso ao vê-lo evocar a suposta amoralidade de meu cliente fazendo referência à sua leitura de Bataille. Atrevo-me a imaginar que alguém tão culto quanto o colega tenha lido Bataille ou Sade... Se bem que, ao ouvi-lo, espero que o senhor e os membros da corte nunca tenham lido Sade, caso contrário poderiam se tornar réus no tribunal criminal!

Doutor Rozenberg não reagiu, contentando-se em olhar suas anotações.

— Prossigamos no terreno literário, se não se importa... Alexandre Farel, você ganhou um concurso de contos, faz dois anos e meio. Poderia nos falar sobre o tema desse conto?

— É uma história de amor.

O advogado brandiu um texto.

— Alexandre Farel, você escreveu uma história entre um homem e uma mulher, um jovem estagiário e uma conselheira política. O homem a obriga a lhe fazer uma felação, em seguida ele a estupra duas vezes.

Ele leu um trecho do conto.

— Era uma fantasia, um lance que se passa entre adultos de forma consensual. É uma ideia da mulher com quem eu estava na época.

— Pois bem, que ela venha testemunhar.

— É impossível.

— E por quê, senhor Farel?

— Porque ela trabalha no mais alto escalão do Estado.

— Seria bom que ela viesse nos dar sua versão.

Houve um longo silêncio.

— Era uma fantasia, eu já disse, nada demais!

— Era uma fantasia, talvez. Mas, um dia, você passou ao ato.

13

Foi a vez do traficante dar seu testemunho. A presidente lhe pediu para fazer o juramento e proceder à sua declaração:

— Naquela noite, eu estava perto da estação de metrô de Anvers. O cara e a moça vieram comprar maconha e um comprimido tipo Viagra, só que mais forte. Eu vendi para eles. A garota disse que estava inquieta por causa da polícia, eu falei que havia um local mais adiante e eles foram embora. Pronto, isso é tudo. Não tenho mais nada a dizer.

— Como eles estavam?
— Normais, como amigos que vão curtir um bom momento.
— Estavam abraçados ou de mãos dadas?
— Acho que não.
— A moça parecia angustiada?
— Dava para ver que ela não era daquela área.
— O que quer dizer com isso?
— Ela parecia estressada, esquentando a cabeça por causa da polícia, porque o cara falou que ele queria fumar no parque. Ela estava tensa, dava para notar.
— Que tipo de comprimido o réu lhe pediu?
— Um comprimido para fazer durar o sexo, ora...
— Alexandre Farel diz que ele pediu um comprimido para relaxar, é o que está escrito na descrição do interrogatório...
— Não, senhora juíza, os homens, quando vêm me ver, é para ter uma uma ereção, sou conhecido por isso.

Ele riu.

—Tenho até clientes famosos, a senhora não imagina. Os caras têm medo de não conseguir uma ereção... Mesmo os jovens.

— O senhor está num tribunal, poupe-nos desses comentários, por favor.

— Lamento, Vossa Excelência.
— Não se diz Vossa Excelência, não estamos nos Estados Unidos.
— Senhora, estou dizendo a verdade, só isso.
— É possível que você tenha lhe vendido uma droga adulterada?
— Como assim? Não estou entendendo, senhora...
— Uma droga sintética.
— Escute, como digo frequentemente, esse não é o meu ramo.
Ele riu.
— E cocaína?
— Não.
— No entanto, na noite em questão, o réu havia consumido.
— Não foi comigo que comprou.
— Conte-nos quando voltou a vê-los?
— Eu os vi uns trinta minutos depois.
— Como eles estavam?
— Ele estava normal, como antes. Quanto a ela, não me lembro, ela não parecia bem. Isso aconteceu dois anos atrás, francamente, eu meio que esqueci. Já tenho dificuldades para lembrar do que eu fiz ontem.

Sorrindo, ele se virou para o público.

— Escute , senhor, você está em um tribunal e fez um juramento. Você tem certeza ou não tem?
— Sim, ela estava estressada, disso não me esqueci.
— E depois?
— Depois eu vi os dois conversando. A moça começou a chorar e foi embora.
— E ele?
— Ele, ele saiu andando como se não fosse problema dele.

O motorista do Uber que acompanhara Mila à sua casa foi convocado ao banco de testemunhas. Era um homem de aspecto asiático, de uns vinte anos, magro, vestido com um terno preto e uma camisa branca. Ele fez uma curta declaração e depois respondeu às perguntas da presidente.

— A moça chorava como se fosse o fim do mundo. Eu perguntei se podia ajudar e ela disse que não, que ia passar, não era nada sério, seu namorado a trocara por outra, e ela sofria por isso.

— E depois? Você soube o que ela fez?

— Senhora, eu carrego dezenas de clientes todos os dias há dois anos, não lembro mais. Ela chorava sem parar, isso é certeza porque não é todo dia que a gente vê uma moça naquele estado dentro do carro, mas depois, não sei de nada.

Doutor Célérier se aproximou da testemunha.

— E ela lhe contou o que havia acontecido?

— Ela disse que não estava bem.

— No interrogatório feito pelos policiais, você declarou que ela teria dito: Estou cheia de ódio.

— Se eu disse isso, é porque é verdade, mas, sinceramente, isso faz tanto tempo...

— Você sabe se ela lhe deu uma nota no aplicativo quando saiu do seu veículo?

— Ah, não. Isso a gente não fica sabendo, mas eu teria lhe dado quatro estrelas, é a nota que dou normalmente aos clientes simpáticos. Não dou jamais cinco. Cinco só para Deus.

— Pois bem, ela lhe deu cinco estrelas.

Depois, dirigiu-se aos jurados:

— Embora nos diga que tinha acabado de ser estuprada, a senhorita Wizman teve energia suficiente e presença de espírito para dar uma nota ao motorista. Nada mais tenho a acrescentar.

14

Os amigos presentes na festa também vieram testemunhar. Todos disseram que Alexandre lhes pareceu em ligeiro estado de embriaguez, mas sem manifestar alguma angústia em particular. "Ele nos mostrou a calcinha e depois a gente continuou bebendo. Dançamos até às 4 horas da madrugada." O testemunho de Rémi Vidal contrastava com os dos demais. Tremendo, ele se instalou no banco de testemunhas. Após fazer sua declaração, ele afirmou que se arrependeu de ter iniciado o trote: "Há coisas importantes ocorrendo atualmente com todas essas garotas que contam o que lhes aconteceu, e a mim, isso perturba profundamente. Nunca pensei no mal que eu podia fazer ao humilhar essas moças, dizendo, por exemplo, que não havia lugar para elas na escola de engenharia ou, quando uma delas conseguia, que tinha obtido uma vaga graças ao sistema de cotas. Essa história me chocou profundamente, é o que quero dizer. Mas não sei se Alexandre fez isso ou não fez, ou se, espontaneamente, quero duvidar da versão dessa garota porque não quero acreditar que meu amigo tenha feito algo parecido. Vou me abster de dizer o que quer que seja contra ela porque entendi, ouvindo todos esses testemunhos de garotas, de mulheres, que elas querem ser ouvidas e que acreditem nelas.

Ao final da sessão, a presidente chamou Michel Duroc.

15

— Meu nome é Michel Duroc. Sou o padrinho de Alexandre e ginecologista em Aubervilliers. Conheço Alexandre desde seu nascimento. Era um menino gentil, muito sensível, que podia se pôr a chorar facilmente. Jean se preocupava muito com seu filho, mas se comportava mal com ele. Alex tinha medo de seu pai. Às vezes, ele sofria angústias fortíssimas, era um garoto ansioso, acontecia de ele se pôr em estados assustadores, e, nessas horas, seu pai se tornava muito rígido. Eu o vi batendo nele e mesmo lhe dando tapas no rosto, mas a gente não dizia nada, não fazia nada, afinal era uma celebridade que estava sob muita pressão. Com frequência, ele humilhava seu filho em público, era obcecado pela sua performance, a competição social, isso fragilizava Alexandre. Ele cresceu à sombra desse pai tirânico que continha sua violência mas, por vezes, ela transbordava. Pronto, é tudo o que tenho a dizer.

— Você sabe como Alexandre Farel se comportava com as mulheres?
— Não.
— Por que o senhor chamou seu pai de "merda humana" num jornal?
— É um oportunista, não há nada que preste nele, eu fui seu amigo mais próximo, sei o que estou dizendo. É por causa dele que seu filho sofreu e fez sofrer.
— Não estamos aqui para julgar o pai, senhor Duroc, mas o filho.
— Alexandre é um rapaz correto, mas sofre influência de seu pai. Aliás, eu gostaria de contar algo.
— Prossiga.
— Alguns meses antes dos fatos, Alexandre namorava uma moça mais velha do que ele, a conselheira política Yasmina Vasseur. Ela engravidou. Quando o pai de Alexandre soube disso, ele ficou louco. A jovem se deixou convencer e, talvez, tenha mesmo sido forçada a

abortar. Fui eu quem a ajudou, a pedido de Jean. Ele a chantageou, ameaçou destruir sua carreira. Ele sempre quis controlar a vida de seu filho. Controlar os outros é uma obsessão de Jean.

— O que você quer dizer com: eu a ajudei?

Michel Duroc se retraiu no banco das testemunhas.

— Como foi que o senhor a ajudou? — insistiu a presidente.

— Quando vieram me ver, Jean e a moça, o prazo legal já havia passado e ela não podia partir para o exterior e fui eu que fiz o aborto.

— Fora do prazo? Embora seja proibido pela legislação francesa?

— O irmão de Jean, Léo, me obrigou, ele me ameaçou. As coisas não correram bem, a moça não resistiu, teve uma hemorragia, enfim, foi algo sórdido, éramos três homens cuidando de seu aborto, Alexandre não estava a par de nada disso. Ele descobriu por acaso no dia da condecoração de seu pai. Ou seja, na mesma noite da suposta agressão.

Alexandre se contraiu no banco, em estado de choque.

— Como Jean Farel se comportava com seu filho?

— Ele lhe dizia que Alex precisava ser o melhor, ele o humilhava e lhe batia, repetindo o que ele próprio sofrera.

— O senhor conhece o passado de Jean Farel? O senhor sabia por que ele se comportava assim com seu filho?

— Essa família é um história de violência. Ele diz sempre que sua mãe morreu de overdose, mas não é verdade: seu pai a assassinou com quinze facadas quando descobriu que ela queria abandoná-lo. Jean a encontrou quando voltou da escola. Seu pai foi preso. Três anos depois, ele se enforcou em sua cela.

— Quem sabia isso?

— Pouquíssimas pessoas. Alexandre não sabia.

Michel Duroc voltou ao seu lugar. Jean estava ausente, gravando uma entrevista. A sequência do julgamento foi mais monótona. Várias testemunhas se sucederam para falar com benevolência de Mila Wizman: suas amigas, seu médico, que descreveu "uma jovem vivaz e decidida", dois antigos professores. O último testemunho deixou Alexandre devastado: foi a antiga governanta dos Farel que contou que ele assistia filmes pornográficos assim que acordava. Depois, contou que Alexandre havia assediado Yasmina Vasseur após o rompimento. Ela o tinha ouvido. O testemunho foi fragilizado pelo advogado de Alexandre, informando sobre um litígio financeiro dela com a família. Isso foi tudo.

16

Era o momento mais esperado do julgamento. Dezenas de pessoas faziam fila à porta da sala na esperança de assistir às declarações de Jean Farel. Ele vestia um terno de casimira de cor cinza e uma camisa branca. Avançando até o banco de testemunhas, ele se dirigiu aos jurados. "Como pode um pai afetuoso falar de seu filho diante de homens e mulheres que vão julgá-lo e talvez sentenciá-lo a quinze anos de prisão? Penso nessa questão há algumas semanas e aqui estou, diante de vocês. Esse jovem dentro de uma jaula de vidro que o condena, enquanto ele é presumidamente inocente, este filho foi e continuará sendo a grande alegria da minha vida. Ele nasceu quando eu já havia atingido uma certa idade, ia fazer cinquenta anos quando descobri que ia ser pai. Na época, após várias tentativas frustradas com minha primeira esposa, pensei que eu era estéril. Quando Claire, minha segunda mulher, me anunciou que estava grávida, não acreditei no início e, aliás, enquanto não havia visto resultado, eu não acreditava. Posso dizê-lo: eu me achava velho demais para ser pai. Não queria ser um velho, quando meu filho tivesse vinte e cinco anos. Não queria lhe impor o espetáculo da minha decadência física e a obrigação de cuidar de mim. Eu estava errado: seu nascimento foi o dia mais lindo da minha vida, ele me deu um novo fôlego. Vou fazer uma confissão a vocês: eu me perguntava como podia ter dado vida a uma criança tão bela. Eu me recordo que ele era um bebê muito ansioso, dormia mal, chorava muito. Era uma criança que tinha medo: do que? De quem? Nós fomos pais afetuosos, mas o fato é que nunca soubemos o tranquilizar. Com três anos, ele dizia que tinha medo de morrer. Hoje em dia, estabeleceram a ligação entre a ansiedade e a precocidade, mas à época, dizia-se que era nossa culpa, que havíamos feito algo errado. Durante alguns anos, ele dormiu entre minha mulher e mim, é verdade, mas era porque ele berrava tanto à noite, que os vizinhos ameaçaram chamar a polícia. O que deveríamos ter feito? Deixamos que ele dormisse entre nós. Não vou esconder, os especialistas disseram que o menino tinha TOC, obsessões, medos inexplicados. Fora isso, ele era gentil, extremamente brilhante, e mesmo que tivesse dificuldades para fazer amigos na escola primária e no colégio, particularmente, seus professores o adoravam. Era uma criança sensível e doce que lia poemas com sua mãe antes de dormir. Disseram, ao longo deste julgamento, que eu lhe batia, o que aconteceu algumas vezes, porque fui criado dessa maneira, e me arrependo. Fui uma criança espancada pelo meu pai, não estou tentando me justificar, é imperdoável, estou apenas explicando, nada mais. Eu e meu filho nos entendíamos perfeitamente, praticávamos esportes juntos, fui eu quem o iniciou nas trilhas das montanhas, e ele logo se tornou um campeão nessa área, ele sempre soube superar seus limites. Na adolescência, ele sofreu de anorexia e eu pensei que era minha culpa. Por causa da minha profissão, sigo uma dieta bem rigorosa, eu controlava tudo o que comíamos, eu havia colado na porta da geladeira uma lista de alimentos proibidos, pesava meus alimentos diante dele, a pressão era grande sobre mim. Disseram igualmente que eu era obcecado pelas suas performances escolares, mas ponham-se no meu lugar, de onde vim, o sucesso escolar é a única coisa que nos permite progredir. Eu queria que meu filho fizesse os estudos que não pude fazer. Minhas próprias obsessões contaminaram meu filho. Nossa antiga governanta contou dois dias atrás que Alexandre assistia a filmes pornográficos assim que acordava. Pessoalmente, nunca o surpreendi, eu ignorava e, para ser franco, mesmo que fosse verdade, eu não vejo a relação, não há ligação alguma entre a pornografia e a passagem à violência, absolutamente nenhuma. Em seguida, vieram os dois anos de escola preparatória, duríssimos, e sua tentativa de suicídio, que não foi de fato uma, no seu primeiro ano na Politécnica. Dessa vez, também, nós preferimos justificar isso com a pressão militar do estabelecimento. Nós não vimos, ou não quisemos ver, que ele não estava bem. E, depois, ele conheceu Yasmina Vasseur. No começo, ele estava apaixonado, transformado, parecia feliz, mas as coisas se complicaram, a história não durou, talvez tenha sido aí que ele afundou e perdeu a confiança em si mesmo. Não suportou ser rejeitado. Tudo começou assim. Ela engravidou, ela quis abortar, foi sugerido ontem, informaram-me, que eu a teria obrigado, não é verdade, eu a ajudei a organizar as coisas da melhor maneira para protegê-la dos rumores, porque era isso o que ela queria! E, depois, ela não quis mais ter contato com ele, e meu filho começou a assediá-la. Ele agiu como todos nós, quando estivemos um dia loucamente apaixonados e fomos rejeitados pela pessoa que amávamos. Isso não durou muito, evidentemente, ele a esqueceu. Quanto a essa moça, Mila Wizman, sinceramente, eu acho que ele não a estuprou, em todo caso, não tinha a intenção de fazê-lo — é possível ser levado a cometer atos contra nossa vontade? Sim, acredito que sim. Já aconteceu na minha própria família. Michel Duroc disse a verdade. Eu encontrei de fato minha mãe morta quando tinha nove anos, não foi a droga que a matou, foi meu pai. Minha mãe morreu sob os socos e as facadas de meu pai, num dia em que ele estava totalmente bêbado e drogado. Ele tinha acabado de sair da prisão, descobriu que ela engravidara durante sua ausência, tenho certeza de que ele não queria fazê-lo, mas acabou a matando com várias facadas, uma delas na barriga, ela estava no sétimo mês de gravidez... a criança pôde ser salva: é meu irmão Léo. Fui eu que pedi socorro. Sei que é insuportável ouvir isso, mas eu fiz o que pude para me reconstruir e ter uma vida digna."

Ele deixou transcorrer um longo silêncio, depois prosseguiu
"Na noite em que Alexandre saiu com Mila Wizman, ele havia bebido, fumado, consumido droga, ele não estava em seu estado normal e, além disso, para ele, com a educação que recebeu, o sexo era sem dúvida algo leve, sem consequência, que não comprometia nada. Não vejo outra explicação. Meu filho — que conheço melhor do que qualquer um aqui — não é o estuprador perverso que alguns tentam descrever. Mas é preciso dizer, ele está sendo julgado num momento de muita tensão: há algum tempo, as mulheres se expressam livremente e relatam as agressões das quais foram vítimas, e isso é bom, mas reconheçamos que estamos em plena histeria coletiva. Assiste-se a uma verdadeira caça ao homem; nas redes sociais, especialmente, é um linchamento, não há outra palavra, é uma matilha que nós liberamos. Escutando certos comentários, todos os homens seriam estupradores em potencial, todos uns porcos. Mas posso garantir a

vocês: a mãe de Alex não o criou como um porco. Ela o criou com o cuidado constante de igualdade e de respeito entre homens e mulheres. Alexandre se torna o bode expiatório dessa loucura da delação que tomou conta da nossa sociedade. Quanto a mim, sinto muito lhes dizer que a delação me lembra os piores momentos da história da França. Eu digo: isso é hipocrisia, aos dezoito anos já se é um adulto, sabe-se o que faz. Quando uma moça maior de idade acompanha um rapaz da sua idade a um local no meio da noite, ela sabe o que está fazendo, ela não é uma vítima, ela é responsável pelos seus atos. Então, mesmo que ela tenha se deixado influenciar, talvez, após o ato, ela se arrependeu porque sentiu vergonha. De qualquer modo, no momento, ela não disse claramente essa palavra que teria contido meu filho: "Não". Devemos reconhecer que estamos numa zona cinzenta: ele achava que ela queria ter essa relação e ela não expressou sua recusa categórica. Ele já pagou amplamente pelo que se passou: não pôde fazer seus estudos em Stanford, sua carreira nos Estados Unidos está arruinada para sempre, ele abandonou seus treinamentos físicos, está preso, foi tão espancado por outros detentos que não sai mais de sua cela, ele não dirá nada, mas ele está destruído e não tenho certeza de que irá se recuperar. Alexandre é uma pessoa boa, todos os seus amigos o disseram: tem o espírito são, é leal, corajoso, combativo, por isso penso que será injusto destruir a vida de um jovem inteligente, correto, afetuoso, um rapaz que até hoje teve sucesso em tudo, por causa de um episódio de vinte minutos."

Ouvindo essas palavras, Adam Wizman se lançou contra Jean e o agarrou, gritando que ia massacrá-lo, não suportava mais essas lamúrias, a única vítima era sua filha, cuja vida havia sido devastada pelo filho dele. Mila saiu correndo da sala, seguida pelo seu advogado. Prostrada, Claire escondia o rosto com as mãos. Os policiais intervieram para conter Adam, enquanto Jean mantinha-se impassível, sofrendo os golpes. A presidente exigiu que eles se separassem. Adam largou Farel e depois, se recompondo bruscamente, com força e calma, dirigiu-se a ele: "Episódio de vinte minutos? É assim que você qualifica um estupro? Você não parou de nos pressionar desde o início com suas ameaças, suas tentativas de comprar nosso silêncio. Você não parou de se queixar e se recusar a assumir os atos de seu filho. Você é covarde e patético." Jean se exaltou: daria queixa contra ele por difamação. Adam se aproximou o mais perto possível dele e, encarando-o, gritou: "Você realmente acha que eu tenho medo de você? Miserável!"

A audiência foi suspensa.

17

Os argumentos de Jean Farel foram imediatamente difundidos nas redes sociais pelos jornalistas presentes. Em poucos minutos, centenas de comentários foram postados.

Na manhã seguinte, um importante jornal diário publicou um manifesto assinado por cerca de trinta intelectuais com o título: "Não, um estupro não é um episódio de vinte minutos, mas uma vida destruída — a da vítima". Na véspera, no blog que acabara de criar, Mila Wizman divulgara um texto no qual se dirigia diretamente a Alexandre, opondo suas versões: "Em relação ao que aconteceu naquela noite, você diz que nós não vivemos a mesma história, mas no fundo você sabe: você me estuprou. Você diz o tempo todo que foi consensual da minha parte, que tínhamos bebido demais, seu pai falou de um "episódio de 20 minutos" e chegou mesmo a usar essa expressão: estamos numa *zona cinzenta*. Mas o que é essa zona cinzenta, visto que nunca dei meu consentimento? A zona cinzenta é uma zona inventada pelos homens para se justificar, dizendo: as coisas não estavam claras, pensei que ela queria, eu me enganei, e seguir em frente sem se sentir culpado nem se responsabilizar pelo mal que fizeram. Nestes últimos meses, desde o #MeToo, já perdi a conta do número de garotas que contam ter sido assediadas ou agredidas sexualmente, mas quando você fala à sua volta, quando procura testemunhos na Internet, é estranho, nenhum homem se vê como tendo um dia assediado ou agredido uma mulher. Eu deixei bem claro: eu não queria. Durante todo o tempo que aquilo durou, eu estava aterrorizada de medo. Se não houvesse acontecido nada, por que eu daria queixa? Você faz ideia do que é ir a uma delegacia e, no meio de dezenas de pessoas que aguardam, ouvir, quando enfim chega sua vez, essas perguntas horríveis: Como você estava vestida? Você estava a fim de manter uma relação? E a pior: Você gozou? Por que eu teria aceitado, depois disso, ir até o hospital em lágrimas para passar por todos esses exames terríveis? Você não sabe o que é ficar nua diante de desconhecidos, abrir as pernas... Imagine você por cinco minutos... Ponha-se no meu lugar, por uma vez! Introduziram vários cotonetes dentro da minha vagina, deram-me remédios, um tratamento preventivo contra o HIV, enfiaram uma sonda dentro do meu sexo para enxergar no interior, enquanto faziam comentários como se eu fosse uma zona de experiência, e me deram uma pílula do dia seguinte. Eles me analisaram para saber se você havia me transmitido uma IST, o HIV, eu pensei que ia morrer de medo enquanto aguardava os resultados, afinal, eu não sabia nada sobre você... Minha mãe veio me buscar. Eu chorava e sequer era capaz de andar, tinha a impressão de ter um peso de ferro no lugar do sexo, pesava toneladas, havia apenas isso. Eu me dizia que nunca mais um homem se aproximaria de mim. Que jamais teria filhos. Depois de várias horas, tive finalmente o direito de me lavar e, então, chorei e esfreguei esse corpo que eu detestava, esfreguei até sangrar, até me deixar com um enorme eczema, você viu as fotos, eu era uma ferida viva. Talvez eu não tenha suas palavras nem sua linguagem, você fala bem, você é super qualificado, até mesmo sua pontuação nas provas de trilhas na montanha é conhecida, um modo de dizer: a gente não pode destruir a vida de um jovem, que estudou em Stanford e é capaz de percorrer cinquenta quilômetros em menos de quatro horas, por causa dessa jovem inútil que repetiu o último ano do ensino médio e sequer é capaz de controlar o próprio peso? Mas meu corpo falou, eu não menti. Quando saí do hospital, eles me deram um velho conjunto de moletom porque tinham guardado minhas roupas para outras análises. Todos foram muito simpáticos comigo e, quando fui embora, me disseram que eu devia tentar retomar uma vida normal. Mas eu não sei o que é uma vida normal. Uma vida normal é uma vida sem violência, não sei mais o que é isso. Mas, na verdade, há coisa pior que a violência, é o seu desdém e o de seu pai. É sua indiferença a meu sofrimento. É quando você diz que consenti, que houve um mal-entendido, que era culpa do álcool e da droga. E quando você diz para todo mundo que sua vida está arruinada, sem se preocupar com a minha. Ao longo de todas as audiências e durante as confrontações diante dos policiais ou do juiz, você negou, você age como se eu tivesse concordado, mas no fundo você sabe: você me forçou. Você destruiu minha vida e eu quero uma oportunidade para me reconstruir. Mas, para isso, eu gostaria que você reconhecesse hoje o mal que me fez."

Esse texto foi difundido em todos os lugares. Doutor Célérier aceitou responder a uma entrevista que foi transmitida pela televisão no jornal de 13 horas. Ele estava revoltado, disse, pela maneira como os direitos de seu cliente estavam sendo desconsiderados. Ele lembrou que não era o julgamento da vítima, mas o do réu. Era ele que corria o risco de passar uma parte de sua vida atrás das grades. Ao exibir seu sofrimento, a vítima se colocava no centro do dispositivo judiciário: "Ela brinca com as mídias sem se preocupar com a influência que ela pode exercer sobre os jurados e a opinião pública, isso é irresponsável."

18

— Isso é um delírio, uma real caça ao homem, um verdadeiro fenômeno de matilha. O que faço agora?

Jean se agitava, enquanto sua jovem esposa alimentava a sua pequena filha.

— Nada. Você espera, não reage, isso vai passar — respondeu Quitterie.

— Eu estou dizendo, as relações entre homens e mulheres vão ser prejudicadas por essas polêmicas. Com o tempo, vamos chegar a uma verdadeira incompreensão, a uma separação. Não ousaremos mais seduzir uma mulher, beijá-la sem ter obtido seu consentimento, vamos chegar a situações aberrantes. Agora, quando recebo uma mulher em meu escritório, eu deixo a porta aberta. Vai ser um horror, não ousaremos mais fazer humor, ser amistosos com uma mulher, é isso que elas querem?

— Você está exagerando... Ninguém está exigindo uma separação, mas sim o respeito e uma melhor divisão dos poderes.

— Quando nos sentimos sob o controle de um poder qualquer, é preciso saber como se libertar sozinho dele.

— Fácil falar, mas como fazer isso? Diga-me...

— Nós nos afirmamos, dizemos não.

— Você sabe muito bem que isso nem sempre é possível.

— Pare com esse discurso vitimizador. Na minha carreira, já vi tantas jovens que se serviam dos homens como degraus, que os acompanhavam à cama sem que eles tivessem que as ameaçar do que quer que seja! E, agora, são as mesmas que denunciam nas redes sociais aqueles que chamam de "seus porcos", tal hipocrisia me enoja.

— A ameaça era insidiosa, elas sabiam que, se quisessem evoluir, deviam se submeter.

— Pare com essas asneiras sobre a dominação masculina...
Quitterie começou a rir, sua pequena filha aninhada em seus braços.
— Na nossa relação, quem decide tudo?
— Você, ora! É você! Eu faço tudo o que você quer, Quitterie. Tudo!
Quitterie se levantou e colocou a criança nos braços de Jean.
— Pois bem — ele continuou, apertando Anita contra o peito —, eu nunca vi as relações homem-mulher através do prisma da relação de forças. Eu nunca obriguei uma mulher a dormir comigo, jamais.
— É mais complexo que isso.
— Você não acha que Mila Wizman exagerou? Talvez, no fim das contas, o que ela quer é um pouco de notoriedade. Tudo bem, algo pode ter saído errado, Alex pode ter sentido uma pulsão, mas ela o acompanhou ao local, não? Para mim, uma jovem que me segue para um local, eu acho que ela não está ali para conversar...
Quitterie se imobilizou um instante.
— Pare com isso. Entendo que você queira salvar o pescoço de seu filho, mas imagine que um dia sua filha venha te ver, com lágrimas, dizendo que um homem a estuprou, você faz o quê?
Jean fez um gesto de recuo e, beijando a cabeça de sua filha, disse friamente:
— Eu o mato.

19

Algumas horas após sua declaração no julgamento, Jean Farel soube por um SMS de Ballard que seu programa estava suspenso, ele devia deixar a emissora. "Depois de dois anos, Ballard conseguiu me destruir." Jean se vestiu rapidamente, entrou num táxi e, em menos de trinta minutos, se encontrava diante do escritório do diretor de programação. Já aguardava há uns dez minutos, quando a secretária se aproximou dele para dizer que o sr. Ballard não podia recebê-lo. Farel passou por ela e entrou brutalmente no escritório, a secretária atrás. Ballard estava sentado, o telefone colado ao ouvido.

— Deve-se bater à porta antes de entrar quando se tem educação — disse Ballard, desligando o aparelho.

— Não se demite uma pessoa que tem trinta anos de casa por SMS quando se tem um mínimo de civilidade.

— Bravo, estamos empatados, mas não posso te receber no momento, Jean, estou aguardando uma ligação importante.

— Sim, você vai me conceder cinco minutos de seu tempo.

Ballard olhou seu relógio e lhe fez sinal para sentar-se.

— Você não tem o direito de suspender meu programa.

— Lamento, você não pode mais continuar na emissora, não depois do que aconteceu.

— E o que aconteceu?

— Seus argumentos obscenos... O processo do seu filho, não é o bastante para você?

— A presunção de inocência significa algo para você? E depois, eu nada fiz de reprovável, nunca usei meu poder para obter gratificações sexuais.

— Eu não aprecio esta sua insinuação, Farel. Sei que é difícil, mas não posso conservar na emissora um homem que minimiza a gravidade das violências sexuais contra as mulheres e cujo filho, além disso, é acusado de estupro.

— É sua maneira de me demitir? Você acha que encontrou uma boa razão desta vez? Você já demitiu todos os apresentadores com mais de sessenta e cinco anos, apesar das petições dos telespectadores...

— É verdade que, até agora, o que temos é uma televisão de homens brancos com mais de cinquenta anos, e as pessoas querem mudança. Elas exigem jovens, mulheres, de todas as origens...

— Mesmo com a minha idade, tenho ideias a propor aos telespectadores, por vários anos seguidos fui eleito a personalidade preferida dos franceses, você sabe disso...

— Ao te afastar, eu te protejo, Jean.

— Isso é um complô orquestrado para me derrubar. Através de meu filho, sou eu o alvo.

— Você não vai agora começar com essa teoria da conspiração, não você...

— São muitos os que desejam o meu lugar... muitos também que desejam me fazer pagar pelos meus laços com o presidente anterior.

— Você está delirando. Quanto mais forte for um programa em termos de audiência, mais ele é protegido, é a única regra. Suas audiências não lhe garantem a imunidade e pronto, é a lei do mercado.

— Não, e você sabe... às vezes basta um telefonema para colocar tudo a perder.

— Eu te disse que não aprecio suas insinuações.

Nesse instante, Farel retirou seu celular do bolso. Ele o agitou no ar de uma maneira vulgar, como se fosse um maço de dinheiro. Sua confiança começava a rachar.

— Pois eu também conheço o sistema. Está vendo isso? É o trabalho de toda uma vida. Basta eu fazer uma ligação e você está acabado.

— Agora vai fazer chantagem? Você perdeu setecentos mil telespectadores em um ano, esta é a realidade! Mas, olhe para você, parece uma múmia. Aposente-se, Jean, inscreva-se num clube de golfe, de bridge, de atividades para sua idade... Vá embora e não volte mais.

Jean permaneceu imóvel, congelado pela violência da réplica. Conteve-se para não saltar em cima dele. Se tivesse uma faca, ela a fincaria nos seus olhos para que não fosse mais capaz de ver os programas desmoralizadores que seus produtores lhe propunham. Ele avançou na direção de Ballard.

— Você se recorda do que Churchill disse quando todo mundo saudava a vitória diplomática de Chamberlain em 5 de outubro de 1938? Ele disse algo sobre o que você deveria meditar: "Sobretudo, não pense que é o fim — é apenas o início daquilo que será preciso pagar."

20

A presidente anunciou ter recebido uma carta de um homem que supostamente teria estado presente no momento dos fatos. Ele estava pronto a testemunhar. Esse viravolta teatral tingia o julgamento com uma atmosfera deletéria: advogados e jurados pareciam tensos.

Essa nova testemunha era um homem de uns trinta anos, moreno de pele parda, muito magro. Ele caminhou até o banco das testemunhas sem segurança. A presidente pediu-lhe que se apresentasse e fizesse sua declaração.

— Meu nome é Kamel Alaoui, nasci em 4 de maio de 1984. Tenho trinta e quatro anos. Sou vendedor numa loja de telefones. Na noite em que o caso aconteceu, eu estava lá, vi o casal. Eu estava no quarto de um apartamento, bem em frente ao local, a janela do quarto dava para o local. Tem uma abertura na parede que parece uma claraboia, certamente para arejar o quarto, e de onde eu estava, podia ver o que acontecia. Eu me levantei para fechar a janela e foi então que vi, esse cara bem em frente, segurando a garota pelos cabelos, ele pegou a cabeça da menina e pressionou contra o seu sexo, foi bem brutal. Eu me aproximei e, nesse momento, ouvi o cara dizendo para ela: "Me chupa, safada!" acho que ela gritou, mas ele enfiou o sexo na sua boca, dizendo: "Cale a boca! Me chupa, safada!" Foi horrível. Deve ter durado alguns segundos, depois ele a afastou com violência, se virou e me viu, a garota parecia aterrorizada. Olhei para a garota com quem eu estava e lhe disse que havia um cara e uma moça no local das latas de lixo. Que aquilo parecia ser um estupro. Ela me disse: "Feche a janela, não quero problema." Fiz como ela pediu. Pouco depois, fui embora.

A presidente tomou a palavra:

— Ainda assim, há uma pergunta que se impõe. Por que não ter testemunhado antes? Você se dá conta de que sua declaração pode mudar o curso do processo e o destino de um homem?

— Eu estava com medo.

— Por quê?

— Porque eu não devia estar ali.

— O que quer dizer?

— Eu não tinha o direito de estar ali. Ninguém sabia. Ninguém devia saber.

— Por quê?

— Eu estava em prisão domiciliar, não podia sair da minha casa. E depois, eu estava em instância de divórcio, não podia dar um passo em falso se quisesse manter a guarda compartilhada de meu filho.

— Na noite em questão, o que você fazia nesse apartamento?

— Eu tinha um encontro com uma garota que conheci na Internet, quero dizer, num site de encontros.

Doutor Rozenberg se levantou:

— Faz quase dois anos que esse fato aconteceu, que se ouve falar disso em todos os lugares, mas você vem hoje, no quarto dia do julgamento, para testemunhar a favor da senhorita Mila Wizman. Quem o incitou a fazer isso?

— Ninguém.

— Ninguém fez pressão para que viesse hoje?

— Não, ninguém.

— Temos aqui um homem corajoso. Pode nos dizer o risco que corre vindo testemunhar?

— Posso perder tudo. Posso ir preso. Posso perder a guarda do meu filho.

— Alguém o encorajou a vir aqui hoje?

— Não, ninguém. Tentaram até me dissuadir. Eu vim porque não conseguia mais dormir. Vi tudo o que diziam na imprensa e nas redes sociais, ouvi Jean Farel e não era mais possível para mim deixar que sujassem essa pobre moça.

— Senhor, você estava realmente no local nessa noite?

— Sim. E vi muito bem a garota com o cara. Ele a forçou a lhe fazer uma felação, ele a segurou pelos cabelos, ela tinha um olhar aterrorizado. E ele lhe disse: "Me chupa, safada!"

— E depois?

— Depois, eu fechei a janela como disse e voltei para casa, eu não podia ficar com a moça, eu me sentia muito mal.

— Por que você não tentou ajudar esta jovem se considerou que estava sendo agredida?

— Eu não podia. Eu não tinha o direito de estar ali, naquela hora, não queria ter problemas com a polícia... Eu salvei meu pescoço, é compreensível. Hoje, eu me arrependo.

O promotor se exasperou contra a testemunha. A justiça não era um jogo. E ele estava brincando com a vida de um homem. Isso era grave, perigoso. Doutor Célérier pediu a palavra.

— Senhor Alaoui, pode nos dizer o motivo que o levou a ser colocado em prisão domiciliar durante um ano?

— Foi por causa de um relatório branco.

— Eu explico aos jurados que um relatório branco é um documento que permite estabelecer o risco ao qual uma pessoa expõe a ordem pública. O que constava nesse relatório? O que havia contra você?

— Informações falsas.

— Suficientemente verdadeiras, assim mesmo, para que o ministério do Interior considerasse útil uma prisão domiciliar.

Diante do mutismo da testemunha, a presidente lhe pediu para responder.

— Fui acusado de ter mantido contato com pessoas que voltavam da Síria... Eram pessoas que frequentavam a mesma mesquita que eu, eu não sabia quem eram eles.

— E o que fizeram essas pessoas?

— Ao que parece, eram próximas de membros de um grupo jihadista...

— Qual?

— Da área de Buttes-Chaumont, eu acho...

— É exatamente desse grupo jihadista que vêm aqueles que organizaram o atentado contra o jornal *Charlie Hebdo*, não é?

— Eu não sei nada sobre isso.

— Você tinha a intenção de realizar um atentado em solo francês?

A testemunha se endireitou, visivelmente afetada pela pergunta.

— Não, claro que não! Eu tinha um trabalho, filho, não tenho nada a ver com isso...

— Você sabia que Jean Farel e sua esposa foram alvos de islamitas, que eles receberam ameaças de morte?
— Não, como eu podia saber disso?
— Está escrito nos jornais.
— Mas eu não os conheço!
— Estou dizendo apenas que seu testemunho repentino é uma curiosa coincidência. Você tem motivos para querer acabar com gente como eles...

A testemunha ergueu os ombros, perplexa. Doutor Célérier prosseguiu:

— Portanto, senhoras e senhores jurados, a única testemunha que surge ao final do processo, mais de dois anos após os fatos, e somente para afirmar que viu meu cliente segurando os cabelos de Mila Wizman, algo que nem ela nem meu cliente contestaram, é esse homem suspeito de ter frequentado um grupo jihadista que provocou a morte de várias pessoas... Nada mais tenho a acrescentar.

21

Yasmina Vasseur foi a última a testemunhar no tribunal. Todos os jornalistas estavam presentes. Na véspera, uma revista publicara uma foto dela e de um ministro em exercício que os mostrava muito íntimos. Agora, ela usava um longo vestido de malha preto e seus cabelos presos num coque.

— Meu nome é Yasmina Vasseur, tenho trinta e seis anos, sou chefe de gabinete do ministro da Economia. Eu tive um relacionamento com Alexandre Farel três anos atrás, quando eu era conselheira no ministério da Economia. Tudo aconteceu gradualmente, quero dizer, fomos levados a trabalhar juntos, criou-se uma intimidade e tivemos um caso, mas no início não havia ambiguidade. Essa história durou seis meses e, depois, eu resolvi terminar porque vi que ela não tinha futuro. Ele planejava viver nos Estados Unidos, eu tinha um ritmo de trabalho frenético. O que posso dizer sobre Alexandre é que ele é responsável, rápido de raciocínio; emocionalmente é outra coisa. Nesse campo, é o inverso. Ele é, como dizer, imaturo, não gosta que as coisas resistam a ele. Mas, ao mesmo tempo, é alguém sensível e generoso. Nós vivemos uma bela história. Pronto, não tenho nada mais a acrescentar.

— Você conheceu Alexandre Farel em 2015? Quando a natureza desse relacionamento começou a evoluir? — perguntou a presidente.

— Não me lembro. Havia uma atração entre nós, era difícil esconder.

— Como transcorria o relacionamento de vocês?

— Nós fazíamos amor num hotel da periferia de Paris.

— Com frequência?

— Aconteceu uma dezena de vezes.

— Quem pagava o quarto?

— Eu, na maioria das vezes.

— Você o amava?
Ela teve um momento de hesitação.
— Sim.
— Ele também a amava?
— Acredito que sim, mas era uma história impossível.
— Se você não estivesse a fim de fazer amor, ele podia se mostrar insistente?
— Não. Nunca. Ele jamais me forçou a fazer o que quer que seja.
— Você teria informações sobre as relações ou as orientações sexuais dele?
— Não sei. Nós nos entendíamos muito bem... sexualmente, quero dizer.
— Como era ele durante o ato sexual?
— Nós tínhamos uma intimidade profunda.
— Ele a obrigava a acariciá-lo, fazer coisas assim?
— Não. Ele não precisava me obrigar.
— Ele apresentava uma sexualidade desviante?
— Como assim?
— Ele era violento?
— Não.
— Mas ele fazia exigências particulares?
— Eu não sei o que a senhora entende por "particulares".
— Ele lhe impunha felações?
— Não, ele não me impunha nada.
— No momento dos fatos, você ainda o via?
— Não, eu o tinha deixado seis meses antes, mas voltei a vê-lo, a meu pedido, porque queria que ele apagasse as mensagens que tínhamos trocado.
— Por que você o deixou?
— Eu engravidei dele e abortei.
— Na sua opinião, ele consumia drogas?
— Não sei. Não comigo, isso é certo.
— O que você sabe sobre seus pais?
— Sua mãe, eu não a conheço. Seu pai, eu cruzei com ele algumas vezes. É um jornalista que respeito.
— Você tem mais alguma coisa a acrescentar?
— Alexandre é um jovem meigo. É uma pessoa complexa, com cer-

teza, ele gosta das relações de forças, pode ser brutal no seu jeito de ser, mas ele nunca foi violento comigo. Custo a acreditar que seja capaz de estuprar uma mulher, ainda que eu não queira pôr em dúvida as palavras da senhorita Wizman.

A advogada assistente de acusação, Doutora Juliette Ferré, tinha perguntas a fazer.
— Senhorita Vasseur, o que aconteceu quando você anunciou a Alexandre Farel que você o deixaria?
— Ele ficou triste, furioso comigo, é normal.
— Ele tentou retê-la?
— Sim, é claro.
— Como?
— Ele dizia que estava louco por mim, queria dividir sua vida comigo.
— No entanto, você deu queixa contra ele por assédio...
A advogada mostrou um documento. Yasmina Vasseur deu um passo atrás, visivelmente desconfortável.
— Fiz isso para assustá-lo...
— Você tinha medo dele?
— Não, claro que não!
— Assim mesmo, você se dirige à delegacia do 16º *arrondissement* de Paris e registra um boletim de ocorrência.
— Eu te disse, era para mantê-lo afastado, e depois eu retirei a queixa.
— Então você tinha medo dele...
— Não, eu não tinha medo dele.
— Senhorita Vasseur, houve pressão de alguém para que viesse hoje testemunhar a favor de Alexandre Farel?
— Não, absolutamente nenhuma.
— Quais são suas relações com o pai de Alexandre?
— Cordiais.
— Ele exerceu pressão para que você fizesse o aborto?
— Não, ele me ajudou, mais nada.
— Ele ameaçou destruir sua carreira?
— Não.
— Faço a pergunta de outra forma: ele prometeu ajudá-la em sua carreira política se você testemunhasse a favor de seu filho?

Poderia ele ter-lhe prometido, por exemplo, convidá-la a um de seus programas?
— Não.
— Não tenho mais perguntas.

Doutor Célérier tomou a palavra :
— Senhorita Vasseur, no celular de Alexandre Farel, nós encontramos algumas trocas de mensagens via e-mail... Você confirma?
— Sim, a gente se escrevia para manter uma maior discrição.
— Numa dessas mensagens, ele diz que sente vontade, eu cito, "de machucar você".
— É um diálogo banal entre duas pessoas que se desejam.
— Ele escreveu também: "Você é uma safada, mas estou (muito) apaixonado por você.
— Isso não é agressivo, falávamos palavras explícitas durante o sexo, isso não é proibido...
— Sim, exatamente, você tem razão ao dizer isso... Eu gostaria de lembrar que o advogado de acusação destruiu meu cliente porque ele havia dito a Mila Wizman, no local onde ocorreram os fatos, após uma troca de beijos: "Me chupa, safada", depois "Vou machucar você"... São expressões que ele tem o hábito de usar, o que prova perfeitamente que ele estava, com ela, em uma relação normal...
Ele deixou transcorrer um silêncio e manuseou uns documentos.
— Senhorita Vasseur, foi a seu pedido que ele escreveu um conto, colocando em cena um estagiário e uma conselheira política?
— Sim, e eu me arrependo, pois estou vendo que agora isso se volta contra ele.
— Nada mais a acrescentar.

22

A informação havia sido divulgada durante o dia: Ballard havia sido demitido pelo presidente da emissora. Nos corredores, contava-se que uma carta anônima, acompanhada de trechos de SMS e de fotos, havia sido enviada para toda a redação, explicando que Ballard oferecera um programa no horário nobre a uma jovem apresentadora em troca de relações sexuais regulares no hotel Costes, no 1º *arrondissement* de Paris. Sob pressão da direção, a apresentadora confirmara os fatos, mas ressaltava que havia sido consensual e ela estava até mesmo "um pouco apaixonada". Um abaixo-assinado foi elaborado na redação para obter a demissão imediata de Ballard. Assim que soube disso, Jean enviou um SMS a Ballard com as seguintes palavras: "Lamento o que lhe aconteceu. Desejo-lhe boa sorte e tenho certeza de que nos reencontraremos em breve!" No mesmo dia, foi informado que ele havia sido substituído por uma mulher de cinquenta e poucos anos que fizera seus estudos na Escola Normal Superior ao mesmo tempo que Claire, Marie Weil. Jean escreveu uma mensagem com felicitações à nova diretora de programação: "Estou tão feliz por você, Marie. Sua competência e seu talento sempre me impressionaram. Pena que saio da emissora no momento em que você chega. Teria sido uma felicidade poder lhe ser útil. Um beijo. Jean."

23

Os debates estavam encerrados, a presidente anunciou que as alegações finais podiam começar. Houve uma breve interrupção da audiência a fim de permitir aos advogados de acusação — os primeiros a falar — trocarem algumas palavras com sua cliente. Em seguida, a audiência foi retomada. Doutora Ferré deu alguns passos à frente com suas anotações à mão. Ela se expressava com calma e empatia.

"A senhora presidente o dizia, estamos diante da corte penal porque Mila Wizman precisa que a escutemos. O fato de ver seu sofrimento reconhecido, mas sobretudo punido, vai ajudá-la a se reconstruir. Porque, hoje, é uma jovem destruída pelo estupro que se apresenta diante de nós. Meu papel, enquanto advogada de acusação, não é o de mostrar que Alexandre Farel é culpado, mas o de reconstituir para vocês o sofrimento de Mila Wizman e contar como tem sido sua vida desde 11 de janeiro de 2016. É só por isso que estou aqui, para lhes falar sobre Mila, sobre tudo pelo que ela passou, sobre a pessoa que era antes da agressão, sobre o que ela é atualmente, mas também sobre suas esperanças e, para começar, se me permitem, eu desejaria me dirigir a ela."

Virando-se para sua cliente, ela ficou de costas para os jurados.

"Mila, quero lhe dizer o quanto estou orgulhosa de você, você conseguiu vir, conseguiu falar diante dessa corte, mesmo sem ter forças para isso, mesmo que você tenha sofrido pressão. Você estava tão chocada pelo que vivera, nós nos vimos em diversas ocasiões, você era incapaz de se expressar, você só chorava, e cito suas palavras — porque, neste processo, as palavras têm sua importância —, você me disse *eu me pergunto o que fiz para merecer isso*. Você sofreu primeiro a violência e, depois, o desprezo. Eu cumprimento sua coragem, pois foi uma provação. Ao longo dos procedimentos judiciais e do processo, você precisou contar inúmeras vezes o indizível, ao passo que a única coisa que você queria era esquecer, não ter mais que falar sobre isso para não se confrontar com essa dor que cada relato reavivava. Nas agressões sexuais, contar de novo é reviver."

Ela olhou para Mila. A jovem estava agarrada ao braço de seu pai, sua boca deformada por um ricto: ela continha as lágrimas. Em seguida, a advogada se posicionou em frente aos jurados e retomou o curso de sua argumentação.

"Ao longo deste processo, Mila Wizman foi permanentemente maltratada e maculada, as perguntas foram violentas, a defesa fez perguntas invasivas, desagradáveis, excessivas. Passou-se a ideia de que ela teria mentido: vocês acham que uma mentirosa manteria sua versão diante dos policiais, depois, diante dos juízes durante dois anos, se submeteria a todos esses interrogatórios sem jamais fraquejar? As vítimas de abuso sexual querem ser reconhecidas, que justiça seja feita, sem nenhuma vontade de revanche, mas por necessidade de verdade e de proteção. A senhorita Wizman, conforme disseram os especialistas que a examinaram, é uma jovem frágil e corajosa. Ela nasceu em Toulouse, cresceu numa família que foi confrontada com a provação de um atentado terrorista, e depois perturbada por uma separação difícil. Corajosa, Mila tentou mais uma vez e obteve seu diploma do ensino médio. Ela estava determinada a provar a seus próximos que ela podia conseguir. Mesmo sentindo que seus pais não estavam disponíveis para ela, sua mãe, particularmente, ela se reconstruiu de outra maneira. É essa jovem complexada que tem medo de ser julgada, avaliada, que encontra Alexandre Farel. Em 11 de janeiro de 2016, à noite, Mila está sozinha, num grande apartamento parisiense, um lugar que ela não conhece, entre jovens que ela jamais viu, que não são de seu estrato social: ela está perdida. Sua personalidade se construiu com base num esquema que faz com que, quando está sozinha, ela se sente vulnerável, menos à vontade que os outros, especialmente em ambientes sociais mais elevados do que o dela. Então, quando Alexandre Farel passa

COISAS HUMANAS

algum tempo com ela, ela fica aliviada. Ela não está mais sozinha. A simples companhia desse homem a tranquiliza. Alexandre Farel — como disseram seus amigos — pode ser um cara encantador. Ela não vê o instinto predador, não vê a manipulação, ela vem de um mundo em que a máscara que mostramos aos outros é a única que usamos, e quando ele lhe propõe sair para pegar um ar fresco, naturalmente, ela aceita. Um pouco antes, ele insistiu para que ela bebesse, apesar de não ter esse hábito. Lá fora, ele tem vontade de fumar maconha, o traficante lhe sugere um local escondido da polícia e ela aceita seguir Alexandre Farel, pois ela busca segurança. É uma jovem fragilizada pelas relações conflituosas de seus pais, pelos eventos trágicos que viveu. Eles chegam ao local, um depósito de latas de lixo, eles se instalam, a senhorita Wizman acredita estar em segurança porque, na rua, ele lhe disse que tinha uma faca para se defender em caso de ataque terrorista. Alexandre Farel é um homem que sabe falar bem, é inteligente, estruturado, de aparência sólida. Ela aceita fumar com ele, e, progressivamente, tudo se transforma. Alexandre Farel vai deliberadamente impor uma felação, com violência, um dedo na vagina e uma relação sexual com a senhorita Wizman. Esta ainda se encontra num estado afetado pelo consumo de álcool e maconha. E aquele que lhe parecia simpático irá se tornar um carrasco. Nesse preciso momento e durante o tempo que durou esse drama assustador, Mila Wizman tinha somente uma possibilidade de escapar dessa situação, era fazer de modo que tudo acontecesse o mais rapidamente possível e que ela recuperasse um mínimo da energia necessária para fugir desse lugar que, de um refúgio, transformou-se em um lugar de tortura. Ela tentou todas as estratégias de defesa imagináveis para evitar o pior, mas o pior se produziu. É um pesadelo, um calvário. Ele lhe forçou a fazer uma felação, a insultou, a penetrou à força, com seus dedos e com seu sexo, trata-se de um estupro repetido. Mila não queria, ela tem uma testemunha confiável, ela os viu e disse que acreditava ter ouvido gritos — essa testemunha tem tudo a perder se disser a verdade —, e então Mila se cala, pois acha que isso poderia ser ainda pior. Havia essa faca, cuja imagem pairava como uma ameaça. Ela pensou que, caso resistisse, Alexandre Farel a mataria. É extremamente fácil concluir que se nós não dizemos não, se não pedimos socorro, é porque estávamos a fim. Há outras maneiras de expressar sua ausência de consentimento: a prostração, por exemplo, a recusa total expressa pelo seu corpo. Nesses momentos, as vítimas de estupro lhes dirão, você não raciocina mais, você fica atônita e mobiliza todas as suas forças para sair dali. Então, sim, ela conseguiu sair, ela está aqui hoje, mas não saiu ilesa de tudo isso. Ela mergulhou num processo destrutivo. Evidentemente, era preciso passar por isso por meio da palavra, mas Mila não podia. Foi difícil para ela vir aqui. Eu pensei que ela não conseguiria reunir forças para responder a essas perguntas que são um atentado a quem ela é e sugerem que ela mentiu. Por fim, teve coragem para vir. E por quê? Ouvir Alexandre Farel reescrever a história? Escutando o que ele diz, Mila Wizman se encontrava seduzida e deu seu consentimento; ele a agradava; ela o desejava. Ele contou a si uma outra história, como a maioria dos agressores, mas não é a realidade. Alexandre Farel tinha perfeitamente consciência da vulnerabilidade de Mila, mas seu desejo, seu prazer tinham preferência. Então é claro, vocês se dirão: Por que ela o acompanhou até o local? Pois bem, é possível que, por um momento, ela tenha ficado impressionada com ele, impressionada que um homem como ele se interessasse por uma moça como ela, ele sentiu isso e aproveitou para forçá-la. Alexandre Farel é incapaz de refletir sobre seu ato à luz do sofrimento que ele infligiu a Mila. Ele não tem empatia. Pensa que ela não é tão boa quanto ele, ela vem de uma família judia praticante da classe média, ele demonstra condescendência. Ele acredita que, se ele a arranhar, isso não é muito grave, que ela se lançou sozinha na boca do lobo. Ele acha que sua vida vale mais do que a dela, e isso é insuportável. Ele se recusou voluntariamente a se importar com o consentimento dela. E ela o acompanha porque se sente desconfortável, em lugar nenhum ela se sente à vontade. Ele é inteligente, logo percebeu como essa moça funcionava, e ela, por sua vez, não tem sua perspicácia, desconhece os códigos, ela não dispõe de um esquema de leitura para entendê-lo. Ela não queria nada disso nessa festa: nem beber nem fumar. Talvez beijá-lo, se tanto. Ela nunca quis acabar sua noite num depósito de latas de lixo. Jamais quis manter relação sexual com ele. Mas ele, que não pode imaginar sequer por um instante que uma garota como ela não o queira, que lhe diga não, que lhe resista, vai estuprá-la atrás de uma caçamba de lixo. É seu modo de lhe fazer entender que ela não vale nada. E, mais tarde, ela se pergunta: O que eu deveria ter feito para evitar isso? Ela se sente culpada. Não foi capaz de enfrentá-lo. Defender-se. Ela disse: 'pensava que ele estava com uma faca'. Ela tem vergonha. Sente-se suja. Ela detesta seu corpo e o maltrata. A ideia de que seu corpo tenha podido atrair um homem a ponto de ele lhe fazer isso a enoja. É por isso que ela se encolhe, veste roupas escuras e largas: para esconder seu corpo do olhar dos homens. E é por isso também que ela irá contar para os homens que encontra que está com câncer no útero, a fim de mantê-los afastados. Ela mentiu para sobreviver e se proteger. Esse processo foi extremamente duro para Mila Wizman, pois durante esses quatro dias, Alexandre Farel reagiu sistematicamente negando a verdade. Durante esses quatro dias, a vida da senhorita Wizman foi dissecada, em particular sua vida sexual. Foi lembrado aqui que ela só teve um relacionamento com um homem casado. Ouviram-se subentendidos de que ela não era a mocinha inocente que fingia ser, e isso também é insuportável. Durante todo este processo, Alexandre Farel continuou a mentir e a acrescentar à sua mentira algo que jamais dissera até então. Ele disse: Ela gozou. Então é esse o resultado de quatro dias de audiência? A senhorita Wizman foi ao fundo do poço, disseram os peritos, ela maltratou seu corpo, chorou tudo o que podia durante esses dois anos, e ele ainda está fantasiando sobre o prazer que teria podido lhe dar... Não, Alexandre Farel, ela não gozou. Não, ela não quis essa relação. Não, ela não gostou de ser insultada. Sim, você a destruiu física e psicologicamente, e eu espero que um dia ela consiga se reconstruir e se tornar a mulher que deveria ser, se ela não tivesse cruzado o seu caminho! Você sabia que ela não queria manter uma relação sexual! As vítimas dizem não, mas não são ouvidas. Vemos muito bem que a palavra se libera, desde o caso Weinstein e o lançamento nas redes sociais do movimento #MeToo e #BalanceTonPorc. As mulheres ousam agora contar o que lhes aconteceu. As agressões sexuais, os estupros, os toques íntimos, o assédio, os abusos de todos os tipos, o tempo do silêncio e da vergonha passou. Vivemos hoje algo histórico para as mulheres. Uma verdadeira revolução na qual estamos percebendo, por enquanto, apenas os primeiros efeitos. Vamos ouvi-los porque nada está ganho. Há quarenta anos, a advogada Gisèle Halimi defendia duas jovens mulheres estupradas por três homens no que ficará conhecido como o processo do estupro, aquele que terá permitido tornar o estupro um crime. Aqui está o que ela declarou então em *O crime*: 'O estupro, como o racismo, como o sexismo do qual aliás ele vem, é o grave sinal de uma patologia sociocultural. A sociedade doente por causa do estupro só pode se curar se, tendo realizado o diagnóstico, aceitar questionar radicalmente as grandes engrenagens de sua máquina cultural e seu conteúdo.' Foram necessários quarenta anos para que essa revolução ocorresse realmente.

Todas as vítimas nos dirão: não se sai ilesa de tal provação. Hoje, Mila não está bem. Seu cotidiano é repleto de dificuldades: pesadelos, comportamentos que evitam o confronto. Por um bom tempo, foi muito difícil para ela sair de casa. Não é uma vida normal. É preciso ouvir seu sofrimento, e há uma coisa importante para Mila, eu creio, é que vocês lhe digam que a vergonha não deve ser dela. A vergonha cabe ao agressor. Digam-lhe. Ela poderá, então, talvez se reconstruir. Porque Alexandre Farel é incapaz de se colocar no lugar dela. Seu mundo é o de uma pequena casta que acredita que lhe devem tudo e que tudo é permitido porque tudo é possível. Durante anos, seu pai abusou de sua posição. Ele arruinou a vida do seu filho e teve comportamentos humilhantes. E, principalmente, ele considerou que um estupro nada mais era senão um 'episódio de vinte minutos' — vinte minutos talvez, mas para destruir, saquear, arruinar são o bastante. Senhora presidente, senhoras e senhores jurados, não sei se irão condenar Alexandre Farel, nem que pena lhe será atribuída, mas uma coisa é certa, ele terá sentenciado Mila Wizman à pena perpétua em vinte minutos."

24

Após uma curta pausa, o promotor pediu a palavra. *Não tenho certeza de que vou conseguir*, são as primeiras palavras de Mila Wizman no banco das testemunhas. Ela sentiu vergonha. Teve medo de que não acreditassem nela. Medo de não conseguir contar o indizível. Ela sentiu medo. Houve esse horrível estupro, os interrogatórios dos policiais e, mais tarde, do juiz de instrução, exames médicos e, depois, esta passagem pelo tribunal penal, ou seja, diante de vocês, rostos desconhecidos, escrutinadores. É o medo do olhar do outro, de seu sarcasmo, como: ela bem que procurou! Devemos dizer isso: o estupro é um massacre. E o estupro de Mila Wizman poderia, como bem o sabemos, somar-se aos 90% de estupros que permanecem sob o silêncio. Mas Mila Wizman transpôs o obstáculo, ela deu queixa. A dificuldade neste processo não é a materialidade dos fatos — na noite de 11 a 12 de janeiro de 2016, é incontestável que houve uma relação sexual entre Alexandre Farel e Mila Wizman — não, a verdadeira dificuldade é a personalidade do réu e o mistério que envolve sua passagem ao ato. Há o Alexandre Farel, estudante esforçado, rapaz vulnerável, inseguro de si, atencioso, e há o outro, que existe também, que pode ser desdenhoso, violento, possessivo, ciumento. Por que este homem um dia cometeu um crime? Na noite em questão, era possível, fácil, então ele o cometeu. Cometeu o que poderíamos chamar de um estupro oportunista."

O promotor qualificou Alexandre como alguém *sincero*. "Tenho certeza de que ele morre de pavor com a ideia de permanecer preso. Sua vida não é mais o que costumava ser: o sucesso nos estudos, era amado, tinha projetos e, um dia, suas barreiras cederam." Ele se dirigiu aos jurados: "Quando vocês o condenarem, vocês deverão também pensar na reinserção de Alexandre Farel. Como esse homem reencontrará um dia seu lugar na sociedade? Mas há também a vítima, ela foi surpreendida, abusaram de sua confiança. Mila Wizman chorou muito ao longo do julgamento porque é doloroso se lembrar de atos que machucaram e que continuam a machucar. Mas tenho certeza de que ela é mais forte do que imagina. Tenho certeza de que existem premissas de perdão."

Mila virou-se para seus advogados com um olhar assustado: ela não compreendia mais o que estava acontecendo, por que o promotor parecia ter passado para o "campo adversário"?

"A investigação apurou que a violência sexual de Alexandre Farel se restringiu à noite de 11 de janeiro de 2016", prosseguiu o promotor. Depois, dirigindo-se ao réu: "Não tenho a menor vontade de causar uma reviravolta em sua vida, Alexandre Farel. No fundo, você sabe que houve um estupro e que, a partir de agora, existirá um antes e um depois." E se dirigindo aos jurados: "Não lhes pedirei para deixá-lo preso. Tenho a convicção de que ele não é um perigo para a sociedade. É um homem culpado, mas cuja culpa deve ser punida à luz de sua personalidade. Não vou pedir uma pena de encarceramento. Alexandre Farel não possui antecedente algum em termos de agressão sexual, não tem antecedente criminal, sua inserção socioprofissional é perfeita, peritos psiquiatras afastaram unanimemente qualquer forma de periculosidade e de risco de reincidência." Ele pedia cinco anos de liberdade condicional — a pena máxima de condicional. Ele lembrou que não se tratava de um presente que lhe oferecia — a menor infração cometida num prazo de cinco anos, sua condicional seria revogada e ele seria imediatamente preso. "Você terá sobre a cabeça esses cinco anos, como uma espada de Dâmocles. Jamais se esqueça disso."

25

A presidente determinou uma nova suspensão da audiência. Durante o intervalo, os advogados de Mila e os apoiadores da jovem expressaram seu desânimo. Adam não compreendia por que o promotor público, ao mesmo tempo em que reconhecia o sofrimento de sua filha, havia sido tão pouco severo. Doutor Rozenberg não escondia seu ressentimento. Para ele, o processo já estava perdido. A sessão recomeçou. As alegações finais do advogado de defesa eram um dos momentos mais intensos do julgamento e elas são apresentadas sempre ao término do processo. Doutor Célérier era jovem, mas sólido, carismático. Ele se dirigiu ao centro com passos firmes, este era seu décimo segundo processo penal. Dezenas de jornalistas se amontoavam na sala. Seu futuro profissional estaria parcialmente em jogo ali, na bela sala Victor-Hugo. Nas mãos, somente algumas anotações, um esquema detalhado que sequer precisava ler.

"Senhora presidente, senhoras e senhores jurados, o que este processo nos ensina é que todo mundo pode um dia se encontrar no lado errado. Na vida, nunca estamos longe de uma queda, de cometer um erro de percepção e destruir, em poucos segundos, aquilo que terá levado toda uma vida para ser construído. A vida, sua vida, pode se transformar a qualquer momento numa tragédia. Por muito pouco, tudo pode se perder. Vocês acham que isso não pode lhes acontecer? Estão enganados. Compareçam às salas do tribunal e entenderão: basta pouquíssima coisa. Eu entendi a angústia da senhorita Mila Wizman. Jamais, durante o processo, vocês me ouviram questionando o sofrimento de Mila e se, por vezes, fui duro em minhas perguntas é porque um advogado não pode se resignar à versão de uma parte. Vocês não podem se resignar ao que Mila Wizman acredita ter percebido sobre Alexandre Farel e, com razão: ela não o conhece. Aqui, não existe uma, mas duas verdades, duas maneiras diferentes de ver as coisas, duas percepções de uma mesma cena. Alexandre Farel nunca deixou de clamar sua inocência e é em plena consciência que venho lhe pedir sua absolvição."

"Digamos claramente: vocês têm o direito de detestar Alexandre Farel. Vocês têm o direito de não apreciar sua maneira de falar, de brilhar. Ele é o que chamam de um privilegiado, alguém com um percurso de jovem elite e que tem um sentimento de superioridade, talvez, inerente à sua casta. Ele tem essa maneira de manter um pouco de distância, dando a impressão de que não é autêntico, sincero, que é uma pessoa fria, arrogante, que os olha de cima — é sua maneira de se expressar, sua maneira de ser, mas isso não quer dizer que ele não sofra. Então, sim, ele age com desprezo quando cede ao trote que lhe impõem seus amigos, sim, ele é vulgar, obsceno quando diz a Mila Wizman: 'Me chupa, safada!' Sim, ele é narcisista com sua obsessão pela performance esportiva, sua mania de postar fotos de si mesmo nas redes sociais. Vocês têm o direito de não apreciar isso. E seus pais também, vocês têm o direito de não gostar deles, com sua necessidade de controlar tudo, seus desprezíveis segredinhos, mas é preciso combater essas primeiras impressões. Ir além das aparências. Alexandre Farel fala desse modo porque é a linguagem do seu mundo, é uma pessoa que é o produto de suas leituras. Que seja culpado por ter cedido a um trote, certamente lamentável, que ele seja insuportável, que vocês não gostem dele, isso não faz dele o culpado de um estupro e a única pergunta que vocês devem se fazer é se ele penetrou Mila Wizman à força, sabendo que ela não estava de acordo."

"Não saberemos jamais o que aconteceu precisamente no local dos fatos entre 23h20 e 00h05, na noite de 11 a 12 de janeiro de 2016. Somente eles o sabem. Por mais que tenham escutado testemunhas, relatos, isso permanecerá objeto de suposições, de fantasias, e mesmo de ficção. A realidade é sempre muito mais complexa do que ela deixa transparecer. Por outro lado, temos uma certeza, comprovada pelos autos e em audiência: independentemente do que diga Mila Wizman, ninguém a obrigou a ir a essa festa, beber, acompanhar

Alexandre Farel para fumar no local. Que ela se arrependa depois, é uma coisa, mas, naquele momento, ela o quis e ela é maior de idade, ela já iniciou sua vida sexual. O que temos é o relato banal de dois jovens adultos. Em momento algum, Alexandre Farel a ameaçou com uma faca. Em momento algum, ele a ameaçou de qualquer forma. Ela fez a escolha de o seguir. E de permanecer. Hoje, sem dúvida, Mila Wizman percebe e analisa tudo sob a ótica da coação porque, no ambiente judeu ultra praticante de onde ela vem, o que se passou naquele local não é habitual; o que se passou tornou-se, com certo recuo, inaceitável, contrariamente a Alexandre Farel que, por sua vez, é um animal social habituado a esse tipo de relação, o sexo casual. Eles não têm a mesma história. Não têm a mesma cultura, a mesma relação com a sexualidade. E, contudo, eles não são totalmente diferentes. Vocês pensam que o são porque um vem de uma classe privilegiada e o outro de um ambiente menos favorecido, por ele ser um aluno brilhante e ela uma jovem sem diploma? Na realidade, eles têm dois pontos importantes em comum: ambos temem o julgamento social e ambos tiveram suas vidas destruídas. Como? Por quê? Em que momento as coisas saíram dos eixos? Isso não saberemos, mas conhecemos a situação atual de ambos. Mila Wizman começou seus estudos de cinema, ela tenta se reconstruir. Alexandre Farel foi arrasado pela midiatização deste processo, ele foi obrigado, sob pressão, a deixar sua escola de engenharia, não obteve seu diploma, não pôde se estabelecer nos Estados Unidos para estudar, como desejava — teve que renunciar a Stanford, o sonho de toda uma vida! Ele não formou outro casal, encontra-se preso, onde é espancado e humilhado por outros detentos que o identificam como 'um tarado', ele perdeu tudo. Todo dia, Alexandre Farel é ofendido, linchado nas redes sociais e, digamos a verdade, o julgamento da mídia não é um julgamento justo. Nós não queremos uma justiça que tome decisões arbitrárias. Esse tribunal midiático feito de tweets agressivos e de vingadores prejudicou gravemente a presunção de inocência de meu cliente e já destruiu sua vida. A justiça midiática condenou Alexandre Farel. Nenhuma universidade deseja mais acolhê-lo, ele não poderá mais se inscrever nas redes sociais como fazem os jovens de sua idade, essa página da sua vida está terminada. Quando se digita seu nome no Google, a primeira palavra associada é *estuprador*."

Depois de pronunciar essas palavras, Doutor Célérier fez uma pausa. A tensão era palpável dentro da sala.

"Tudo o que deseja Alexandre Farel é retomar o curso normal de sua vida, e eu reivindico para ele a verdadeira justiça, a que vocês lhe concederão. Vocês não estão aqui para punir os agressores sexuais, o Twitter se encarrega muito bem disso, mas para condenar estupradores e absolver inocentes."

Ele se expressava com calma, sem tirar os olhos dos jurados.

"Não lhes pedimos" prosseguiu o advogado com a voz firme, "para serem os árbitros das desgraças de Alexandre Farel e Mila Wizman, vocês não devem ficar presos ao sofrimento manifestado por Mila Wizman. Mila Wizman mentiu durante esse julgamento, e essas mentiras, que agridem Alexandre Farel, são numerosas, conforme irão ver. Nos Estados Unidos, basta uma mentira para deslegitimar definitivamente a vítima. No caso de DSK, como devem lembrar, o Ministério Público havia abandonado as acusações contra o político porque a funcionária do hotel que o acusava de estupro mentira ao fazer seu pedido de asilo político nos Estados Unidos. Na França, o sistema é menos implacável e isso é bom. Está fora de questão aqui alterar a imagem de Mila Wizman e nem questionar sua dor ao longo deste processo, mas Alexandre Farel, e este é um fato importante, sempre afirmou sua inocência, e minha única ambição, hoje, é convencer a todos sobre sua inocência em relação à lei e não à moral. Tampouco, não se trata aqui de impedir Mila Wizman de se expressar, sobretudo atualmente que a palavra das mulheres se libera enfim, mas isso não é razão para que a palavra da defesa seja amordaçada, não é razão para que a defesa de pessoas demitidas por conta de agressões sexuais se torne uma defesa proibida."

"O artigo 213 do Código Penal diz que constitui um estupro uma penetração efetuada com violência, surpresa, ameaça, coação. O que caracteriza a coação? Ela é bem específica. Foi dito ao longo deste processo que ele a tinha coagido a fazer uma felação. Foi dito que ele colocou seu corpo sobre o dela. O simples fato de se colocar seu corpo sobre o de sua parceira não qualifica em nada a coação — como se faz amor senão se estendendo sobre seu parceiro ou sua parceira? Das ameaças, nenhum vestígio foi encontrado, a própria defesa de Mila Wizman reconhece que ele não usou uma faca contra ela. Da mesma forma, o simples fato de manter uma relação sexual num local inabitual e mesmo sórdido não faz dessa relação um estupro. Assim como assistir a filmes pornôs não faz de você um pervertido sexual. Faz alguns anos, pesquisadores da Universidade de Montreal foram incapazes de realizar um estudo comparando o ponto de vista daqueles que jamais assistiram pornografia com aqueles que os assistiam regularmente, pelo simples motivo de que não puderam encontrar sequer um homem que nunca assistira pornografia!"

"Alexandre Farel tinha o hábito de utilizar uma linguagem explícita, mas sem vontade de impor o que quer que fosse pela força. O ponto essencial é a questão do consentimento de Mila Wizman. Se vocês lerem a jurisprudência da sessão criminal do Supremo Tribunal, eis o que é dito: 'Uma absolvição da acusação de estupro não postula de modo algum o consentimento da vítima.' Se vocês absolverem Alexandre Farel, isso não significa que a vítima tenha dado seu consentimento. Falta de intenção criminal do autor ou simples dúvida: o réu se equivocou ou pôde se equivocar sobre as intenções da vítima e estimar erroneamente que sua resistência não era séria. Não existe uma única verdade. Pode-se assistir à mesma cena, ver a mesma coisa e a interpretar de maneira diferente. 'Não há verdade', escreveu Nietzsche, 'o que há são perspectivas sobre a verdade'. No caso, não se trata de uma sedução em local público, trata-se de um apartamento parisiense repleto de estudantes alcoolizados, é quase meia-noite, todo mundo bebeu, um homem que você conhece lhe oferece uma bebida, você aceita e depois vocês saem para pegar um ar fresco, ele compra algo para fumar, você aceita segui-lo para fumar num lugar afastado... No caminho, ele diz que você é bonita, você responde com um sorriso, é assim que funciona entre os jovens! Houve uma troca entre eles; houve sedução, todas as pessoas presentes na festa o disseram. A missão de vocês é se colocar na cabeça dele, pois este é o seu processo! É ele que corre o risco de permanecer preso!"

"O que um jovem parisiense, acostumado a festas onde circula álcool e droga, criado por um pai de valores liberais, pensa quando uma mulher maior de idade o acompanha a um local quase à meia-noite? Ele pensa que vão manter uma relação, porque é assim que acontece! Vocês não têm nada que possa contradizer a convicção que ele teve naquele momento! Todas as luzes estavam verdes! É a palavra de um contra a palavra do outro. A palavra de alguém que fala bem e a palavra de uma jovem que não tem essas mesmas facilidades de linguagem, digo isso sem desprezo, é um fato. Então, naturalmente, vocês irão pensar que é seu dever se colocar do lado daquela que está em dificuldades, que não encontra as palavras certas. Mas não, aqui não estamos julgando a sociedade, mas um homem. É ele que poderá ser preso. Coloquem-se à altura do homem: ele fez uma tentativa de suicídio porque sofria demasiada pressão nos estudos... Depois, a mulher que amava o deixou brutalmente, seu pai organizou um aborto às suas costas, ele se sente traído e, de repente, encontra uma jovem, sente que lhe agrada e, então, para ele, alguma coisa volta a se esclarecer... Não houve ameaça verbal, simplesmente uma linguagem explícita, de natureza erótica, não houve agressões. De tal forma que Mila Wizman em momento algum disse não, pare, não o afastou com gestos, não verbalizou sua recusa gritando, chorando. O exame médico não encontrou lesões particulares. Não houve vestígio de violência, nem mesmo nos punhos de Mila. Ninguém ouviu gritos, exceto uma testemunha, sem qualquer legitimidade, que surge no último dia do processo e cuja credibilidade é amplamente comprometida pelas suas relações com grupos islamistas radicais que, como eu disse, proferiram ameaças contra Claire e Jean Farel. Tudo pode servir como acusação. Até mesmo as leituras. Citaram diante de vocês o escritor Georges Bataille. Centenas de milhares de seus livros foram vendidos em todo o mundo. É um autor importante, estudado nas escolas, em universidades estrangeiras. Citaram também um conto, mas era um fantasia, uma ficção. Agora, faz dois anos que Alexandre vê o desenrolar de um processo criminal. Fico surpreso que não tenha havido investigação de vizinhança. A senhora da portaria do prédio não foi interrogada. Se Mila Wizman tivesse gritado, ela teria ouvido. Certo, uma testemunha se apresentou. Mas ele relatou frases que Alexandre Farel nunca negou ter pronunciado. Sua antiga namorada nos disse: ele gostava de pronunciar palavras explícitas durante o sexo. Não é proibido. Isso não faz dele um pervertido, um estuprador. Não há provas de aprisionamento. Ele diz sempre a mesma coisa, ela consentiu, eu sou inocente. Certo, ele pode parecer arrogante, defensivo, grosseiro na sua maneira de evocar a sexualidade, mas há uma coisa que não varia, é sua versão; eu não estuprei Mila Wizman, eu sou inocente."

"Zonas cinzentas perdurarão. Não temos a verdade porque não há uma, mas duas verdades. Mas é preciso que encontremos uma verdade judiciária. Mila vive, sem dúvida, uma situação difícil, seu sofrimento é real, mas, se vocês retomarem friamente os autos, poderão concluir que em momento algum Alexandre Farel quis atentar contra sua intimidade. Mais uma vez, é a palavra de um contra a de outro. Escutei com muita atenção as alegações finais da advogada de Mila Wizman e as requisições do promotor público, sobre o que eles lhes falaram senão de relações de classes, do sentimento de vergonha, do caso Weinstein e do movimento #MeToo? E os autos do processo? Citaram Gisèle Halimi, certo, mas e Alexandre Farel em tudo isso? Tento me colocar no lugar de vocês, se eu fosse jurado nesse processo, teria gostado que apresentassem provas do que realmente aconteceu naquela noite, que me dessem as melhores condições para tomar uma decisão de tão pesadas consequências. Em vez de convencer o raciocínio de vocês, os advogados de acusação preferiram brincar com suas emoções, e isso eu não aceito. Vocês foram enganados ao longo dessa audiência, vocês foram sorteados para fazer justiça e, de repente, se veem envolvidos num colóquio político. Imploram para que vocês se unam à causa feminina, para aderir ao 'combate', mas a justiça não precisa de combatentes, ela precisa de juízes imparciais. O que vocês devem julgar hoje são os atos de Alexandre Farel, nada mais. Esta tarefa é também imensa."

Doutor Célérier afastou-se um instante dos jurados, como se buscasse um novo impulso. Depois, reaproximou-se, olhando fixamente todos eles.

"Eu realmente lamento que não tenha sido assim, mas, não faz muito tempo, os jurados eram levados para visitar uma penitenciária antes do julgamento, para que se dessem conta, por eles mesmos, do que significava uma sentença de encarceramento, para que conhecessem o lugar para o qual iam enviar o homem ou a mulher que iriam julgar. Então, pensem nisso! Visualizem uma cela, a promiscuidade, a privação de liberdade! Ouçam os gritos dos detentos! A decisão é unicamente de vocês e ela condicionará o destino de Alexandre Farel e o prolongamento de seu terrível encarceramento. É o processo dele e a dúvida não deve servir a outra pessoa que não seja ele. Se fosse de outro modo, se vocês o condenarem porque vocês têm uma dúvida sobre o que aconteceu naquela noite, então, vocês estarão violando a lei e traindo o juramento que fizeram enquanto jurados. O debate é intenso, querem impedi-los de refletir. O que lhes pedem hoje? Pedem que condenem este homem porque a sociedade exige em nome da liberação da palavra e de uma revolução feminista salutar, e vocês vão fazer o quê? Vocês irão se curvar, ceder à injução política, a essa expedição punitiva ou, ao contrário, darão prova de coragem absolvendo este homem? Eu lhes lembro: *Uma absolvição da acusação de estupro não postula de modo algum o consentimento da vítima*. Reflitamos de forma serena, afastados do ruído midiático: Alexandre Farel não tem antecedente criminal. Pode-se retomar cem vezes os fatos e as perguntas, de qualquer maneira, o mal está feito: ambos estão com a vida arruinada. Então, na dúvida, não destruam definitivamente a vida de um rapaz que sempre clamou sua inocência. O risco seria o de condenar um inocente. Não corram esse risco."

A presidente perguntou a Alexandre Farel se tinha algo a acrescentar. Ele se levantou e disse que queria se dirigir a Mila Wizman. Virando-se na direção dela, ele pronunciou as seguintes palavras: "Eu nunca quis te fazer mal algum. Se você sofreu por minha causa, eu peço perdão."

26

A espera duraria várias horas, durante as quais os jurados e a presidente debateriam o destino de Alexandre Farel. Doutor Célérier dissera que aguardaria no café em frente ao Palácio com Claire. Jean se instalou no mesmo local, um pouco afastado deles. Seu telefone tocou, era a nova diretora de programação, Marie Weil. "Jean, lamento incomodar neste momento difícil. Estou ciente de que você atravessa um período complicado com seu filho, mas tenho algo importante a falar com você." Ele saiu para falar com ela. Ela desejava lhe confiar o programa político semanal na segunda parte da noite, o jornalista que ocupava o posto estava com Síndrome de Burnout e pedira demissão após ter sido linchado nas redes sociais por conta de uma entrevista com o primeiro-ministro que fora considerada complacente. "Ele se demitiu mesmo?" "Sim", respondeu Marie. Jean jamais se demitiria. Nos piores momentos de sua carreira, Farel resistira e permanecera custe o que custasse. Ela lhe pedia uma resposta rápida, estava a ponto de obter o acordo do novo presidente da República para um programa especial previsto em duas semanas. Seria transmitido *ao vivo*. Jean cobiçava essa grade horária havia mais de vinte anos. Ela insistiu, especificando que o presidente da República impusera, contudo, uma condição: "Ele quer que seja você o entrevistador." O jovem presidente tinha boa memória e exigira ele, e mais ninguém. Jean acreditara em seu potencial quando ele era apenas um simples conselheiro ministerial.

— Receio que seja para mim um combate excessivo — disse Farel.
— Eu sei que as emissoras querem os jovens. Eu não quero mais estar em um assento ejetor, seu predecessor não parava de me lembrar minha idade.
— Esqueça Ballard, ele não entendia coisa alguma de audiovisual. Você tem seu lugar na emissora. Você está em casa. É sua casa.

— Os jovens contratados têm dentes afiados, você sabe disso, eles não respeitam mais nada. Eu sempre fui leal e fiel, o que não é o caso dos outros, não sou rancoroso, mas sei me lembrar... A época mudou muito, os jovens são matadores e vão querer minha cabeça.

— Não seja paranoico. E você ainda é jovem, Jean!

Ele ficou em silêncio. Ela tocara no ponto sensível.

— Preciso refletir.

Voltar à televisão ao vivo. À emulação intelectual. À cobertura midiática.

— Eu fiquei marcado com a partida de meus colegas, todas aquelas pessoas de valor que colocaram na geladeira depois que completaram cinquenta e cinco anos, as mulheres, principalmente, jornalistas competentes, amadas pelos telespectadores, é tão injusto, então acabei me convencendo: eu resisti muito tempo, é preciso parar um dia.

— Mas o público te adora.

Ele deixou escorrer um novo silêncio.

— Não vou esconder de você, outras emissoras me procuraram.

— Não tenho dúvida.

— Elas me estenderam o tapete vermelho, mas você me conhece, o dinheiro nunca foi meu motor, o que me entusiasma é a paixão pelo meu trabalho, pelo meu público.

— Você é um imenso profissional e queremos que continue conosco, Jean. Eu proponho que você comande o melhor programa político francês, você terá toda a liberdade. Reflita.

27

O veredito saiu no início da noite: Alexandre Farel foi condenado a uma pena de cinco anos em liberdade condicional. Ele foi considerado culpado, mas foi colocado em liberdade. Se reincidisse, cumpriria sua sentença. Um leve burburinho seguiu-se ao anúncio do veredito. Claire fez um rápido sinal com a mão para seu filho, que a observava, depois se precipitou até o banco dos réus para trocar algumas palavras com ele. Ele devia retornar à penitenciária de Fresnes para os detalhes administrativos de soltura — o que permitiria a restituição de seus pertences e a limpeza de sua cela —, eles se encontrariam lá. Mila Wizman ficou sentada, sua mão apertando a de seu pai, as costas bem eretas, a cabeça erguida. Seus advogados tinham saído apressadamente da sala de audiência a fim de se dirigir aos jornalistas: esse veredito era iníquo, parcial, ele se reservavam o direito de recorrer da decisão. Quando Claire se encaminhou para a saída, ela viu Adam; ele olhava para ela fixamente, e nessa troca de olhares lia-se toda a desolação que suas escolhas pessoais haviam provocado, a decepção de não terem se mostrado à altura. Assim que saiu, Claire atravessou com passos largos a extensa galeria para escapar dos fotógrafos, mas, ao chegar à entrada do Palácio, percebeu que havia uma dezena deles amontados próximos à porta envidraçada; ela virou à direita, correndo até o saguão para alcançar a sala Voltaire. Ali, sentada num pequeno banco de mármore branco, começou a chorar numa espécie de impulso irreprimível, um instinto de sobrevivência, uma reativação violenta de tudo aquilo que ela reprimira durante dois anos, e havia nesse abandono de toda luta humana, nesse alívio íntimo, nessa renúncia a tudo aquilo que estivera no coração de sua existência, a forma mais expressiva daquilo que buscara toda a sua vida: a afirmação de uma liberdade individual da qual seu casamento, a maternidade, as vicissitudes de uma carreira demasiadamente controlada a privaram. Em dois anos, tudo o que tinha construído se desintegrara sem que ela pudesse fazer qualquer coisa a fim de interromper o processo devastador. Por um instante, ela imaginou o que teria sido sua vida se esse drama não tivesse se produzido: ela moraria ainda com Adam, nunca havia amado como o amara. Tinha imaginado outra solução para ambos. Viver era se acostumar a ver suas pretensões em baixa. Tinha acreditado poder controlar o curso das coisas, mas nada se passara conforme previsto. Até o fim, ela apoiara seu filho. Na véspera do julgamento, no parlatório, Alexandre citara o livro de Georges Bataille que seu advogado evocara em sua argumentação final. Ele se apoderara das palavras pronunciadas pela mãe do protagonista: "Só quero seu amor se você entender que eu sou repugnante, e que me ame sabendo disso." Logo em seguida, Claire teve uma longa conversa com Jean. Juntos, tinham evocado lembranças em comum: o encontro, a notícia da gravidez, a infância do filho e depois sua adolescência — instantes fugazes de uma felicidade familiar perdida. Algo havia se fraturado no interior de Alexandre no início de sua idade adulta — eles tinham sido impotentes diante do desastre anunciado. Eles não viviam mais juntos, não se amavam mais, porém, sempre estariam unidos pelo filho. Depois do veredito, Claire não procurara falar com Jean, só pensava em seu filho, em seu próprio desejo de vê-lo sair da prisão. Era uma forma de alienação, essa maneira de fazer sua vida depender da dela, de protegê-lo contra si mesmo — isso a apaziguava um pouco. Claire tinha consciência de que ele não ficaria ao seu lado; ela poderia então recomeçar tudo, escapando desta vez da carga repressiva da vida.

Agora, ela sentia-se mais calma. Levantando-se, saiu do Palácio da Justiça, alcançou a esplanada banhada pela pálida luz dos postes e olhou fixamente para o céu. Acendeu um cigarro, deu alguns tragos antes de se dirigir à saída pelo portão principal. Claire caminhou um bom tempo por Paris — a vitalidade e o amor lhe tinham sido retirados, só sobrevivia agora por instinto de preservação. Manter-se firme era, talvez, a única injunção radical.

28

Jean Farel não demonstrou emoção alguma com o anúncio do veredito, havia tomado um ansiolítico poucos minutos antes de entrar na sala. Aproximou-se de seu filho e trocou algumas palavras com ele. Em seguida saiu, sob os flashes dos fotógrafos, o peito empinado, o rosto com traços marmóreos, aliviado, avisando aos jornalistas que não faria nenhum comentário. Do lado de fora, um grupo de mulheres manifestava. Uma delas explicava a um jornalista, no momento em que Farel passou, que a justiça não havia sido feita: "É um veredito que protege o homem branco com um futuro promissor, nada mais." Jean se afastou rapidamente, tudo o que desejava era voltar para Françoise e lhe contar como tinha vivido esses cinco dias de angústia, "os cinco dias mais difíceis" de sua vida, mesmo que esse relato permanecesse sem eco ou resposta — Françoise não se lembrava mais de seu nome. Ele seguiu a pé até seu domicílio, no 2º *arrondissement*. Na rua, as pessoas o reconheceram, mas ninguém ousou importuná-lo. Quando entrou no apartamento, viu Françoise caída no chão, ela tentava desesperadamente se levantar apoiando-se numa cadeira, as mãos agarradas ao assento, mas seus braços, cujos músculos haviam derretido, não ofereciam a força necessária para se reerguer. Claude circulava ao seu redor, ganindo, indiferente à presença repentina de Jean. A auxiliar de enfermagem estava ausente. Deixara um bilhete, dizendo que voltaria em menos de duas horas. "Minha querida, o que está fazendo no chão?" Jean se precipitou na sua direção, afagou seus cabelos e a ajudou a se levantar. Teve dificuldades para levantá-la, esse esforço o exauria, sentia os músculos de suas costas se alongarem dolorosamente, foi-lhe preciso recomeçar várias vezes até conseguir colocá-la de pé. Ele a segurou pelo braço, seu corpo exalava um odor acre, e a levou até o banheiro, lentamente, um passo de cada vez, como fizera outrora com seu filho e como faria em breve com sua filha. No banheiro, Jean mandara fazer diversas adaptações a fim de facilitar os deslocamentos de Françoise e evitar uma queda que poderia lhe ser fatal. Ele a instalou numa cadeira, pôs sua mão sobre a barra de apoio e, abrindo a torneira, começou a limpá-la. Uma escara se formara sobre a nádega esquerda, como se a morte já tivesse plantado suas presas. Ela sorria com os olhos fechados. Ele lavou seus cabelos e depois os secou com uma grande toalha. Quando reabriu os olhos, ela exclamou: "Ah! É você, papai? Você me trouxe balas?" A doença lhe impusera seu processo regressivo e irreversível. Ele a penteou, esfregou seu corpo e finalmente a vestiu com um vestido de algodão branco que achara dentro do armário. Ainda era bela, apesar da idade e dos efeitos da degenerescência, ela preservara esse rosto juvenil e seus cabelos louros quase platinados que um cabeleireiro vinha reavivar a cada três semanas, a pedido de Jean. Ele a instalou em sua cama, fez com que bebesse um copo de água dentro do qual havia derretido um sonífero leve. Ele se estendeu ao seu lado e a observou adormecer, segurando sua mão. A estima sucedera a paixão. Era isso o verdadeiro amor: estar presente na hora do declínio, depois de conhecer tudo e amar tudo numa pessoa. Jean não tinha certeza de se encontrar à altura. Durante toda a vida deles em comum, evoluindo na sombra e no segredo, ele havia sido decepcionante; agora, Françoise não estava mais em condições de o desaprovar. Uma dor surda o esmagava, que ele precisava controlar a qualquer custo. Seu médico lhe dissera durante uma consulta que ele devia evitar esportes violentos para não se ferir — com a idade, os ferimentos cicatrizam mais devagar. Infelizmente, isso valia também para as feridas no coração. Ele fizera a Françoise a promessa de ajudá-la a morrer, caso ela se encontrasse em plena degradação física e mental. Ele nunca tivera a força para entrar em contato com a sociedade suíça, da qual ela lhe entregara o endereço após o anúncio da doença — não tinha coragem de se separar dela. Agora que ele chegara ao climatério, sua vontade era a de acabar, morrer com ela, era *romântico*. Podia imaginar as manchetes: *Dois jornalistas franceses morrem juntos*. Ele se levantou e se dirigiu ao armário, onde instalara um cofre para esconder os objetos de valor de Françoise. Ele o abriu e retirou uma arma, uma Beretta que Léo lhe comprara alguns dias após a agressão que sofrera em plena rua. Ele ficou parado diante da cama, mirou no peito de Françoise, mas no instante em que estava pronto para disparar, Claude apareceu no quarto, latindo. Jean tinha a impressão de que seu coração explodia, a sensação física de que todo o seu corpo podia deflagrar, bem rapidamente, um impulso mortífero. Ele introduziu a ponta da arma dentro da sua boca; o gosto ferroso o surpreendeu. Por alguns segundos, manteve o cano da arma sobre a língua, repetindo que não podia falhar, em seguida o enfiou lentamente na garganta, acariciou o gatilho com a ponta do dedo indicador, quando sentiu seu telefone vibrar dentro do bolso. Devia escutar a mensagem ou se matar? A vida apresentava, às vezes, questões filosóficas. Mecanicamente, ele baixou a arma e acionou sua caixa de mensagens. A primeira mensagem provinha da nova diretora da emissora. Ela lhe pedia uma resposta rápida, mas mal podia ouvi-la com os latidos intermitentes de Claude. A mensagem seguinte vinha de Quitterie, dizendo que a filha deles queria vê-lo. Ao fundo, podia ouvir a criança balbuciando "Papa, papa" e essas palavras o reanimaram. Farel sentiu o aumento de adrenalina, a vida que se infiltrava nele como o sangue inundando novamente um órgão que ficara muito tempo comprimido, e agora palpitava. Ele tinha uma mulher atraente que o amava, dois filhos: uma menina de quinze meses e um filho que precisava dele. Um *futuro*. Claude saltitava à sua volta, latindo. Jean pegou a correia e se aproximou do cão para passar em voltar do seu pescoço, mas o animal se debateu e saltou sobre a cama com extraordinária agilidade, estendendo-se sobre o corpo de Françoise, soltando ganidos agudos — pareciam gemidos de dor. O adestrador explicara um dia a Jean que, nos cães, os latidos tinham duas funções: o chamado social, como ocorre com os lobos, e a expressão de um mal-estar. Em ambos os casos, nada mais havia a fazer senão deixá-los morrer. O cão se calou, ele respirava fracamente, sua cabeça pousada sobre a barriga de Françoise. Jean guardou a arma no cofre, beijou Françoise, que dormia profundamente, e foi embora. Na rua, acenou para um táxi. Ele queria estar presente quando seu filho saísse da prisão. Instalado a bordo do veículo, Paris desfilava diante de seus olhos, no rádio tocava um jazz. Uma vida nova começava.

29

"Era a melhor de todas as épocas, era a pior de todas épocas; era a idade da sabedoria, era a idade da loucura; era a época da fé, era a época da incredulidade; era a estação das Luzes; era a estação da Trevas; era a primavera da esperança, era a hora do desespero; tínhamos tudo diante de nós, não tínhamos nada à nossa frente." Alexandre Farel, um dos dois fundadores da *start-up* Loving, tinha começado assim seu discurso diante dos investidores, citando Dickens, a introdução de *Um conto de duas cidades*. Ele acabara de realizar uma arrecadação de fundos num montante de cinco milhões de dólares. Sua *start-up* utilizava novos recursos de inteligência artificial a fim de permitir aos usuários manter relações de amizade ou amorosas com um correspondente virtual do qual podia-se selecionar o nível intelectual, representado por um ícone personalizável e evolutivo ao sabor de seus desejos; a sociedade prometia que *com ele ou com ela* era possível conversar como *um verdadeiro ser humano*. Esse aplicativo havia sido destinado "às pessoas sós e àquelas que não se sentiam à vontade nos relacionamentos sociais" e oferecia a seus usuários a possibilidade "de amar e de ser amado, sem riscos nem prejuízos". Durante seu discurso, Alexandre evocara sua trajetória pessoal, como o faziam os empreendedores americanos a fim de humanizar seus percursos, e não hesitara em contar como, na sequência de uma ruptura amorosa, ele havia "derrapado" e perdido toda a confiança em si e nos outros. Ele se equivocara sobre as relações humanas, cometera "erros" dos quais se arrependia, havia se enganado e esse período difícil lhe permitiu se conscientizar de suas *verdadeiras necessidades*. Foi na penitenciária, durante algumas semanas em que estivera encarcerado, disse ele, sem especificar o motivo da prisão, que lhe viera a ideia desse projeto. Sentia-se só, rejeitado, não conseguia se comunicar com ninguém. Auxiliado por um antigo engenheiro de Stanford de origem japonesa, ele desenvolvera seu conceito de relações afetivas virtuais.

Loving — enfim um verdadeiro afeto, prometia o argumento publicitário. Em poucas semanas, o aplicativo havia sido usado por centenas de milhares de usuários americanos e estava a ponto de ser inserido no território europeu. Aos vinte e seis anos, Alexandre Farel se tornava um dos empreendedores franceses mais bem sucedidos e já havia chamado a atenção de algumas revistas americanas e da imprensa francesa. Ele agradeceu publicamente a seus pais, que não tinham podido se deslocar, e concluiu seu discurso falando sobre as potencialidades extraordinárias que oferecia a inteligência artificial na evolução das relações humanas. "Façamos todos juntos com que este continue sendo o melhor dos tempos." Ao final da conferência, Alexandre foi aplaudido. Ele ficou por apenas quinze minutos no coquetel. Diziam que era um rapaz misterioso, sombrio, complexo, antissocial, ele brincava com isso: numa sociedade onde todos entregavam sua intimidade a desconhecidos, o gosto do segredo alimentava as fantasias. Ele voltou de táxi para casa, chegando em frente do prédio que estava ocupando por algumas semanas: um edifício de estilo futurista, constituído de uma imensa fachada de vidro, perto de Chelsea, no coração de Nova York. Um de seus investidores possuía aquele apartamento ali e o pusera à sua disposição por um prazo que não ultrapassaria seis meses. Cada apartamento havia sido concebido da mesma maneira: uma cozinha americana com uma mesa central em verniz branco que dava para um amplo salão. Ao lado, cercado de vidraças, um espaçoso banheiro no qual, diante da janela, havia uma banheira branca de formas curvas. O branco predominava nesse local depurado. Alexandre gostava de tomar banho ali, com vista para o High Line, o parque linear urbano suspenso em plena Manhattan, instalado sobre os antigos trilhos da estrada de ferro. Ele foi até a piscina do condomínio e a encontrou deserta. Depois de nadar por uma hora, voltou para o apartamento. Ele sentia-se calmo e em paz. Agora, desejava manter uma relação sexual. Alexandre se conectou a um novo aplicativo que permitia elaborar e validar um ato sexual obtendo de seu ou sua futura parceira um consentimento claro e sem equívocos. Depois, as duas partes estabeleciam um contrato codificado e conservado pela empresa.

Ele expôs suas preferências: queria usar um preservativo e uma linguagem "explícita", ou seja, que autorizava palavras tidas como ofensivas ou degradantes, mas recusava relações sadomasoquistas ou troca de fotos ou vídeos. Ele enviou uma solicitação à parceira com a qual desejava manter uma relação. Era uma jovem empresária de vinte e cinco anos que conhecera numa festa. Quinze minutos mais tarde, ele recebeu as preferências dela: eram as mesmas que as suas, sendo que ela não autorizava linguagem explícita. E caso se soltasse e lhe dissesse que queria "fodê-la" durante o ato ou que ele gostava de "seu cuzinho"? Era demasiadamente arriscado, ele desistiu e fez a mesma proposição a uma outra mulher, uma jovem analista que trabalhava num fundo de investimento de Nova York. Após alguns instantes, a foto da moça apareceu na tela de seu celular, acrescida de uma nuvenzinha significando que ela refletia. Finalmente, veio uma mensagem: "Sua solicitação foi aceita." Ela também validara a utilização de linguagem explícita, consentia a relação sexual futura, aceitava até outras práticas: bondage, sodomia — por isso, ele não esperava. Ele marcou um encontro na sua própria casa — o aplicativo deixava claro que ambos os parceiros podiam a qualquer momento mudar de ideia. Ele arrumou o apartamento, preparou dois preservativos, com certeza não iria além disso, o dia havia sido cansativo. Depois de tomar uma ducha, perguntou-se se devia raspar os pelos do peito, certas mulheres não apreciavam a pilosidade. Num gesto brusco, ele fez a lâmina deslizar sobre sua pele, os pelos caíram e desapareceram no ralo. Em seguida, passou um creme sobre o peito — um bálsamo intensivo rejuvenescedor para o corpo, feito de grãos de coentro pelo qual pagara setenta e um dólares numa loja do SoHo — e vestiu uma camisa branca feita de um tecido de algodão tão fino que dava para ver sua pele do outro lado. Notando a presença de um pelo preto dentro da pia em mármore branco, ele o apanhou com um lenço de papel e o lançou dentro do vaso sanitário. Alexandre efetuou uma última inspeção: tudo estava limpo. Depois de desinfetar as mãos, ele andou a esmo pelo apartamento, com seu telefone dentro do bolso da camisa. A campainha da porta soou — era ela. Uma linda morena de um metro e oitenta em trajes esportivos. Ela entrou cheia de confiança. Eles se instalaram na sala. Foi ela que começou a falar da política interna, ela odiava Trump, "esse presidente que dissera que era preciso agarrar as mulheres pela boceta". Alexandre não estava a fim de falar, apenas fazer sexo com ela, mas a jovem prosseguia: "Você sabe o que ele disse a um amigo acusado de agressão sexual? É verdade, está escrito no livro de Bob Woodward, você leu? Ele disse, nesse tipo de situação: 'É preciso negar, negar e negar. Se admitir a menor coisa, a mínima culpa, você é um homem morto'" — era visivelmente uma democrata furiosa. Alexandre se aproximou dela, soltou seus cabelos presos num rabo-de-cavalo, beijou-a, introduzindo a língua dentro da sua boca, ela logo recuou. Havia um *problema*? Ela lhe respondeu apenas que não gostava de beijar com a língua, o aplicativo não especificara se tinham ou não direito à língua, isso era maçante. Manifestamente, ela não gostava disso, assim sendo, ele tampouco poderia lambê-la, embora tivesse assinalado a opção "todas práticas sexuais". Aceitaria ela pelo menos chupar seu pau? O campo de possibilidades se estreitava, e ele começou a sentir dor de cabeça. Alex deu-lhe alguns beijinhos sobre os lábios, mas a vontade passara. Ela parecia indecisa, ainda bem que não optara por carreira política. Agora estava com sede, disse. Ele se levantou, foi até a geladeira apanhar uma garrafa de vinho rosê e uma de água de coco, que comprara, já que a moça especificara no seu perfil que era vegana. Ele preparou uma bandeja com um prato contendo tomates-cerejas, azeitonas, salame e uma faca. Seu telefone tocou na cozinha: com um clique, ela anulara seu consentimento, sem dúvida por causa da língua. Quando voltou à sala, ela estava sentada no sofá, sua bolsa sobre as pernas. Disse lamentar muito, estava muito cansada; houve um momento de embaraço. Ele lhe disse que a compreendia. Ela olhou o salame e começou a chorar — era, sem dúvida, demais para ela. Ela pediu que a desculpasse, pois tinha muita pressão em seu trabalho — *se não alcançamos nossos objetivos, somos demitidos de um dia para o outro* — e havia faltado à sua aula de ioga Kundalini naquela mesma manhã, era melhor que voltasse para casa. Alexandre sentiu uma imensa vontade de se jogar pela janela. Assim que ouviu a porta batendo, ele se estendeu sobre o sofá da sala, serviu-se um copo de vinho, uma fatia de salame e pegou seu telefone. Ele apagou a mulher de seus contatos, entrou na sua conta Instagram e postou uma foto dele durante a noite, aclamado pelos investidores, acompanhada dessas palavras: #Loving #Sucesso

#HappyMe #Obrigado #Sejapositivo #Amominhavida. Ele viu que Yasmina acrescentara um coração amarelo para aprovar a imagem. Por que "amarelo"? Cada cor tinha uma função precisa; ela queria manter a amizade. Ele não tinha notícias dela desde o julgamento. Yasmina certamente lera o grande artigo que lhe dedicara uma revista econômica francesa. Ele bloqueou a conta de Yasmina sem mesmo a consultar. Engoliu um sedativo, se encolheu sobre o sofá e tentou dormir. As pessoas se decepcionavam frequentemente com a vida, por sua culpa ou pela dos outros. Podia-se tentar ser *positivo*, alguém sempre acabava cuspindo sua negatividade no seu rosto, uma ação anulando a outra, esse equilíbrio medíocre era mortal, mas, lentamente, com intermitência, com pausas lenitivas que propunham uma breve euforia: uma gratificação qualquer, o amor, o sexo — fulgurâncias, a segurança de estar *vivo*. Isso estava dentro da ordem das coisas. Nascíamos, morríamos; entre os dois, com um pouco de sorte, amávamos, éramos amados, isso não durava muito, cedo ou tarde acabávamos sendo substituídos. Não havia razão para se revoltar, era o destino invariável das coisas humanas.

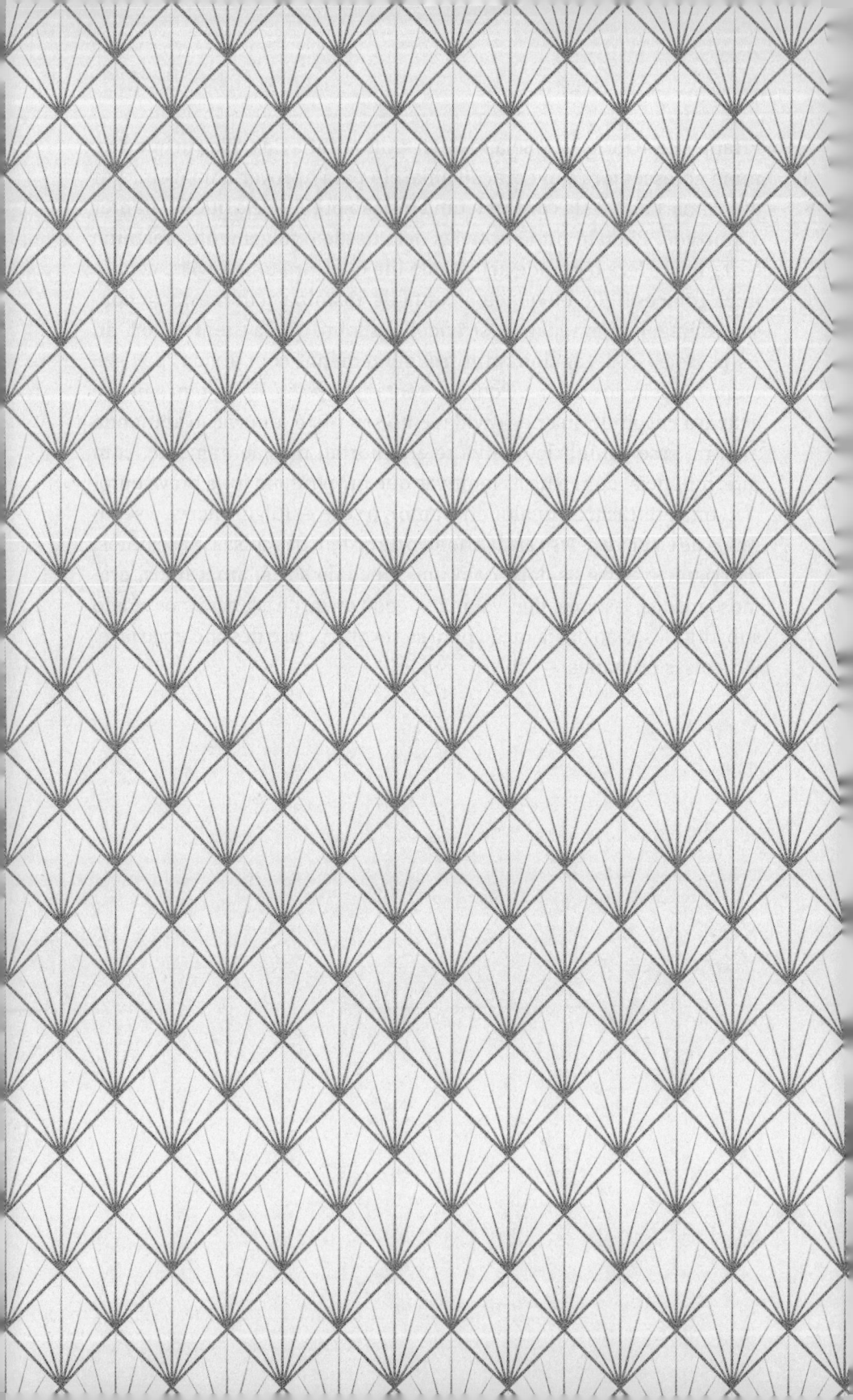

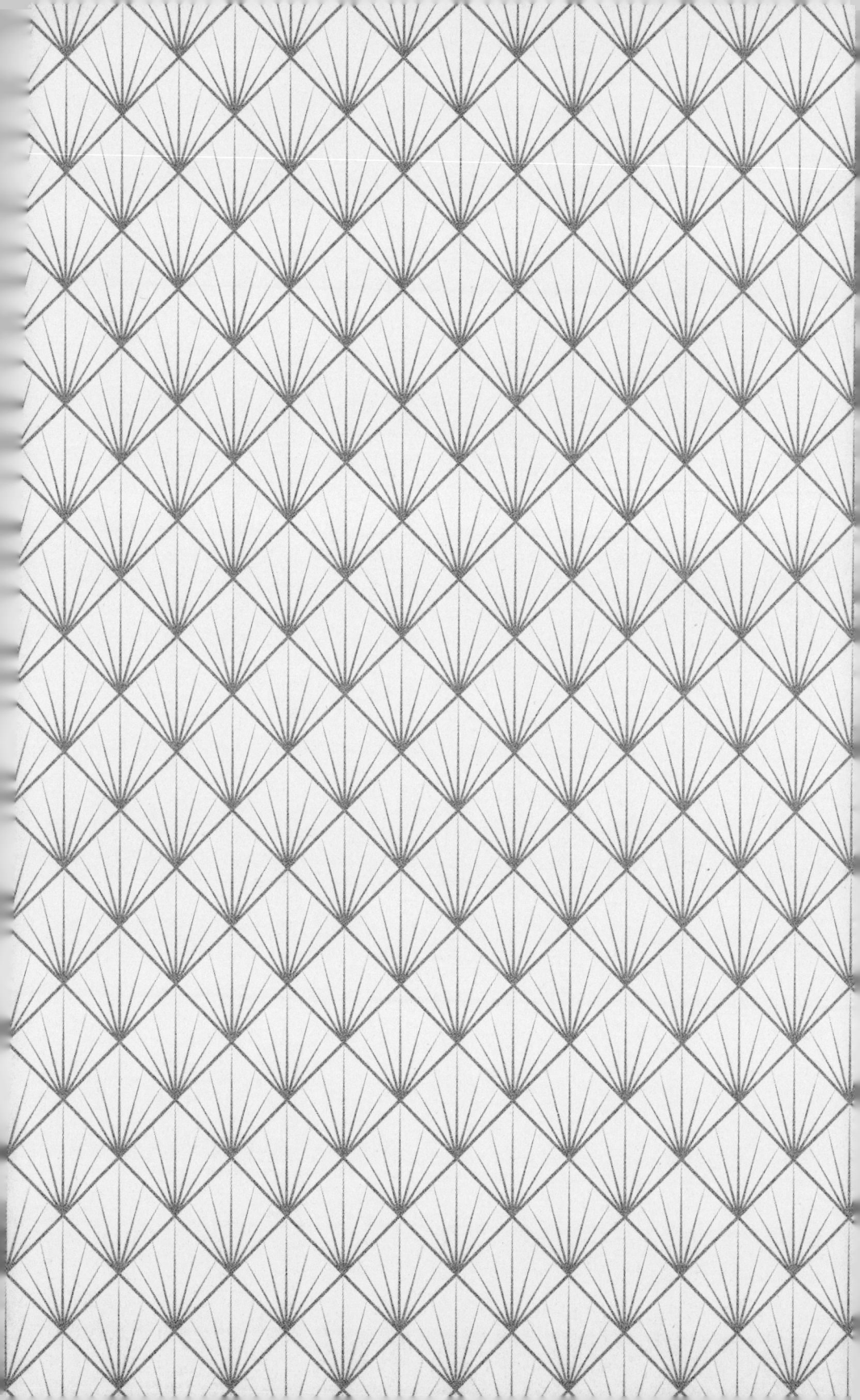

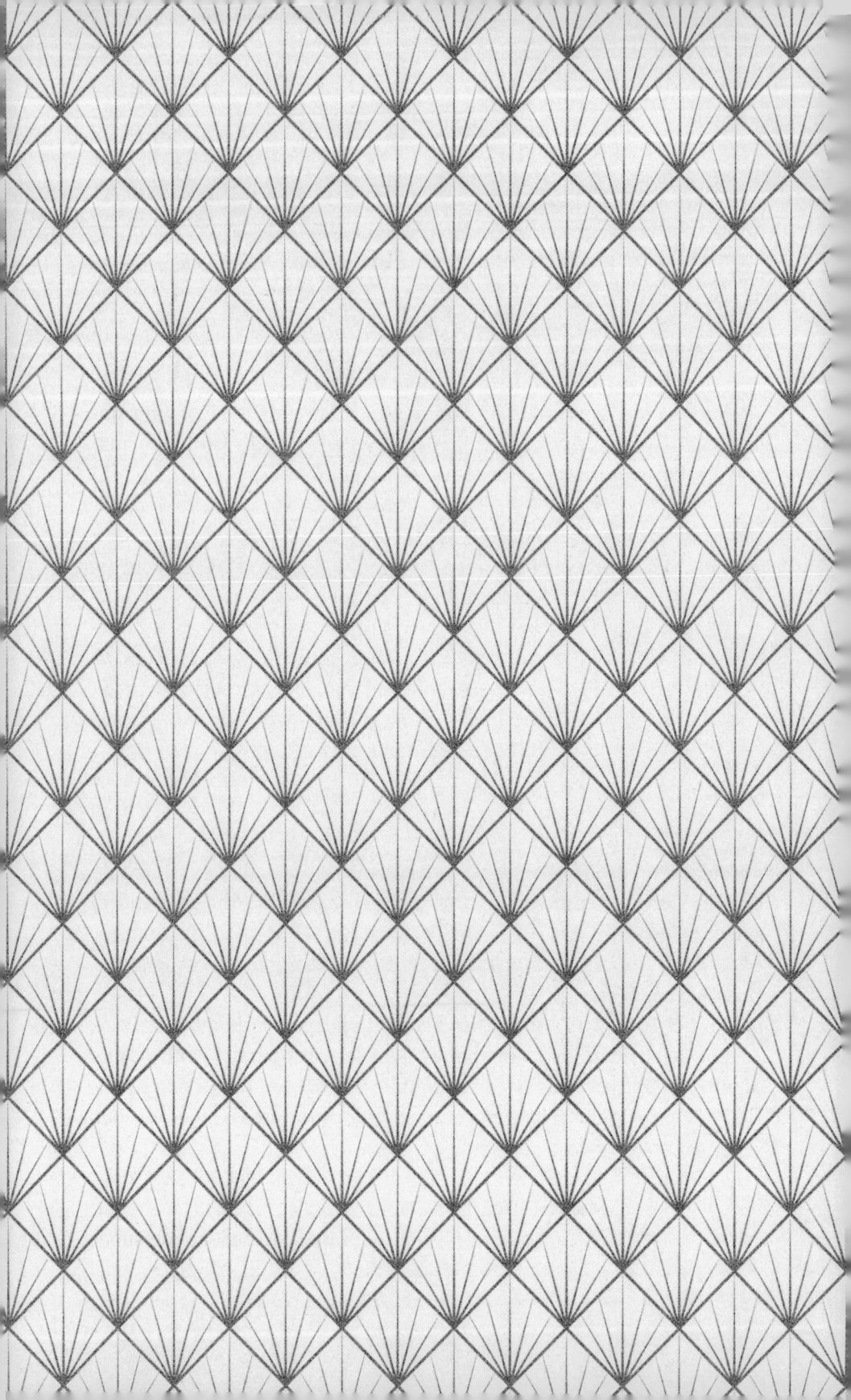

POSFÁCIO

Coisas humanas é um romance marcante, com temáticas em fina sintonia com o mundo contemporâneo: as redes sociais e as transformações que engendram nas relações humanas; terrorismo; movimento *#metoo*; violência e sexismo são alguns dos temas presentes no 11º romance da escritora Karine Tuil, autora nascida em 1972, francesa de origem judaica pelo lado paterno e jurista de formação, características perceptíveis em sua escrita.

O teórico francês Dominique Viart chama de "literatura desconcertante" os textos capazes de operar um deslocamento nas expectativas do leitor e que incorporam (explicitamente ou não) a própria atividade crítica, lançando mais perguntas do que respostas, desestabilizando certezas, preconceitos e visões de mundo cristalizadas. Nesse sentido, *Coisas humanas* é, efetivamente, um romance desconcertante, com personagens complexos e que escapam a binarismos.

Parcialmente inspirado em um caso real ocorrido em uma universidade na Califórnia, *Coisas humanas* se desenvolve em torno da família Farel. O casal Jean e Claire Farel, além do filho Alexandre, encarnam o paroxismo da vida de aparências, que nem mesmo o filósofo Guy Debord – autor do profético *A sociedade do espetáculo*, teria ousado vislumbrar.

Na ficção de Tuil, Jean é um badalado jornalista de televisão que recebe celebridades e a elite política em seu programa de entrevistas e cultiva a imagem de família perfeita e felicidade permanente. Fora dos holofotes, Jean é escravo de ansiolíticos e tuítes. Obcecado por juventude, o jornalista carrega cicatrizes de uma infância imersa em violências e traumas; como pai, Jean é, a um só tempo extremamente exigente, agressivo e omisso. Claire Farel, trinta anos mais jovem que o marido, é uma ensaísta feminista de sucesso, que acabara de superar um câncer que a fragiliza psicologicamente. Na primeira parte da narrativa, Claire abandona o marido para viver com um modesto professor, o judeu Adam. É nesse contexto que Alexandre conhece Mila, filha do novo companheiro de mãe, uma moça simples, criada dentro de rígidos costumes da comunidade judaica ortodoxa e traumatizada por ter vivenciado o atentado à sua escola judaica em Toulouse, alguns anos antes.

Depois de uma noitada entre jovens, regada a álcool e drogas, Alexandre tem uma relação sexual com Mila e, a partir de então, todo o cenário de família perfeita desmorona, porque Mila o acusa de estupro. A narrativa retraça todo o processo e julgamento de Alexandre Farel, altamente midiático, tanto pela notoriedade da família quanto pelo momento em que acontece. No romance, o movimento #metoo, que buscar ajudar as vítimas de agressão sexual a romper o silêncio, está em plena ebulição. Como jurista, a escritora Karine Tuil conhece bem os meandros dos tribunais e como os julgamentos frequentemente revelam aspectos disfuncionais da sociedade.

Um dos pontos fortes do romance é a estrutura narrativa polifônica capaz de alçar o leitor à posição de júri. Durante quatro dias no tribunal, acompanhamos as diferentes versões ou as "diferentes verdades", como prefere afirmar um dos advogados, citando Nietzsche. Depoimentos de testemunhas de defesa e de acusação, réu, vítima, advogados de ambas as partes e até mesmo as reações do público presente na sala do tribunal são retraçados. Ao longo do doloroso processo, a vítima tem sua intimidade exposta e vida sexual pregressa dissecada, como se fosse ela a criminosa, em total inversão de valores que nos lembra como o dispositivo jurídico, assim como todos os organismos de poder, são instâncias dominadas por homens.

Na prosa de Tuil, questões éticas são o ponto de partida para a elaboração romanesca e todas as relações humanas parecem destinadas ao fracasso. A autora explora as complexidades e ambiguidades, como o dilema de Claire: feminista engajada cujo filho é acusado de estupro.

Sabemos que o estupro é um crime relacionado a poder e dominação. Não é anódino se, no romance, o agressor demonstra um sentimento de superioridade e total consciência da fragilidade de sua "presa", o que não o impede de apresentar, a seu turno, vulnerabilidades e carências. Para Alexandre, a satisfação de seu desejo tem primazia e a violência impostas ao corpo objetificado de uma judia de origem modesta não importa muito. Como boa parte dos agressores sexuais, Alexandre tem uma percepção equivocada de consentimento e esse equívoco diz muito sobre as relações de poder da sociedade. Uma das questões centrais do romance consiste na problematização da noção de consentimento. A máxima de "quem cala consente" definitivamente não se aplica nesses casos em que a vítima se encontra paralisada pelo horror do ato. Termos como "estupro oportunista" ou "zona cinzenta do consentimento", presentes no romance, são deturpações ou eufemismos constitutivos da cultura do estupro e livros como *Coisas humanas*, uma "literatura desconcertante", tem muito a nos dizer ao reconfigurar percepções e abalar tabus.

Laura Barbosa Campos
*Professora de Língua e
Literatura Francesa da UERJ*

AGRADECIMENTOS

Gostaria de expressar meu reconhecimento e minha amizade à Doutora Julie Fabreguettes e ao Doutor Archibald Celeyron, dois excelentes advogados — este livro lhes deve muito.

Obrigada ao Doutor François Sottet, magistrado.

Agradeço igualmente a Pierre-Yves Bocquet, Jean-Michel Carpentier, Gaspard Gantzer, Bruno Patino, Ariel Toledano, Michèle Tuil, assim como a meus filhos.

O conteúdo do blog de Mila Wizman e as palavras de Jean Farel no processo que evoca "um episódio de 20 minutos" são livremente inspirados no caso chamado "de Stanford", que teve grande repercussão nos Estados Unidos durante o ano de 2016.

Este livro foi composto nas fontes
Source Serif [texto], Mouron e Rousseau Deco [títulos],
impresso pela gráfica Viena em papel Pólen Natural 80g
e diagramado pela BR75 texto | design | produção.
São Paulo, 2023.

Impressão e Acabamento | Gráfica Viena
Todo papel desta obra possui certificação FSC® do fabricante.
Produzido conforme melhores práticas de gestão ambiental (ISO 14001)
www.graficaviena.com.br